C000119082

TESTAMENT

PHILOSOPHIQUE ET LITTÉRAIRE.

TOME II.

DE L'IMPRIMERIE DE CRAPELET.

RUE DE VAUGIRARD, N° 9.

TESTAMENT

PHILOSOPHIQUE ET LITTÉRAIRE,

PAR

M. CH. LACRETELLE,

MEMBRE DE L'ACADÉMIE FRANÇAISE, ET PROFESSEUR D'HISTOIRE
A LA FACULTÉ DES LETTRES.

TOME II.

A PARIS,

LIBRAIRIE DE P. DUFART,

RUE DES SAINTS-PÈRES, N° 1.

1840.

TESTAMENT

PHILOSOPHIQUE ET LITTÉRAIRE.

PHILOSOPHIE.

CHAPITRE XVI.

La philosophie est maintenant toute religieuse dans ses principes. — Pourquoi inspirerait-elle des ombrages à la religion ? — Éminents services qui furent rendus à l'une et à l'autre par le *Génie du Christianisme*, de M. de Chateaubriand. — MM. de Bonald, de Maistre, et l'abbé de Lamennais, défendent la religion avec des armes trop tranchantes. — Deux prélats, MM. Duvoisin et Frayssinous, montrent plus de sagesse et de tolérance. — La religion de nouveau compromise par la ligue ultramontaine qui s'appela la congrégation. — Elle refleurit de nouveau, toujours secondée par la philosophie et par la poésie. — Impossibilité d'établir une religion nouvelle. — Examen du saint-simonisme.

DE LA RELIGION AU XIXe SIÈCLE.

La religion, ou plutôt ses ministres, ne cesseront-ils pas de prendre ombrage de la philosophie religieuse, qui vient à elle comme un auxiliaire zélé mais indépendant ? Pourquoi repoussent-ils,

soit avec dédain, soit avec colère, les soins de
ceux qui, d'une main pieuse, étanchent le sang
de ses récentes blessures? Est-ce la compromettre gravement que de prêter à ses charmes
austères le coloris de leur brillante imagination?
que de livrer une guerre courageuse à ses ennemis invétérés? Transportés de l'amour qu'elle
allume dans leur sein, ils n'aspirent qu'à le ré-
pandre dans des âmes trop préoccupées de soins
matériels et de passions politiques. Faut-il que les
lévites se pressent en ordre de bataille contre eux
lorsqu'ils célèbrent l'époque glorieuse de ses nouveaux martyrs, et lorsqu'ils osent leur adresser
les leçons de charité et d'indulgence qu'eux-mêmes
en ont reçues? Le néophyte qui n'est pas encore
assez avancé dans la foi n'est pas pourtant un
hérésiarque. Notre crime est-il grand lorsque,
pour étendre les conquêtes de la religion, nous
élargissons un peu les voies du ciel?

Voilà ce que je me disais tout à l'heure dans
ma retraite, en voyant mon bien-aimé Jocelyn,
le plus doux des pasteurs frappés par le sacré collége d'un index qui défend aux fidèles de venir
entendre sur les Alpes et dans son misérable et
miséricordieux presbytère, sa parole inspirée et
ses accents harmonieux. Que lui a servi une vie

de sacrifices, une vie sans tache, une vie d'amour,
où l'amour divin est toujours resté vainqueur?
Victime résignée de sa soumission à un ordre
quelque peu despotique de son évêque montant
à l'échafaud, il a gémi toute sa vie, sans murmu-
rer jamais, et sans avoir une pensée de révolte.
Sa fidélité à son serment a résisté à la scène du
balcon, à une épreuve qui pourrait être périlleuse, même pour des membres du sacré collége.
Convient-il à l'Église de dire : Avec le temps,
nouveaux scrupules?

J'ai vu tomber et renaître le christianisme en
France : il n'était pas tombé tout à fait, et sa
renaissance a été et reste encore imparfaite. Il
s'est relevé par l'effort aussi odieux qu'extrava-
gant qui avait été tenté pour précipiter sa chute.
La persécution l'a rapproché de son berceau, et il
y a repris des forces; en moins de quarante ans,
nous avons vu ce qu'il n'avait présenté que dans
le cours de plusieurs siècles, l'âge de ses martyrs,
celui de ses éloquents apologistes, nouveaux Pères
de l'Église, et enfin celui où un parti moins
bien inspiré a voulu renouveler les doctrines
ultramontaines dans leurs principes les plus absolus.

Cette dernière époque a compromis, et non

renversé ce que les deux premières lui avaient fait gagner, quoique le chef de l'État parût se complaire à cette subordination ; elle fit une violence intolérable à l'esprit français.

Le *Génie du Christianisme* déclara un mouvement de renaissance qui préexistait dans les esprits et n'attendait qu'une manifestation aussi puissante qu'habile. L'irréligion s'était diffamée depuis que la plus fine et la plus ardente ironie avait été traduite en orgies monstrueuses et en supplices dignes de ceux de Dioclétien et de Galère. Jusque sous le Directoire et sous l'invocation de la théophilanthropie, les martyrs de Sinamari avaient achevé l'œuvre des martyrs du massacre des Carmes. D'héroïques vertus avaient été sanctifiées par la foi. Le testament de Louis XVI semblait une belle page historique ajoutée à l'*Imitation de Jésus-Christ*. Une réprobation générale avait repoussé, flétri et relégué dans d'impurs asiles un poëme où un chantre élégant des amours ne s'était plus montré que l'imprudent flatteur de la licence, naguère adorée sous le nom de la déesse Raison. Une éternelle et grossière analyse, faite pour absorber l'âme et la liberté humaine dans la sensation physique, pesait comme du plomb sur des intelligences qui ten

daient à se dégager d'une servilité stupide. Les
femmes avaient donné le signal de cette heureuse
révolte. Elles avaient été trop sublimes sous la
Terreur pour ne pas remonter à la source du
sublime, c'est-à-dire au sentiment religieux. On
était altéré de poésie, et comme on la voyait réduite à un mince filet d'eau, on était tenté de
croire que la source en était tarie. Avec quel
étonnement et quelle joie ne la vit-on pas repa-
raître dans le *Génie du Christianisme,* tantôt
comme un fleuve limpide, et tantôt comme un
torrent impétueux. Cette poésie ne jaillissait pas
du Permesse, mais du Calvaire. Elle s'adressait à
nos souvenirs, à nos premières, nos plus fraîches
et nos plus angéliques impressions mises en contraste avec celles qui venaient de souiller nos regards et de révolter notre cœur. Jamais il n'y
eut une plus heureuse coïncidence de la pensée
d'un auteur avec la pensée encore mystérieuse,
indécise et permanente qui travaillait les âmes.
Ce n'était pas ici une bonne fortune du génie,
c'était l'inspiration d'un sentiment juste et profond. L'irréligion interdite, éblouie par l'éclat
de ce bouclier de diamant dont le christianisme
venait de se couvrir, s'étonna de trouver son
carquois vide et toutes ses ironies ébréchées.

La philosophie se fit des scrupules sur la route
qu'elle avait suivie, douta de sa méthode et s'a-
perçut enfin que plusieurs de nos sentiments pri-
mitifs qu'elle avait négligés dans la solution de
ses problèmes comme des quantités oiseuses ou
incommodes, menaient plus droit à cette solution qu'une analyse écornée, incapable de reproduire ce qu'elle avait décomposé. L'histoire qui,
dans les derniers temps, avait regardé comme
sa mission principale de dénoncer les crimes
du fanatisme, se reprocha de n'avoir pas assez
développé les bienfaits progressifs de la loi chrétienne, bienfaits que la philosophie peut étendre
indéfiniment, mais qu'elle n'a pu créer. La politique vit qu'elle n'avait rien à substituer à un
pareil mobile; mais Bonaparte, qui régnait, comprit fort bien que la mission des humbles apôtres
n'avait rien de commun avec celle des papes, qui
avaient autrefois voulu établir un califat chrétien sur la chaire modeste de saint Pierre.

Il arriva pourtant que trois nouveaux défen-
seurs de l'Église se jetèrent de plein saut dans
le régime ultramontain le plus tranché, et cru-
rent pouvoir faire passer facilement les esprits
du règne de Voltaire à celui des papes Gré-
goire VII et Innocent III, desquels tous le

rois avaient cru voir des Attila mitrés. C'étaient
MM. de Bonald, de Maistre, et M. l'abbé de Lamennais, qui depuis..... mais alors il était un
fougueux ultramontain : trois puissants écrivains dignes d'honorer leur siècle, mais qui ne
surent ou ne voulurent l'éclairer que des lumières
du xiiᵉ. Le moment était-il bien choisi pour exalter à tel point l'orgueil de la Rome nouvelle?
Tout à l'heure on venait de voir un pontife vénéré s'arracher du Vatican, traverser les Alpes
dans la saison la plus rigoureuse pour venir présenter à Napoléon une couronne dont celui-ci
s'empara comme s'il l'eût tenue des mains d'un de
ses chambellans; et cependant il avait alors un
pardon à demander non-seulement à l'Église,
mais à l'humanité pour le meurtre du duc d'Enghien :

> Peut-être qu'en secret effrayé de lui-même,
> Il voulut recevoir le sanglant diadème
>   Des mains d'où le pardon descend,

a dit M. Victor Hugo dans l'une de ses plus admirables odes.

Ce même pape, il est vrai, se releva dans la
prison de Fontainebleau de cet acte de vasselage
pontifical, le premier qu'eût vu la chrétienté.
Mais il faut convenir qu'après ce que nous avions

vu, c'était trop brusquer les esprits que de leur
présenter dans le style tranchant et poli comme
l'acier de M. de Bonald, dans le style fougueux
de M. de Maistre, et dans le style tonnant de
M. de Lamennais, des maximes qu'avait repous-
sées le grand Bossuet, habile à partager son obéis-
sance entre le pape et Louis XIV. Une sorte d'a-
nathème fut prononcé par M. l'abbé de Lamennais contre la foi gallicane du plus sublime Père
de l'Église.

C'était beaucoup compromettre le christianisme qui dans sa renaissance offrait encore quelques traces d'un état valétudinaire; mais ce ne
fut pas la seule fausse direction que trois hommes si distingués lui donnèrent. Il revivait par
l'amour, on l'appuya sur la terreur; passe encore
pour la crainte qui peut et doit se concilier avec
l'amour. Jusque dans nos attachements profanes,
ne sommes-nous pas tourmentés de la crainte de
déplaire à ce que nous aimons? Mais cette terreur qui trouble la raison, tue la liberté; qui met
de niveau pour la peine la plus formidable les
plus graves et les plus légères offenses, nous l'a-
vions trop détestée sur la terre pour l'admettre
facilement dans le ciel. M. de Maistre, malgré
des élans de mysticité qui semblaient tenir un peu

du martinisme, fit gronder sur nos têtes un fa-
talisme sombre qui prolonge les colères de Dieu
jusque sur des générations qui n'ont pas encore
vu le jour, dogme destructif de toute liberté humaine. Deux récents apologistes de la religion
chrétienne, MM. Duvoisin, évêque de Nantes, et
M. Frayssinous, dans ses conférences aimées de
la jeunesse, sans sacrifier le principe de la crainte
du Seigneur, avaient fait de leur mieux pour
l'adoucir et faisaient pressentir le règne d'une
théologie plus bénigne et plus miséricordieuse;
l'excellent abbé Legris-Duval prêchait dans cet
esprit, ou du moins je croyais ainsi le comprendre, et je disais : O Église, enfante-nous des Fénelon, des Vincent de Paule, des François de Sales,
des sainte Thérèse et des Gerson; voilà les dé-
fenseurs dont a besoin aujourd'hui la cité de
Dieu; voilà les plus intelligents ouvriers de la
moisson céleste : que le temps des bénédictions
succède à celui des anathèmes impuissants.

Il n'en fut pas ainsi : le zèle ne se ressentit que
trop de son alliance avec la politique. Il voulut
avoir ses ruses, et, affamé de conversions, il en
sacrifia la réalité à l'apparence. Nombre de fidèles s'enrégimentèrent avec les lévites sous la
bannière de Loyola. Le chemin du salut devint

bientôt sous Charles X celui des grandes et de petites entrées ; jugez comme la cour s'y précipita et comme les équipages volèrent à Montrouge, devenu le sanctuaire du jésuitisme. Un scapulaire fut le signe des favoris et s'unit au cordon bleu. Il faut que je dise une chose qui paraîtra merveilleuse, mais dont je suis pleinement convaincu, c'est que tout cela se fit sans hypocrisie par les plus intimes courtisans de Charles X. Comment résister à la tentation d'unir les biens du ciel avec ceux de la terre? et puis leur foi comme celle du monarque s'était allumée dans les jours de l'exil et du malheur. Il n'en est point de plus inébranlable, mais encore faut-il qu'elle soit éclairée. Pour se recruter dans le peuple et jusque dans l'armée, on s'accommoda de conversions et même de communions soldées. Les missionnaires se répandirent dans les villes et dans les campagnes, et versèrent la superstition aux oreilles de l'ignorance. Ces apôtres rustiques et rusés triomphaient quand ils avaient fait brûler quelques livres philosophiques, mais chaque auto-da-fé en reproduisait 10, 20 ou 50,000 exemplaires. Il faut remarquer que l'incrédulité, inhabile ..... des armes nouvelles, ne savait ...... qui se vieilli armure de

xviii° siècle. Elle avait perdu sa verve et n'avait
plus qu'une gaîté d'emprunt que combattaient
nos douloureux souvenirs. La religion revivait
par ses profondes racines, et non par des bran-
chages artificiels qui n'y tenaient pas. Le Christ
avait triomphé une seconde fois des mœurs grecques et romaines que nous nous étions fabri-
quées sous la république atroce de Robespierre,
et sous la république débordée de Barras. De
tout le polythéisme, il n'était resté sous Bonaparte que le culte pour la Victoire; mais elle
déserta son autel, et la place resta vide.

La philosophie du xix° siècle continuait à faire
bonne guerre au matérialisme; elle la fit bientôt
à l'école dévotement machiavélique de Loyola :
on sait à qui resta la victoire. L'inhumation religieuse des combattants de juillet annonça mieux
que toutes les pompes de Notre-Dame et de la
cathédrale de Reims la pérennité de la religion.
Eh! pourquoi donc douterait-elle d'elle-même?
quand des gouvernements civils laissent avec une
sécurité imposante tomber chaque jour sur eux
le reproche, l'injure et le sarcasme; la religion
doit-elle se montrer pusillanime jusqu'à s'inquié-
ter de la formule plus ou moins théologique des
hommages qu'on lui rend? jusqu'à les repousser,

jusqu'à les proscrire pour quelque défaut d'étiquette?

Pourquoi la cour de Rome refuserait-elle toute
alliance avec la philosophie, lorsque celle-ci invoque le christianisme comme le plus haut point
de sa grandeur? Pourquoi craindrait-elle une ri-
vale, une ennemie dans une bienveillante sagesse
qui, dès le temps de Socrate, a pu ouvrir les voies
à la prédication du christianisme, et qui maintenant se déclare sa fille? Le catholicisme, après
deux siècles de guerres atroces, n'a pu réussir à
réunir les branches séparées du christianisme. La
philosophie et la poésie même tentent cette œuvre
avec quelque apparence de succès, et l'on conviendra que la foi catholique n'y a rien perdu.

Elles ont purgé du reproche d'idolâtrie ses
pompes les plus magnifiques et les plus touchantes, et sanctifié sa poésie, en montrant
qu'elle est nécessaire au cœur de l'homme. Elles
ont prouvé qu'un culte ancien et vénéré est le
plus digne exercice de nos facultés sympathiques,
la seule consolation efficace de nos malheurs, et
le seul mobile de nos plus hautes espérances.

Leur plus grand bienfait est d'avoir amorti,
presque éteint des haines religieuses signalées
par tant de bûchers et de massacres. Depuis l'ou-

verture de ce siècle, ces fureurs d'un autre temps
n'ont éclaté qu'à Nimes; mais jamais il ne fut
plus évident qu'une politique vindicative avait
emprunté le masque du fanatisme. Ah! si un
saint archevêque, un Chéverus s'était trouvé là!
en couvrant de sa poitrine les protestants qu'allaient atteindre et le sabre et la hache, il eût
valu à la religion catholique un triomphe qu'elle
poursuivrait en vain par toutes les foudres du
Vatican.

Je viens de citer le modèle des prélats, celui
que le cœur de tous les fidèles a canonisé avant
que Rome ait prononcé; c'est qu'il a été l'homme
de la charité aussi bien que le type des vertus
chrétiennes; c'est que sans foudroyer à tout propos la fausse philosophie, il l'a confondue par
ses exemples encore plus puissants que la simplicité onctueuse de ses paroles; c'est qu'il a procédé envers les barbares créés par la révolution
comme il l'avait fait envers les sauvages qu'il avait
rencontrés dans les forêts de l'Amérique; c'est
enfin qu'il avait compris et pratiqué la religion
au xixe siècle, comme elle fut comprise et prati-
quée au premier siècle de l'Église.

Je conviens que la philosophie est mobile et
variable. Si elle a changé de doctrine depuis trente

ans, ne pourrait-elle en changer encore? mais
n'est-ce pas une raison de plus pour l'Église de
lui tendre les bras quand elle la voit attirée vers
elle par l'amour et par la raison? La raison peut
bien réclamer quelque indépendance; elle ne peut
prendre l'engagement de consentir à tout ce que
la superstition, le zèle timoré ou la politique sa-
cerdotale exigeront. Ne se trouve-t-il pas que
M. l'abbé de Lamennais est aujourd'hui engagé dans une hostilité flagrante, et même un
peu trop acerbe, contre l'autorité du vicaire de
Dieu, dont il fut le partisan le plus exclusif et
le plus éloquent défenseur.

Que craint-on de la philosophie religieuse?
élèvera-t-elle un culte rival de celui de Rome?
Cette entreprise est impossible. Un philosophe
plein de génie et d'audace, et dévoré du zèle le
plus ardent pour la cause de Dieu, s'il voulait
créer un schisme nouveau, et enfin fonder un
culte, ne pourrait obtenir aujourd'hui la millième
partie du succès de Luther et de Calvin, et ne
ferait pas heureusement verser la dix millième
partie du sang que coûta au monde chrétien une
révolte partie du fond du sanctuaire. Voyez ce
qu'a produit tout à l'heure le saint-simonisme, et
pourtant tout semblait le favoriser. Il naissait

sous les auspices des trois journées, et venait montrer au peuple, c'est-à-dire à d'héroïques prolé-
taires, le prix matériel de la victoire, en leur
promettant et en leur distribuant de bons arpents
de terre, comme avaient fait Sylla, César et Oc-
tave. Il se présentait comme une nouvelle époque
d'émancipation pour cultiver au moins sur la
terre l'œuvre du christianisme qu'il disait mort,
et dont il voulait recueillir la succession. Il se
proclamait en même temps héritier et réforma-
teur de la philosophie du XVIIIe siècle. Il ne parlait que d'amour, et montrait sous une face riante
et voluptueuse une révolution qui allait changer
le système de la propriété, la détruire dans sa
base. Il appelait à lui la plus belle et la moins
heureuse moitié du genre humain, en lui promettant une liberté toute nouvelle, en rédigeant un
code qui associait les femmes à tous nos droits
politiques. Il faut convenir que cette conception
ne manquait pas d'adresse, et Machiavel eût dit
peut-être : « Voilà d'habiles gens. » Leur culte
n'offrait rien qui ne fût propre à flatter et à réjouir les sens. Leurs habits élégamment drapés
réfléchissaient la couleur d'un ciel pur; la poésie,
la danse et la musique devaient charmer leurs
fêtes. Dieu sait jusqu'où ils auraient poussé ce

genre de séduction quand ils auraient eu autant
de prêtresses que de prêtres. Ils avaient été fort
heureux dans le choix de leurs prosélytes. Il y
avait des primes magnifiques pour tous les genres
de capacité, et leur pontife en était le suprême
arbitre. C'était un homme assez versé dans les
sciences, d'une figure calme et belle, d'un tempérament robuste, et qui suppléait ou croyait
suppléer par la puissance de la volonté et même
par celle du regard, à son inspiration qui se trouvait quelquefois en défaut. Parmi eux se trouvaient des hommes éloquents qui eussent pu
orner une chaire chrétienne, des écrivains habiles
et mesurés, et qui dans la polémique n'usaient
que d'armes courtoises, et enfin des mathémati-
ciens, des ingénieurs et des chimistes d'un ordre
peu vulgaire. Cette Église nouvelle croissait sous
une rosée de dotations qui en faisaient espérer
pour l'avenir une pluie abondante. De jeunes
enthousiastes se montraient prêts à leur sacrifier
de riches héritages, fort incertains de savoir si
le pontife suprême ne les classerait pas au plus
bas degré de capacité.

Cette exaltation ne dura qu'un moment, et le
spectacle n'offrit guère d'autre attrait que celui
de la nouveauté, genre d'intérêt qui, en France.

se prodigue à toutes choses. On s'aperçut que
les fondateurs de cette religion avaient oublié
d'en poser les bases. Le panthéisme en était le
principe dominant. Rien n'était plus bizarre
que de placer une religion sous l'invocation de
Spinosa. Il est vrai qu'on avait emprunté à la
religion chrétienne le mobile de l'amour, mais
il était assez gauchement plaqué sur un fond tout
matériel. L'amour du grand tout est un sentiment impossible, puisqu'il renferme ce que
j'aime et ce que je déteste. Les saint-simoniens
étaient en travail pour faire et refaire leur religion pièce à pièce. Les concessions que leur demandait l'auditoire leur coûtaient peu, et je
crois les avoir vus prêts à nous restituer l'immortalité de l'âme à laquelle ils n'avaient pas
d'abord pensé, tant le bien de la terre les préoc-
cupait.

Les vieux et les jeunes révolutionnaires se
montrèrent assez froids pour une théorie qui
n'avait rien de la vigueur du bon temps de 1793.
Il leur déplaisait d'attendre l'ouverture des suc-
cessions pour les faire rentrer dans l'héritage
commun. Robespierre, dans sa déclaration des
droits de l'homme, devenue leur code, y allait
plus rondement. Suivant cet apôtre assassin de

l'humanité, il n'y avait de propriété que celle
qui était reconnue par la loi, c'est-à-dire par une
assemblée révolutionnaire. Et puis il avait un
procédé encore plus tranchant, c'était de nous
rayer à la fois de la liste des propriétaires et des
vivants. La douceur et la patience presque évangélique des saint-simoniens déplaisait à des
hommes qui aimaient à constater leurs droits
par les armes, par le meurtre ou par des jugements expéditifs. Ils étaient d'ailleurs peu disposés
à soumettre au jugement du pape de la nouvelle
église leurs facultés intellectuelles qui, chez un
très-grand nombre, s'étendaient peu, comme dit
Horace : *ultra crepidam*. On juge bien que cette
répugnance n'était pas particulière aux exagéra-
teurs les plus violents de la liberté ; mais que ses
amis les plus sincères et les plus éclairés étaient
encore moins disposés à laisser toiser et coter
leurs talents et leurs vertus par un homme qui
en était assez médiocrement pourvu. Le nom de
Saint-Simon, dont le père Enfantin s'établissait
le vicaire pour régner sur le monde régénéré, ne
rappelait rien qui souffrit le parallèle, je ne dirai
pas avec le Christ, mais même avec J.-J. Rousseau. Pour moi, qui l'avais un peu connu, je
n'avais vu en lui qu'un vieillard morose, tran-

chant, moins éloquent que verbeux, quelquefois lubrique, et je ne pouvais concevoir une
divinité qui s'était fabriquée dans les jeux de la
bourse.

L'appui qui manqua le plus aux saint-simoniens
ce fut celui sur lequel ils avaient le plus compté :
l'appui des femmes. Leur émancipation politique
promise, les honneurs de la législature et les
magnificences des ministères chatouillèrent peu
leur orgueil. Elles s'aperçurent très-bien que
l'amour serait fort compromis dans cette promis-
cuité et cette ardente rivalité de soins, de travaux
et de pouvoir. Elles préférèrent leur empire tel
qu'elles ont réussi à le former à un empire douteux, éphémère et qui pouvait leur être facilement enlevé par la force. D'ailleurs, la religion,
la pudeur, les sentiments de famille et la loi du
devoir, mobiles plus puissants sur le cœur des
femmes qu'ils ne le sont pour nous, leur inter-
disaient des pensées si nouvelles et si ambitieuses.
Leurs enfants leur étaient enlevés, dans le code
saint-simonien, tout spartiate sur ce point; on
arrêterait plutôt la course du soleil que d'enlever
l'amour maternel aux femmes. Ce fut la partie
érotique de cette religion qui en détermina le
plus promptement la chute. Les saint-simoniens,

qui étaient en recherche des femmes libres, ne
réussirent guère à en trouver que dans des femmes qui l'étaient beaucoup trop. Leur désespoir
fut tel qu'ils allèrent les chercher dans l'orient,
comme s'il était fort raisonnable d'aller offrir
l'extrême liberté à des femmes qui ne connaissent
et peut-être ne chérissent que l'extrême servitude; comme si les musulmans étaient plus disposés que nous à subir cette étrange révolution.
Bénissons cette fuite en Égypte, elle a rendu des
hommes distingués à des pensées plus calmes,
moins chimériques, à des travaux plus assortis
à leurs talents, et plusieurs prennent aujourd'hui
un rang élevé parmi les observateurs les plus profonds de l'ordre politique, et parmi les apprécia-
teurs les plus judicieux et les plus vigilants des
améliorations sociales praticables.

Autant il en arrivera à toute religion nouvelle
qui voudra s'établir, fût-elle fondée sur le plus pur
théisme et le spiritualisme le plus exalté. Les mi-
racles sont difficiles sans le contrôle de l'académie des sciences. Les prophéties sont aujourd'hui
le talent le plus facile, l'almanach en fourmille.
Qui de nous n'a été prophète le jour de l'apparition des ordonnances de juillet? L'invasion du
choléra-morbus en Europe n'a-t-elle pas été pré-

dite, lorsque l'horrible fléau ne sévissait encore
qu'à la Chine et dans les Indes? Nous avons des
somnambules médecins et prophètes assez modestes pour déclarer qu'ils ne tirent leur savoir
improvisé que de la région gastrite. Mais la plus
grande difficulté serait d'égaler la parole du Christ,
cette parole qui n'est jamais d'un mortel, et qui
dans sa sublimité se fait entendre aux esprits les
plus vulgaires, et qui est devenue, malgré toute
la différence des idiomes, la langue universelle de
l'amour et de l'intelligence.

Je crois avoir suffisamment rappelé, dans le
chapitre sur la philosophie au xixᵉ siècle, les
services qu'elle rendit à la religion. Ne fallait-il
pas s'occuper d'abord dans un siècle raisonneur
sceptique, ou radicalement incrédule, de rétablir
les bases de tout sentiment religieux; telles que
l'existence de Dieu, la spiritualité et l'immortalité de l'âme, la formation intellectuelle et non
matérielle de nos plus hautes idées, la loi impé-
rieuse du devoir qui ne peut émaner que de Dieu,
la formation du langage qui ne résulte pas, au
moins primitivement, des dispositions de notre
organe de la voix, mais du don de la pensée et de la
faculté à nous seuls départie d'abstraire nos idées,
de les généraliser, et de les combiner en de vastes

systèmes, et enfin le don plus précieux encore
de l'amour pour notre Créateur qui vient former
une chaîne étroite avec l'amour pour nos semblables. Est-ce que MM. Royer-Collard, Jouffroi,
Guizot, Villemain, Cousin, de Ballanche, de Rossi
et madame de Staël, n'ont pas parlé avec assez de
respect et d'amour de la religion chrétienne des
pères de l'Église du ve et du xviie siècles? Sup-
posez-vous qu'un tel concours n'ait pas été favorable à la rénovation du sentiment religieux et
de la foi catholique?

Qu'on me permette ici un retour sur moi-même
qu'on ne prendra pas, j'espère, pour un impertinent accès de vanité.

La poésie n'y a pas moins concouru; elle a été
primitivement un sacerdoce, et tend toujours à
remonter à son origine; mais en l'épurant. On a
beaucoup célébré l'affranchissement de la raison
humaine, lorsqu'elle a été soustraite au joug
d'Aristote et de la scolastique; il importait encore plus de la soustraire au joug d'une idéologie
sensualiste qui nous retirait la métaphysique et
l'âme.

Quand j'étais jeune j'avais, je crois, une assez
belle imagination; mes vers, et j'en faisais avec
une déplorable facilité, étaient faibles; mais je

le sentais, et j'en éprouvais de la confusion. C'était
quelque chose que d'aspirer à mieux. Quand je
vins à Paris, les philosophes au milieu desquels
je vivais, me mirent au régime de Locke et de
Condillac : c'était saigner des quatre membres
un homme d'un tempérament peu vigoureux.
Certes, Locke et Condillac en ont tué d'autres qui valaient bien mieux que moi. Si Voltaire y a résisté, c'est que son génie était tout
formé avant d'avoir feuilleté Locke, car je suis
convaincu qu'il ne l'a jamais lu tout entier.
L'abbé Delille, né poëte quoiqu'on en dise, s'est
embarrassé dans les chaînes que lui tendait son
siècle, et son génie n'a pu se faire jour que dans
les détails. Souvent il s'élève bien haut; mais on
sent que l'impression d'une froide atmosphère
va le faire retomber.

Les rajeunisseurs poétiques du XIXᵉ siècle ont
été M. de Chateaubriand d'abord, puis MM. de
Lamartine et Victor Hugo, deux grandes puissances de ce genre lyrique que l'on croyait si
peu accessible à nos mœurs modernes et surtout
à une époque fatalement régie par Locke et Condillac. Ces jeunes poëtes en avaient hardiment
secoué le joug : leur âme agitée par de grands
événements dont ils avaient senti la puissance

et compris les leçons, s'élançaient vers Dieu, et Dieu les favorisa.

On parle aujourd'hui d'une autre conquête que notre poésie doit faire ; c'est celle de l'épopée. Je ne puis que bien augurer du talent d'un poëte, M. Sou-met, qui, après nous avoir donné *Clytemnestre*, *Saül*, et deux actes admirables de son *Néron*, se cache dans l'ombre, échappe à sa gloire et aux sordides calculs de la littérature industrielle, pour procurer à notre France une gloire épique que nous sommes si peu portés à revendiquer. On l'a refusée assez cruellement à un homme dont je ne puis prononcer le nom sans les plus tendres regrets de l'amitié, M. Parceval-Grandmaison. L'un des plus puissants élèves de l'abbé Delille, il rappelle ses beautés et ses défauts ; s'il ne satisfait pas par l'ensemble, il brille éminemment dans les détails. La mode ne m'assujettit point à ses brusques caprices, ni à ses ingrats dédains pour ce qu'elle a proclamé. M. Baour-Lormian est l'un de ses poëtes qui ont le mieux secondé la rénovation du sentiment religieux au XIXᵉ siècle. Il est par-dessus tout un inventeur d'harmonie, et c'est à M. de Lamartine que je l'ai entendu reconnaître.

On reproche à quelques-uns de nos grands

poëtes, et particulièrement à MM. Hugo et de
Lamartine, d'avoir trop multiplié les images matérielles pour peindre les impressions et même
les hautes puissances de l'âme ; mais la poésie
peut-elle abdiquer son langage? Où je vois l'inspiration, je retrouve la spiritualité. Ah ! que les
ministres de la religion acceptent sans scrupule
et surtout sans colère les secours que leur prêtent
la philosophie régénérée et la poésie.

CHAPITRE XVII.

Pensées religieuses, mélancoliques et tendres qu'inspire aux vieillards un jour d'anniversaire. — La religion transforme en espérances, en visions bienfaisantes, les regrets les plus déchirants.

MÉDITATION LE JOUR DE MON ANNIVERSAIRE,

LE 3 SEPTEMBRE 1837.

CE n'est pas sans un profond recueillement qu'on arrive à l'âge de soixante et dix ans accomplis. Je m'étais peu flatté, dans le cours d'une vie soumise à mille épreuves, et ballottée par des révolutions dont je ne sais plus le compte, d'atteindre à un âge que chacun, excepté ceux qui le dépassent, juge un terme satisfaisant. Je jouis à petit bruit de cette victoire remportée sur le temps, car il n'aime pas qu'on le brave. Quant aux révolutions, je sais qu'elles grondent toujours sous nos pieds, lors même qu'elles n'éclatent plus sur nos têtes; dix journaux sont là pour me le dire tous les matins. Aussi, je renferme ma satisfaction, je ne souffle mot,

même devant les miens, de cette espèce de lon-
gévité moyenne, comme si je voulais prendre
encore quelques airs de jeunesse; mais j'en re-
mercie Dieu qui a conduit mes pas sur une route
bordée de tant d'abimes. En me livrant au sentiment religieux, il me semble que je célèbre
mieux mon jour natal que si, comme au temps
d'Anacréon et d'Horace, j'attendais dans mon jardin, des Lydie, des Lalagée au doux sourire, aux
douces paroles, que si je faisais rafraîchir le Fa-
lerne dans une fontaine aussi transparente que
celle de Blandusie, et me laissais couronner de
roses par une troupe folâtre à qui cette parure
de mes cheveux blancs paraîtrait assez ridicule.

Solitaire et serein, je suis les contours et respire les parfums de ma prairie fauchée pour la
seconde fois, et dont les racines vivaces vont
bientôt reproduire quelques paquerettes, quelques sauges odorantes, et des violettes d'automne.
Je voudrais y voir une image des jours réservés
à ma vieillesse.

A travers un labyrinthe d'arbrisseaux, je monte
à mon pavillon élevé sur un monticule de ma
fabrique, et de là je découvre une scène aussi
riante que vaste, embellie par la Saône et ses
riches coteaux, et qui va se terminer aux neiges

des Alpes que le soleil couchant teint d'une
pourpre légère. Mes regards suivent avec distraction et un faible intérêt la fumée de ces ba-
teaux à vapeur qui, sur la rivière centrale,
vont joindre les tributs du nord à ceux du midi.
J'aime mieux les arrêter sur les tourelles de ce
petit château voisin de ma demeure, où je vins
il y a vingt-cinq ans, vers le déclin de mon été,
chercher mon angélique écolière; sur le berceau
de tilleuls qui reçut nos confidences, sur l'église
du village qui reçut nos serments. Il me semble
que ces souvenirs, dont les années n'ont point
altéré le charme, ôtent quelque chose à leur
poids. Mon imagination ne demanderait pas mieux
que de jouer, si je ne la contenais pour l'honneur
de la philosophie. Hier encore, je m'entretenais
sur ce même pavillon avec mon illustre voisin
que je m'enorgueillis d'appeler mon ami. N'aurait-il point laissé dans ces agréables lieux quelque émanation de son génie? Une brise poétique
ne descendrait-elle pas de *Saint-Point* sur *Bel
Air*! Ah! mes soixante et dix ans me disent trop
que je ne pourrais la recevoir et l'exhaler que
d'un souffle haletant. Et pourtant je viens, sans
le secours de la lyre et de la harpe, sans l'inspiration du génie, mais avec l'effusion d'un cœur

religieux, m'unir à ses *Harmonies*, à ses *Méditations*. Je voudrais coopérer autant qu'il est en
moi à l'œuvre sainte de régénérer la bienveillance sociale, et de purifier par un nouveau baptême cette philanthropie qui avait causé une si
douce exaltation à ma naïve jeunesse, et que mon
âge mûr a vu si cruellement profanée et si odieusement invoquée.

Habitué dès ma jeunesse aux plus ardentes, aux
plus périlleuses épreuves de la polémique, épreuves que je soutenais en présence de la tyrannie
et des fureurs révolutionnaires, j'ai longtemps
plus songé à combattre les partis qu'à les adoucir. La voix devient rauque au milieu des tempêtes. Je voudrais emprunter à mon voisin, non
comme poëte, mais comme orateur, surtout
comme philosophe, l'art de passer avec une sérénité fénélonienne à travers nos discordes et
comme sans les apercevoir, l'art de calmer, d'en-
noblir les esprits en leur présentant la perspective des soulagements et des bienfaits promis à
l'ordre social. C'est cette mission que le religieux
Wilberforce a remplie pendant quarante ans en
Angleterre, et qui lui a valu le plus doux des
triomphes, l'émancipation graduelle des nègres
dans les colonies anglaises. Un tel rôle ne pouvait

rester vacant parmi nos députés du XIXe siècle. Combien n'aimons-nous pas à le voir rempli par un homme dont l'éloquence a le charme d'une lyre.

Le jour natal est surtout pour les vieillards le jour des souvenirs, et malgré les idées d'allégresse qu'on est convenu de lui attribuer, il a quelque affinité avec le jour que l'Église consacre à la fête des morts ; mais une commémoration pieuse et tendre n'est pas tenue d'être lugubre. S'il est cruel de se rappeler l'heure de la séparation, on se dit : Celle de la réunion n'est pas éloignée. Toutefois il est loin de ma pensée de la désirer prochaine ; de trop chers objets me le défendent. Mais on s'y prépare sans faste, sans effort, par de fréquents entretiens avec ceux qu'on a perdus. On les revoit dans les jours où leur parole fut le mieux inspirée, où leur main fut le plus secourable ; on les revoit dans leurs jours de gloire, en pensant qu'ils jouissent d'une gloire plus haute ; on les revoit dans leurs jours de souffrance et de martyre, en pensant qu'ils en touchent le prix ; on recommence avec eux la jeunesse, l'enfance, toute une vie écoulée. Quand on s'est rempli de leur pensée dans la solitude, on tâche de s'établir leur substitut sur la terre ; tout ce qu'ils ont

aimé on le soigne, on le cultive, on le protége,
on le défend; ce qu'ils ont désiré vainement pour
leurs amis, on tâche de l'accomplir; et à chaque
effort plus ou moins heureux, on croit entendre
leur voix qui dit : C'est bien. Nous tenons à faire
honorer et surtout à faire chérir leur mémoire;
nous gravons leurs traits et leurs paroles dans
celle de nos enfants. Ils croient à tout ce que
nous racontons sur eux de plus noble et de plus
touchant, en voyant nos regards tantôt briller,
tantôt s'humecter de larmes. Nous leur donnons
ainsi ce que nous pouvons d'immortalité sur la
terre, ou du moins dans notre intérieur, dans
notre famille; qu'importe que le cercle soit étroit
si la chaîne est intime. Avons-nous un conseil à
donner, nous nous armons de leur autorité; c'est
ainsi que chez les anciens un oracle inspirait un
respect plus profond quand il paraissait avoir
traversé plusieurs sanctuaires.

Un devoir légué et bien rempli satisfait deux
âmes à la fois et dans deux mondes différents.
C'est la plus forte armure qu'on puisse opposer
à des douleurs déchirantes. Ce n'est plus seulement
le devoir, c'est le tribut de l'amour. C'est une résurrection quotidienne dont l'amour est le ministre. Je n'aime pas à être convié à la tristesse.

Je m'y présente de bon cœur; mais je lui donne pour fidèle escorte et pour support, la pensée de Dieu. Pour songer aux êtres qui m'ont été enlevés, je n'ai pas besoin du fracas des vents déchaînés, de celui de l'avalanche, du torrent, du craquement répété de la foudre. Je ne vois là qu'une épreuve pour ma constance, un exercice pour ma pitié. Je n'entends là qu'une voix puissante qui dit à l'homme : Mesure ta force à la mienne, et viens chercher un refuge dans mes bras. C'est dans la fraîcheur, dans le calme d'une belle matinée de printemps, ou dans la fraîcheur toute bienfaisante d'une nuit d'été que j'aime à penser à la fille que j'ai perdue à la suite d'un fatal incendie qui faillit consumer ma famille entière avec moi. Mais un tel souvenir est rempli de circonstances si cruelles et si poignantes, que je n'ose en parler à sa mère qui prie de son côté peut-être, invoque cet ange et veille à me cacher la perpétuité de ses regrets, pour ne pas m'en accabler. C'est le seul mystère que nous ayons l'un pour l'autre.

Le matérialisme, en détruisant le grand avenir, détruit aussi tout le passé du cœur. A qui le philosophe de cette école adresserait-il ses plus tendres regrets pour ceux qu'il a perdus? A des millions d'êtres dispersés dans l'espace, à des globules d'oxigène, d'azote, d'hydrogène, de carbone, de phosphore, à des insectes objets de dégoût, à des animalcules pestilentiels. Tout est muet pour lui. Il ne peut toutefois chasser entièrement ses souvenirs; il en est souvent déchiré; sa logique les condamne comme une inconséquence, comme un démenti qu'il donne à ses principes, comme une déplorable lâcheté. Et cependant, un tel homme tient encore à la mémoire qu'il laissera, il voudrait vivre dans quelque cœur ami, reconnaissant. Qui sait si ce grand semeur de tristesse, d'ennui, de désespoir, n'aspire pas à être béni de la postérité, du genre humain, pour prix de ses desséchantes et brutales analyses. Que de dangers, que de morts ne braverait-il pas pour être placé au Panthéon? Oh! la belle chose que l'immortalité pour qui ne croit pas à l'immortalité de l'âme! Eh! ne voyez-vous pas, à de telles espérances, qu'il y croit au moment même où il la nie. J'ai connu des matérialistes dont le cœur n'était point desséché au gré de leurs théories, qui trouvaient une intime douceur, ou du moins une consolation nécessaire, à consacrer une heure au souvenir d'une épouse qu'ils avaient perdue, d'une fille enlevée au prin-

temps de la vie; ils m'ont avoué que dans ces
moments ils se croyaient vus et entendus de
l'objet regretté. Quand ils rentraient dans leurs
théories, ils rentraient dans les ténèbres. Une foi
ferme et tendre vous donne un pouvoir résurrecteur, se joue de la mort et lui reprend tout
ce qu'elle croit nous avoir ravi, recomplète notre
famille, nous rend la société qui vit nos premiers
jeux, et celle qui nous forma aux plus mâles
exercices de la raison, aux plus nobles efforts de
la vertu. Elle peut tirer tout le monde ancien
de ses ruines à l'aide des leçons qui nous en ont
été transmises, des types du beau, des grands
souvenirs qui nous en sont parvenus. La proso-
popée est une figure de rhétorique usée et qu'on
abandonne volontiers aux déclamateurs. Eh bien,
nous n'avons guère de rêverie qui ne fourmille
de prosopopées. Ne vous semble-t-il pas, quand
vous payez un tribut à la mémoire d'un ami,
d'un sage, d'un bienfaiteur de l'humanité, que
cet encens monte jusqu'à leur séjour? Comment
ne pas adorer le Dieu qui a donné à mon cœur,
plus encore qu'à mon imagination, cet immense
et bienfaisant pouvoir! Cette évocation des morts
est une foi instinctive dont nul être humain n'est
entièrement privé, et que tout l'arsenal d'une

philosophie maudite ne peut entièrement détruire, comme on vient de le voir. Je ne sais si le crime même parvient à l'arracher, car il lui est difficile d'arriver à un abrutissement qui étouffe ses remords, et le remords est fertile en évocations involontaires et terribles.

Sur le seuil de la mort, qu'il m'est doux de triompher de tout ce que cette image a d'horrible! Mais je n'écarte point, et certes nul homme ne le pourrait, ce qu'elle a de solennel, de mélancolique et de recueilli. La plus sublime des espérances veut s'appuyer sur la douleur et sur l'amour. La vallée de larmes est le chemin du ciel. Un cœur froid n'a rien à découvrir dans cette région. Une longue et douloureuse méditation, des soupirs et des pleurs, voilà l'enchantement qui soulève la pierre de la tombe.

Je te bénis, ô mon Dieu, toi qui m'as fait connaître de si dures épreuves. Jamais je n'ai été plus près de toi que lorsque tu me les as imposées; ces flèches qui ont percé mon cœur, l'ont élevé jusqu'à ton trône. La grandeur de tes promesses ne se découvre jamais mieux qu'à des yeux baignés de larmes. Dieu m'a fait une vertu de cette espérance qui est le support et le charme de ma vie. Ah! je ne trouve rien qui me fasse mieux

concevoir toute l'étendue de sa bonté, rien qui
me dise plus fortement que son essence est amour.
Toutes mes témérités sont justifiées. Je ne sais
point lui rendre un hommage de terreur. Quand
sa grandeur m'écrase, quand mes fautes m'hu-
milient, une pensée qui s'adresse à lui me relève.
Je ne suis humble et bas que lorsqu'elle m'abandonne. Que son souffle passe sur le roseau pensant [1], jouet de tous les vents contraires, il se
redresse et n'envie rien au cèdre; il croit rendre
des sons mélodieux que les anges écoutent. La
confession que l'on fait aux hommes (je ne parle
pas de celle du saint tribunal) n'est souvent
qu'une vengeance que l'on exerce contre ceux
dont on a subi la loi, éprouvé les rigueurs, les
dédains, envié les succès. Nos actes de contrition
mondaine frappent une autre poitrine que la
nôtre. Un homme de génie, et ce qu'il y a de
plus étonnant, un homme d'une sincérité aussi
courageuse qu'éloquente, n'a fait sonner la trom-
pette du jugement dernier que pour se placer
aux premiers rangs entre les bons; et nul de ses
contemporains, nul de ses lecteurs mêmes, n'a pu
ou ne pourra confirmer ce jugement. Pour moi,
mon bonheur est d'avoir été souvent entouré

[1] Expression de Pascal.

d'hommes qui valaient mieux que moi; ma gloire est d'en avoir été chéri. En pensant à mes bienfaiteurs, je porte plus légèrement le poids de mes défauts, comme ils les ont supportés eux-mêmes. Ils se promènent en cercle autour de moi dans mon pavillon, dans mon jardin, et sur les coteaux où j'entends le bruit et la joie des vendanges; je me recueille pour entendre leur voix, qui porte bien une autre joie à mon âme. Je leur confie mes pensées de vieillard, comme je leur confiais mes pensées de jeune homme.

Rentré dans mon cabinet, je les consulte encore. Ces morts bienveillants (et parmi eux il en est d'illustres) forment mon public; j'en fais mes juges, mes censeurs. Mes travaux ne peuvent leur être étrangers. Je continue mon frère avec un secret espoir que mes fils me continueront. Il est plusieurs de mes illustres contemporains dont je n'ai reçu les bontés qu'en passant, ou dont je n'ai pu qu'effleurer l'amitié. Eh bien, depuis leur mort, j'ai contracté avec eux des amitiés plus intimes. Voilà qu'en écrivant ce chapitre, je crois voir Bernardin de Saint-Pierre et Delille me sourire, comme ils me souriaient quelquefois. Si le public me reçoit peu favorablement, je porterai mon appel à ces heureux et aimables morts.

CHAPITRE XVIII.

Cette méditation prend un peu le caractère vague de la rêverie. — L'optimisme religieux ne peut s'interdire quelque essor poétique. — N'avons-nous à subir qu'une seule épreuve, le plus souvent fort imparfaite, pour mériter un jugement définitif sur les peines et les récompenses qui nous sont dues? — Examen des différentes sortes de récompenses promises par le polythéisme, par l'Alcoran, ou rêvées par des sauvages. — Les épreuves nouvelles ne peuvent-elles se passer dans quelqu'un des astres? — Quel parti les fables grecques n'auraient-elles pas tiré de la pluralité des mondes? — Examen sceptique de la vie antérieure supposée et affirmée par Platon. — Nécessité d'être sobre sur des conjectures de cet ordre.

DE LA PLURALITÉ DES MONDES ET DES MIGRATIONS DES AMES.

L'OPTIMISME a sa poésie, ou plutôt de sa nature il est tout poétique. Il est religieux, mais il s'accorde plus de liberté que n'en permettent les religions positives. Seulement quand il se livre à des méditations aventureuses, il ne dogmatise pas, il ne donne pas ses hypothèses pour des démonstrations, ses espérances pour des symboles de foi. Mais pour n'être pas désavoué par la philosophie, il s'approche autant que possible de la vraisemblance; que craint-il après tout? il s'appuie sur deux vérités inébranlables, l'existence de Dieu et l'immortalité de l'âme, patrimoine du genre humain. Il les épure des superstitions grossières et inhumaines qui ne seraient que des adorations sacriléges. Rien ne le trouble dans sa reconnaissance et son amour pour Dieu. Il considère notre petit globe comme une terre d'épreuves, et non comme une terre maudite. Quoique le mal existe, il n'y a pas pour lui de génie du mal, ou du moins il ne scinde pas la Divinité en deux parties qui se combattent. Tout travail qui peut conduire l'homme à une connaissance, toute souffrance qui peut développer en lui une vertu, est plutôt une épreuve qu'un mal aux yeux de l'optimiste, puisque c'est le principe et la condition nécessaire d'un grand bien; c'est du christianisme surtout qu'il tire cette philosophie. Rien n'est travail, mais tout est action pour Dieu. Le gouvernement du monde, ou physique ou moral, n'échappe pas un moment à son regard providentiel. Il a disposé notre âme comme il a créé nos organes pour une fin. Cette fin est aperçue par notre conscience et prouvée par notre raison.

Notre âme est aussi disposée pour une action persévérante, mais sous la condition du travail et de
la peine en notre qualité d'être fini. Connaître,
aimer, s'élever, voilà les trois fins de l'homme,
et toutes trois aboutissent à Dieu. Notre connaissance, pour être sûre et bienfaisante, ne peut
tendre qu'à contempler et admirer Dieu dans ses
ouvrages. Notre amour terrestre se divinise lorsqu'il s'adresse à nos semblables, à nos compagnes
qui, de concert avec nous, le reportent vers lui ;
rien n'est élévation vraie que ce qui tend à se
rapprocher de Dieu. Je ne dis rien ici qui n'é-
mane des vérités fondamentales du christianisme.
Jusqu'à présent, ma marche est sûre autant que
facile : tout à l'heure peut-être le sera-t-elle
moins. Je vais énoncer des hypothèses qui, si elles
ne sont pas hostiles à la foi, lui sont du moins
un peu excentriques ; mais comme je le disais au
commencement de ce chapitre : Que craindrais-je
après tout ? Dussé-je être précipité de l'échelle
des mondes que mon imagination va construire,
je me retrouverai avec un Dieu rémunérateur et
miséricordieux qui, sans me faire comprendre
tout le secret des peines et des récompenses qu'il
me destine, m'a enseigné le moyen d'éviter les
unes et de mériter les autres. Je m'appuie sur le

principe d'induction qui gouverne aujourd'hui le monde scientifique aussi bien que le monde moral.

Depuis les découvertes de Copernic, de Galilée, de Képler et de Newton, on se demande si notre globe est seul habité, seul habitable. Lui constituer ce privilége exclusif, cela me paraîtrait ressembler au vulgaire de l'antiquité, qui voyait dans les étoiles des clous d'or attachés sur des cieux de cristal. Les dimensions calculées des planètes et du soleil, et les dimensions incalculables des étoiles, tendent bien plutôt à humilier notre globe et à en faire un point assez méprisable de l'univers physique. Mais avec l'intelligence, et surtout avec l'amour de Dieu, nous reprenons un rang qui n'est plus aussi humble. Entre le monde spirituel et le monde matériel il n'existe aucune proportion. John Herschell, qui marche aujourd'hui en roi de l'astronomie, nous permet de regarder le soleil lui-même comme habitable.

Cet immense univers n'est-il qu'une décoration d'opéra dont Dieu amuse notre vue? la vie qui surabonde ici manque-t-elle dans ces mondes sans fin? ne serait-elle qu'un accident de la matière qui n'a pu se produire que dans les conditions données de notre globe? serait-il une oasis d'intelligence dans le désert des cieux? L'harmonie

physique qui règle ces mondes opaques ou lumineux, les fait graviter les uns vers les autres, et
vers un centre commun qui devient lui-même sa-
tellite d'un autre soleil, ne serait-elle pas une
image rendue sensible de l'harmonie qui règne
dans le monde intellectuel, et que la religion
elle-même consacre par la hiérarchie qu'elle établit entre les anges? Cette gradation ne se montre-
t-elle pas sur notre globe depuis la pierre jusqu'à la plante, depuis la plus imperceptible mousse
jusqu'au cèdre, depuis le polype qui fait la transition du règne végétal au règne animal jusqu'à
l'éléphant, et depuis la masse entière des animaux
jusqu'à l'être qui pense, qui raisonne, qui devine
les lois du monde, et qui s'élève à Dieu?

L'homme seul entre tous les êtres terrestres est
averti de son immortalité. N'a-t-il qu'une épreuve
à subir, et passe-t-il de plein saut à la vie pure-
ment intellectuelle sans l'intermédiaire des sens
et des organes?

Quoique je sois un spiritualiste ardent et convaincu, il ne répugne point à ma raison que
nous puissions arriver par gradation à une vie
que le raisonnement, le sentiment et la parole
divine nous font croire, mais qui n'a point de
prise sur notre imagination.

Leibnitz, et la plupart des philosophes, même les plus spiritualistes, paraissent être de cette opinion. Le témoignage de la religion vient confirmer leurs conjectures. N'a-t-elle pas fait de la résurrection des corps un dogme de la foi? Si les bienheureux en attendant la fin du monde et le jugement dernier avaient été tout d'abord appelés à la vie intellectuelle, serait-ce au moment où ils touchent à leur plus haute récompense que Dieu les ferait déroger jusqu'à reprendre les organes qu'ils ont laissés sur la terre, et les éloignerait ainsi de la nature angélique qu'ils commençaient à essayer? D'ailleurs, n'est-il pas question de peines cruellement physiques pour les réprouvés?

L'enfant qui meurt quelques minutes, quelques jours, ou même cinq ou six ans après sa naissance; l'idiot, dont l'intelligence est froissée, obscurcie par des organes défectueux, tant d'autres infortunés posés dans des cas exceptionnels, ont-ils fourni sur la terre des épreuves suffisantes? Dieu se presse-t-il de juger si de tels êtres ont bien mérité ou démérité de lui, à coup sûr ce ne peut être dans une vie qu'ils ont à peine entrevue.

L'âme ne peut-elle animer plus d'un corps? La physiologie elle-même nous apprend que sur cette terre nous en animons sept ou huit, ou

même un plus grand nombre, sans sortir sensi-
blement de la même enveloppe ; l'hypothèse d'une
vie antérieure, lorsqu'elle est dégagée de tout ce
qu'elle offre de choquant pour notre orgueil et
de contraire aux données de la physiologie, est
une de ces questions sur lesquelles l'intelligence
humaine, livrée à elle seule, ne peut dire ni oui
ni non. Le mot impossible ne doit pas se prononcer ici ; cette vague croyance a dominé dans
la partie la plus éclairée du monde ancien. Platon
l'a fait entrer dans les probabilités philosophiques,
et ne lui a donné que trop de valeur et d'importance dans ses raisonnements sur l'immortalité de l'âme. Le christianisme, en appuyant cette
immortalité sur une autre base et sur une autorité plus entraînante, a discrédité cette hypothèse, et cependant les Pères de l'Église qui, tels
que saint Augustin et Pascal, insistent beaucoup
sur le péché originel, induisent même involontairement l'esprit à supposer une existence antérieure ; car d'après les idées que nous pouvons
nous former de la justice et de la bonté de Dieu,
ce sont nos propres péchés et non le péché d'un
premier père que nous pouvons expier. La justice
de Dieu doit être encore moins rétroactive que la
justice humaine.

Soit qu'on nous accorde les idées innées de Platon, de Cicéron et de Descartes, ou les idées nécessaires, des formes nécessaires de notre esprit de Kant et de la plupart des philosophes allemands; il faut bien convenir que les sensations paraissent souvent réveillées et qu'elles occasionnent des idées qui ne sont pas de leur domaine. La physiologie rend un compte si absurde de nos dispositions intellectuelles, de nos instincts, de nos inclinations, qu'elle n'a nul droit de se railler de l'hypothèse de Platon. Sans doute c'est un *peut-être;* si la raison ne le démontre pas, du moins elle n'en est pas blessée; peut-être sommes-nous des anges tombés qui n'ont pas mérité d'être plongés dans le séjour sans espérance, et qui font pénitence sur la terre, pénitence assez douce et digne de la bonté de Dieu, puisque la plupart des hommes y prennent goût et sont très-fâchés de la voir finir; peut-être sommes-nous des anges au berceau environnés des langes de la matière, et qui n'ont que trop de penchant à s'y habituer et même à les chérir.

A coup sûr nous n'avons aucune idée distincte d'être sortis d'un autre séjour; mais la manière dont nous acquérons nos connaissances peut bien faire supposer une éducation commencée ailleurs;

et le divin Platon qui chérit tant cette hypothèse, en serait lui-même une preuve, par une sublimité qui semble ne pas appartenir à la terre.

Mais le sentiment de notre immortalité est bien d'une autre consistance, d'une autre généralité, on pourrait presque dire d'une autre universalité chez les hommes ; elle se déduit bien plus évidemment de la nature d'un être qui pense, raisonne, a le sentiment du beau, du bon, du juste, et s'élève jusqu'à l'être infini par deux voies : le raisonnement et l'amour.

Ne vous étonnez pas si les premiers hommes et les premiers législateurs qui étaient des poëtes n'ont présenté que des idées informes, grossièrement matérielles ou languissantes des différents théâtres d'une autre vie, soit pour les peines et les récompenses. La société dans l'enfance devait commencer par les mêmes idées qui chez nous captivent le plus l'imagination des enfants. Ces séjours ils les faisaient appartenir encore à notre globe qu'ils ne connaissaient pas.

Quoique je sois loin d'exclure la possibilité d'une vie antérieure du nombre des données conjecturales sur lesquelles la philosophie peut s'exercer, je repousse avec dégoût la métempsycose indienne transmise aux Grecs par Pythagore ; elle

est avilissante pour la nature humaine, elle efface la démarcation entre l'animal qui sent et
l'homme qui pense. Elle n'est point une expiation, puisque la brute n'a nulle conscience d'un
délit antérieur, et ne peut être humiliée du rôle
plus ou moins bas qu'elle joue dans la nature.
J'imagine que l'empereur Vitellius, transformé
dans l'animal dont il eut les appétits gloutons,
ou que Robespierre, transformé en hyène, se
trouveraient fort bien dans leur nouvel état, et
je ne sais par quelles bonnes œuvres ils pourraient mériter d'en sortir.

Avec tant de cieux à notre disposition, nous
accommoderons-nous d'une émigration souter-
raine qui nous conduirait aux enfers, ou aux
champs Élysées du polythéisme hellénique ou romain? Passerons-nous au régime des ombres éternellement babillardes condamnées à n'avoir pour
sujet d'entretien que ce qu'elles ont fait sur la
terre? Couchez-moi sous les plus frais ombrages
des champs Élysées, j'y souffrirai comme un
damné, s'il me faut toujours entendre le même
récit, fût-ce de la bouche d'Homère ou d'Héro-
dote; autant vaudrait remplir le tonneau des Da-
naïdes ou tourner la roue d'Ixion. Il est vrai
que les nouveaux arrivants peuvent quelque peu

varier l'entretien. Mais il y aura toujours un
grand fonds d'ennui dans les nouvelles d'une
terre à laquelle on ne tient plus. On nous parle
à la vérité d'exercices et de jeux, mais deman-
dent-ils un grand effort de vigueur et d'adresse?
quand il s'agit d'objets fantastiques, le plus faible
enfant ne peut-il pas faire tous les prodiges de
Milon de Crotone?

Je n'en finirais pas si je voulais parcourir tous
les paradis (car je ne veux pas parler ici des enfers), tous les paradis créés par l'imagination des
peuples, des pontifes, des législateurs, des bardes
et des poëtes, depuis ceux de Mahomet, d'Odin
et d'Ossian, jusqu'à ceux des peuplades africaines
qui seront transportées dans un séjour où à leur
tour elles commanderont aux blancs, ou des peuplades américaines qui chasseront dans des forêts
merveilleusement abondantes en gibier.

Les matérialistes modernes et les vieux suivants
d'Épicure font seuls exception à cette croyance.
On sait que chez les peuples anciens, les nations peu
éclairées, et même chez quelques-uns des premiers
chrétiens, Tertullien entre autres, le matérialisme n'est point exclusif de l'immortalité, quoique assurément ce soit une mauvaise route pour
y conduire. Quant à nos matérialistes, ils ne sont

pas flatteurs : les débris de notre âme, s'ils sont
épargnés par les vers, feront un excellent fumier,
et seront ainsi rendus au grand tout. S'accom-
mode qui voudra de ce genre d'immortalité. J'aimerais encore mieux celle des chasseurs améri-
cains, sans avoir aucun goût pour cet exercice.
Entre tous ces paradis, il y en a un qui m'est
odieux, c'est celui de ces guerriers d'Odin qui
passent leurs jours à couper des têtes, fidèles à
renaître comme celles de l'hydre de Lerne, et à
qui de révoltantes Hébés versent pour nectar le
sang de leurs ennemis mêlé à l'hydromel. Vous
voyez que la politique des guerriers et des conquérants déprave une sublime croyance que Dieu
a mise dans nos âmes, mais qu'il est aisé de
teindre des passions humaines, même les plus farouches. Le paradis de Mahomet a fait une merveilleuse fortune chez des peuples orientaux habitués à la mollesse et à la volupté. Ce ciel, transformé en bosquets délicieux et tout peuplé de
harems pour les justes, ne pouvait être trop
acheté; aussi a-t-il fait naître des prodiges d'enthousiasme, d'héroïsme et même de bienfaisance
qui ont rajeuni le vieil orient et ont paru pendant deux siècles le destiner à l'empire du monde.
Ainsi Mahomet a vaincu la mollesse par la vo-

lupté. Le paradis qui satisfait le plus aux tendres
sentiments du cœur, quoiqu'il soit encore trop
mêlé d'images de combats, est celui dont Ossian
est le chantre ou l'inventeur, si pourtant Ossian
a existé. Il fait bénir à des peuples septentrio-
naux jusqu'aux tempêtes qui désolent, ou du
moins attristent leurs contrées. Le choc le plus
affreux des nuages leur fait entendre des voix ché-
ries, celle d'un ami, d'un père, d'une compagne,
d'un fils ou d'une fille qu'ils ont perdus ; ces
êtres sacrés viennent les consoler dans leur douleur, les inspirer dans leurs chants, dans leurs
méditations, dans les résolutions qu'ils ont à prendre. Mais ils ont une fonction de plus, c'est celle
d'être les puissants auxiliaires de leurs fils, de leurs
frères, dans les combats qu'ils soutiennent pour
leur patrie, de jeter la terreur dans les rangs ennemis, ou de lancer contre eux la foudre ; ne
sent-on pas un goût de christianisme et même
de martinisme dans une telle croyance ? A travers
toutes ces fictions plus ou moins pauvres, vous
reconnaissez que rien n'est plus inhérent au cœur
et à l'esprit de l'homme que la croyance et le
sentiment de son immortalité. Son intelligence
ne s'étonne nullement du passage de son âme
dans un séjour inaccessible à ses sens et pour le-

quel l'imagination ne connaît pas de moyen de
transport; il ne faut donc pas nous embarrasser
de ceux qui nous conduiraient dans telle planète,
dans tel soleil où nous trouverions plus d'espace, plus de diversité, et où nous aurions le bonheur de faire de nouveaux amis et de retrouver
les êtres chéris qui nous attendent. Je sais bien
que la science nous refusera ses secours, elle ne
nous permettra pas d'user pour ce voyage de ces
rayons lumineux qui viennent du soleil en sept
minutes, puisqu'ils n'y remontent pas; ce serait pourtant un char bien expéditif; mais gardons-nous de matérialiser l'âme pour l'aider dans
le trajet. Il n'en coûte pas plus à la puissance
de Dieu de la transporter à quelques millions
ou à quelques milliards de lieues que de la créer,
ou de la porter à quelques pas de distance après
la mort.

Oh! pourquoi les Grecs n'ont-ils pas eu connaissance du système du monde et des merveilleuses
dimensions des astres! quel charme leur imagination si féconde et si ingénieuse en allégories
morales n'aurait-elle pas prêté à cette mythologie céleste? Les poëtes auraient sans doute usé fort
capricieusement du champ immense ouvert à leur
esprit d'invention. Mais eux qui savaient animer

les arbres et les rochers, et peupler les forêts, les fontaines, les fleuves et les mers de faunes, de sylvains, de nymphes, de néréides, n'auraient-ils pas su animer et peupler des mondes resplendissants de lumière? Mercure n'aurait plus été chargé du monotone emploi de conduire des âmes sur les bords de fleuves noirs et fangeux, tels que le Styx et l'Achéron; mais il les aurait transportées dans des planètes plus ou moins commodes suivant le mérite des âmes. Les poëtes lui auraient recommandé de loger celles des ambitieux, des conquérants, de tous les hommes animés de l'esprit de ravage dans ces comètes au long cours qui, s'éloignant du soleil comme des esclaves indociles, et puis s'en rapprochant comme pour le défier et le détrôner, supportent les plus grandes horreurs du froid et du chaud, et finissent par se dissoudre en vapeurs. Apollon n'aurait plus eu à descendre de son char pour se reposer sur la double colline, mais c'est du haut des cieux qu'il aurait conduit le chœur non plus des neuf muses, mais des planètes et de leurs satellites. Jupiter aurait quitté un astre trop peu fait pour sa toute-puissance, et se serait élevé bien haut au-dessus de son fils Apollon, et de tous les autres Apollons conducteurs de soleils.

Vénus, sans doute, aurait conservé sa demeure et
sa Paphos céleste. Ici je crains que l'imagination
des poètes n'eût pas mis assez de réserve dans les
voluptés de ce séjour, et n'eût devancé en faveur
des justes et des amants fidèles ce paradis de Mahomet. Mais Platon serait venu tout purifier et
tout embraser d'un chaste amour.

Si l'imagination a peu brillé dans les récompenses assignées aux justes, hors du christianisme,
elle s'est bien dédommagée en inventions de supplices pour les méchants et les impies; la plupart
des religions semblent s'être porté le défi à qui
fournirait le code de terreur le plus complet et
le plus raffiné; et les traditions populaires ont
beaucoup ajouté à ces sinistres inventions des
poètes, des pontifes et des despotes législateurs.
En exagérant ce ressort, elles l'ont affaibli, et
rendu presque nul. L'enfer est la partie ruineuse
des religions; la crainte qu'il inspire et que tout
invite à secouer, fournit à l'athéisme le rôle d'un
libérateur. Voyez avec quels transports irréli-
gieusement poétiques Lucrèce célèbre Épicure,
comme s'il avait bien mérité du genre humain
pour avoir remplacé le Tartare par le néant, et
pour avoir ouvert un champ plus libre aux vices,
aux crimes et à la tyrannie. Le modeste Virgile,

dans ses Géorgiques, félicite Lucrèce d'avoir foulé
aux pieds le bruit de l'Achéron avare, et cependant, lorsque dans ce poëme il descend avec Orphée aux enfers, il retrouve ce même Achéron,
ces furies et ces supplices pour lesquels il se plaît
à renouveler notre terreur. Mais dans ces lieux
de désolation, ce tendre et grand poëte fait descendre, à l'aide de la mélodie, un éclair de
pitié qui traverse un moment le cœur des Euménides. Sa philosophie grandit dans l'*Énéide* et se
teint des couleurs de Platon et de Pythagore.
Lassé de plonger les âmes dans les feux dévorants, de les clouer sur des rochers, d'en faire le
jouet des vents furieux, il prête aux flammes du
Tartare une vertu purificative qui, au bout de
mille ans, permet aux coupables, peut-être pas à
tous, de boire l'eau du Léthé, et de recommencer
une nouvelle existence sur la terre. Il anime ces
champs Élysées, qui tout à l'heure nous semblaient voués à un si morne ennui, par de jeunes
ombres, qui bientôt, c'est-à-dire dans quelques
siècles, seront appelées à la vie, et qui déjà empreintes des passions et des vertus qu'elles doivent déployer sous le nom de Brutus, des Camille, des deux Scipions, de César, accompliront
les grandes destinées de Rome.

Oh! donnez à Virgile, à Homère, à Pindare, à
Ovide, et à ce jeune Lucain que la vieille mythologie a déjà fatigué au point qu'il en dédaigne le
secours; donnez-leur tous ces mondes immenses
dont notre imagination hyperboréenne ne sait
rien faire, ou qu'elle contemple avec un télescope
hébété, ou si vous le voulez, accordez plus de liberté à des poëtes chrétiens, tels que le Dante,
le Tasse, et même l'Arioste, Milton surtout, Klop-
stock, Chateaubriand et Lamartine; affranchissez-
les quelque peu de la crainte d'offenser le dogme
et de heurter quelques textes obscurs et rigoureux; joignez-y ou placez à leur tête les philosophes dont je viens de rappeler le nom, le génie
et les bienfaits, et vous verrez que l'harmonie
de l'univers intellectuel sera mise en rapport avec
celle de l'univers physique.

Mais qui de nous ne se sent poëte par une belle
nuit d'été, sous un ciel resplendissant? Jusque
dans le cloître austère qui ne laisse voir qu'un
coin de cette scène magnifique, la poésie sort à
pleins flots du cœur, ainsi que la fontaine de Vau-
cluse coule comme un fleuve abondant, en sortant d'une source pure que cache et que protège
une voûte de rochers. La jeune religieuse se lève,
et pudiquement couverte comme si un œil pro-

fane pouvait la suivre, elle s'attache aux barreaux
de sa cellule, s'abreuve des joies des Pères du désert, ou s'abandonne plus tendrement encore aux
extases d'amour de sainte Thérèse, et croit se
sentir effleurée par l'aile du chérubin, de son bon
ange qui doit la conduire vers le divin époux.
N'est-ce pas une chose étonnante que la religion
de la croix, qu'une religion qui montre ici une
vallée de larmes, et plus loin la terrible vallée de
Josaphat, conduise l'âme à de sublimes délices
que le monde n'avait pas encore connues?

Pénétrez dans ces jardins sous ces berceaux
magnifiquement illuminés où retentissent les sons
d'une fête qui réunit tout ce qui peut charmer
les sens et enflammer l'imagination; un jeune
homme y marche à grands pas, s'y dérobe avec
empressement à cet agréable tumulte, cherche
un endroit plein de silence, où il ne se trouve
plus qu'avec ce beau ciel, ses souvenirs et les
seules espérances qui puissent le consoler. Soit
qu'il pleure une mère, une sœur, une jeune amie
qu'il allait peut-être conduire à l'autel, il demande
à ces astres paisibles lequel d'entre eux recèle
le trésor de son âme : il fait son choix pour
sortir d'une rêverie indécise. Un astre ami lui
révèle le secret de sa destination bienfaisante.

C'est là que se continuent, que se reprennent
les tendres affections commencées et brisées pour
quelque temps sur la terre. Une société d'âmes
d'élite y rend l'apparition du mal beaucoup moins
fréquente que sur ce globe. Mais on doit encore
y témoigner son amour, y mériter de plus hautes
faveurs de Dieu par des soins, des travaux, des
dévouements, par une piété qui va toujours s'al-
lumant avec la reconnaissance. Le jeune homme
y a reconnu, y contemple les êtres qu'il a perdus, et leurs traits si chéris lui paraissent rayon-
ner de l'éclat dont cet astre scintille. Peut-être
ce séjour ne sera pas encore définitif; eh bien, on
se fera toujours une escorte fidèle en passant d'un
monde dans un autre, comme des colombes qu'aucun coup de vent ne sépare.

Eh bien, de telles rêveries, de telles espérances
sont universelles parmi les hommes, et il faut
pour les étouffer une croûte épaisse de vices, de
crimes, d'une incrédulité brutale ou systématique. Qu'importe que l'espérance s'arrête à des
régions plus humbles, ou ne sorte pas des limites
de notre atmosphère ou de notre séjour terrestre; si l'on croit voir les mêmes scènes de plus
près, si le Calédonien les place dans les nuages,
le malheureux nègre dans quelques-unes des heureuses

créées par son imagination; si la Canadienne croit entendre la voix de son enfant ou de son époux dans le bruit du feuillage, dans celui du torrent; si nous-mêmes nous faisons descendre du ciel des apparitions familières; si telle inspiration qui nous donne des forces surnaturelles pour le bien nous parait venir d'un père, d'un ami, d'un guide de nos jeunes années, dont la voix nous est toujours présente; la mort n'en est pas moins trompée, et Dieu veut qu'elle le soit; Dieu veut nous apparaître derrière ce sinistre fantôme.

Il y a environ un siècle et demi que Fontenelle se croyait bien hardi de présenter l'hypothèse de la pluralité des mondes, et tirait un joli feu d'artifice de traits d'esprit et de galanterie pour dissimuler son audace. Aujourd'hui qui refuserait d'y croire? L'hypothèse du passage des âmes humaines dans d'autres mondes n'est pas aussi accréditée. Cependant, depuis que la spiritualité de l'âme est parvenue au plus haut degré de l'évidence démonstrative, depuis qu'elle domine dans toutes les écoles de philosophie, sauf peut-être quelques amphithéâtres d'anatomie où l'on respire encore l'odeur cadavéreuse du vieux matérialisme, cette espérance, sans être démontrée ni susceptible de démonstrations, peut être mise

au rang des hypothèses les plus plausibles. Il faut
bien que l'immortalité de l'âme s'exerce sur un
ou plusieurs théâtres. Il n'en est point de plus
abordable à l'imagination ; cette hypothèse n'effarouche pas la raison et se prête aux jugements,
aux conjectures que nous formons à l'aide de nos
sens. Elle sert d'intermédiaire et d'introduction
à l'état de pur spiritualisme. Son suprême mérite
est d'établir le régime providentiel de Dieu sur
les bases les plus dignes de sa toute-puissance,
de sa justice et de sa bonté active. Rien ne peut
donner une plus haute idée de son omniprésence,
de son action universelle. Je comprends que la
foi timide prenne quelque ombrage de ces mondes que l'Évangile n'a point révélés explicitement ;
qu'importe ? s'il les fait conclure. Où sont ces
limbes dans lesquels les patriarches, les hommes
de paix, de justice et d'amour attendaient la venue
du Christ, et ceux où des théologiens plus miséricordieux que beaucoup d'autres, placent des
enfants non purifiés par le baptême, et osent
même faire entrer Socrate et Marc-Aurèle ? La
foi nous commande-t-elle de chercher sous nos
pieds et dans l'opacité de notre globe, des enfers,
des purgatoires ? Ces cercles que le Dante imagine
pour ces deux séjours inégalement terribles, ne

s'appliqueraient-ils pas mieux aux sphères célestes? Pourquoi n'y aurait-il pas une fraternité
entre tous les êtres intelligents? la chaîne d'a-
mour qui nous lie à Dieu ne peut-elle nous lier
encore non-seulement à des anges, à des saints,
mais à ceux qui dans l'univers travaillent à le devenir? n'y a-t-il pas des gradations dans le séjour
de récompense et de félicité? Jésus-Christ n'a-t-il
pas dit : Il y a beaucoup de demeures dans la
maison de mon père? saint Jean et saint Paul,
dans leur ravissement au ciel n'y ont-ils pas vu
des stations diverses?

J'ai déjà cherché à prévenir les objections des
savants contre l'hypothèse favorite des optimistes.
Je conviens pourtant que cette hypothèse de l'é-
migration des âmes dans plusieurs globes amuse
plus l'imagination qu'elle ne satisfait le cœur im-
patient de revoler à la source d'amour. Parmi les
esprits ardents, il en est peu qui ne se soient com-
plu quelques moments dans cette rêverie, mais
on n'y tient guère! on veut un vol plus rapide,
une reconnaissance plus immédiate des êtres
qu'on brûle de rejoindre. L'esprit s'effarouche
d'avoir à revêtir de nouveaux organes dont il ne
se fait pas l'idée, de ne procéder que par de
faibles réminiscences, d'être pour plusieurs siè-

cles retardé sur la route d'une félicité suprême,
de recommencer des épreuves difficiles et périlleuses; pour moi j'incline fort à penser que nos
épreuves ne peuvent être finies dès cette vie, au
moins pour le plus grand nombre de nos semblables; car il en est plus de la moitié pour lesquels elles ne sont pas même commencées, et
beaucoup d'autres auxquels Dieu peut accorder
la permission de les recommencer dans des conditions plus favorables; la gradation, loi permanente de l'univers physique, pourrait bien être
aussi une loi de l'univers intellectuel.

L'hypothèse de l'émigration des âmes dans un
ou plusieurs globes, pourrait servir de complé-
ment à celle d'une vie antérieure. Il est des âmes
privilégiées qui peuvent avoir achevé dignement
ici-bas leur pénitence ou leur exil dans le monde
matériel. C'est pour elles, c'est pour le petit nombre des élus que le Christ ouvre immédiatement
le royaume des cieux dans toute sa splendeur. Il
serait possible, et j'ose ajouter qu'il me paraîtrait
équitable que le commun des hommes passât encore par une suite plus ou moins longue d'expia-
tions et de purgatoires plus ou moins supportables.
Car nous sommes en général d'une nature plus
mélangée de vertus et de vices, que parfaits dans

les unes et consommés dans les autres. Suivant
ces proportions diverses, les uns peuvent monter
plus haut, c'est-à-dire s'approcher plus du bonheur, les autres descendre plus bas, c'est-à-dire
être exposés à des peines plus sévères; l'édredon
du voluptueux peut être changé en un lit d'épi-
nes. L'homme pervers et corrompu, le scélérat
même, sont avertis par leur conscience qu'ils se
sont préparé un séjour plus ou moins prolongé
de souffrances, et le suicide, qu'il ne rejette un
fardeau que pour en supporter un plus intolérable. Je ne dis rien ici qui ne résulte non-seulement de l'enseignement religieux, mais de notre
sentiment moral.

Quant aux âmes plus pures, Dieu leur tient
compte non-seulement de leurs œuvres actives,
mais de leurs souffrances saintement supportées :
de là cette prédilection que le divin Rédempteur
montre pour les pauvres et pour les affligés.

On trouvera peut-être que je m'étends avec
trop de complaisance sur cette rêverie ou méditation, comme il conviendra de l'appeler ; je ne
le fais pas sans quelque scrupule de m'écarter de
la sévérité philosophique, quoique Platon, Leibnitz, et Cicéron dans le Songe de Scipion, l'une
de ses œuvres philosophiques les plus délicieuses,

puissent me servir ici d'autorité. Mais je crains de
compromettre un dogme aussi nécessaire à la société humaine que celui de l'immortalité de l'âme,
un dogme aussi démontré par la puissance de la
réflexion jointe à celle du sentiment, par des
hypothèses que la raison peut beaucoup moins
affirmer. Celle de la transmigration des âmes dans
des séjours où elles pourraient s'unir encore avec
de nouveaux organes s'était en quelque sorte en-
racinée dans mon esprit, et s'y offre toujours involontairement. Dans le temps de la Terreur, et
lorsque pour y échapper je servais dans les rangs
de l'armée, une si douce rêverie charmait mes
nuits de bivouac. Dans cette espèce de théologie
sidérale, je plaçais mes amis ou d'illustres victimes
dans quelques-uns des astres qui me versaient
leur douce clarté, et surtout dans les planètes qui
composent notre système solaire; je les réunissais
à des êtres de leur choix, de leur intimité, à tous
les justes dont le supplice méritait le plus mon
indignation et m'arrachait des larmes, à tous les
sages qui avaient souffert comme eux; ainsi que
Socrate prêt à boire la ciguë aimait à se réunir
dans ses espérances avec d'illustres victimes de
l'injustice des hommes; mais je ne les laissais pas
confinées dans ce nouveau séjour; je les mettais

en communication avec le ciel de l'Évangile, dont ils s'approchaient tous les jours.

Telles étaient mes méditations à la clarté de la lune que ma veille militaire me permettait de suivre longtemps dans son cours; et voilà que maintenant je suis un ingrat pour cette pauvre lune si chérie des poëtes, des rêveurs et des amants. Les savants me l'ont défigurée. C'est suivant nos astronomes un astre laid et chétif autant qu'il est fantasque. Privé d'atmosphère à ce qu'on dit, mais on n'en est pas bien sûr, il n'est pas habitable pour des êtres un peu semblables à nous. Mais la science elle-même vient m'offrir la plus magnifique des compensations, puisqu'elle me permet maintenant d'habiter le soleil. Béni soit cet Herschell qui gouverne aujourd'hui le monde sidéral. Je puis, grâce à lui, traverser cette immense atmosphère lumineuse dont s'entoure le soleil.

Mais il est temps de m'arrêter dans ce vol téméraire. Les esprits sérieux et sévères ne manqueront pas de condamner tout ce chapitre où règne en effet beaucoup de vague; mais quoique certains de notre immortalité, nous n'y pouvons toucher que par le vague. Je les prie de me pardonner de traduire ici des rêveries auxquelles

eux-mêmes ont pu se livrer. Après tout, c'est une
manière fort agréable de rêver dans une nuit de
bivouac, et fort innocente de rêver à la belle
étoile.

Je dirai dans le chapitre suivant comment mes
idées sur ce sujet se sont modifiées et sagement
humiliées, dans un entretien que j'ai eu le bonheur d'avoir avec madame de Staël.

CHAPITRE XIX.

Portrait de madame de Staël. — Séjour de l'auteur à Copet.
— Préoccupation de M. Necker et de sa fille. — Entretien
où sont parcourues rapidement quelques-unes des hypothèses présentées dans le précédent chapitre. — Madame
de Staël conclut et prouve que c'est pour nous un double
bienfait d'avoir la certitude de notre immortalité et de ne
pouvoir nous former une idée claire et positive du lieu où
elle s'exercera.

ENTRETIEN AVEC MADAME DE STAËL
SUR LE SUJET PRÉCÉDENT.

Ce n'est plus moi qu'on va entendre sur un
sujet qu'il est utile, et ce me semble, agréable de
continuer : c'est madame de Staël. Si quelque foi
est due à un historien, on me croira, lorsque je
déclare que ceci n'est point un entretien fictif,
tel qu'en ont imaginé deux rois de la philosophie,
Platon et Cicéron, et tant d'autres moralistes à
leur exemple. Le fond en est très-vrai. Je ne
prête à madame de Staël aucun sentiment, ni
presque aucune idée, qu'elle n'ait exprimé avec

·une éloquence dont je garde l'impression, mais qu'il m'est impossible de reproduire.

Il ne fut donné, je crois, qu'à madame de Staël, entre tous les auteurs admirés, de surpasser dans sa conversation les plus beaux effets de son style. C'était une lyre montée sur tous les tons. Chaque sujet lui fournissait une corde nouvelle. L'art n'eût pu aller plus loin et rien n'y était artificiel. Tout partait d'une âme sincère qui donnait à tous ses sentiments le feu d'une passion. La femme aimable de Paris, après quelques jeux d'esprit, après un épanchement de bienveillance qui n'était jamais banal, se transformait tantôt en un poëte inspiré, tantôt en un philosophe transcendant, tantôt en un orateur pressant par la dialectique et fertile en beaux mouvements de l'âme. Corinne, oui sa propre Corinne, eût paru monotone auprès de madame Staël, à qui tout point de départ suffisait. Elle savait vous entraîner dans sa sphère, ou vous y attirer doucement, car elle écoutait à merveille. Elle doublait votre esprit par son éloquence, ou par une de ces flatteries délicates, dont le charme est irrésistible quand il paraît s'y mêler une illusion du sentiment. A quelque hauteur qu'elle s'élevait, il vous semblait avoir fait une moitié du chemin avec elle.

La nature, comme pour ne pas l'accabler de
ses dons, ou pour nous ménager, lui avait refusé
la beauté; mais elle lui avait accordé un son de
voix enchanteur, des yeux charmants, où se réflé-
chissait tout le ciel de son âme, ciel quelquefois
orageux. Toutefois, la force virile de son esprit
ne l'empêchait pas d'éprouver plus d'une faiblesse
du cœur féminin. Elle était née conquérante;
c'était une coquette inspirée ; elle ne plaignait
point sa peine pour acheter par des flots d'éloquence une conquête qui n'eût coûté qu'un sourire à une jolie femme. Tel homme qu'elle savait
avoir murmuré contre elle le cruel mot de laideur,
a dû tomber à ses pieds ébloui par son esprit. Il
est vrai qu'elle aidait quelquefois au charme par
une toilette qui n'était pas d'une prude, et qui lui
faisait recouvrer maint avantage. Sa conversation
était extrèmement pudique; les moindres gaietés
étaient pour elle de sales quolibets; mais elle aimait à parler d'amour, et ne montrait nul rigorisme pour les grandes passions; elle en vantait plusieurs qui n'étaient pas d'une légitimité
parfaite, sans songer que les passions d'apparat
sont souvent les moins profondes. Elle n'en inspira, je crois, qu'une seule qui fut à toute
épreuve. Je parle de son second mari, M. de Rocca;

mais comme son amitié était pleine de dévouement, elle eut des amis dévoués qui firent de
nobles épreuves de leur fidélité durant sa longue
disgrâce.

Mais sa grande ambition était de subjuguer des
hommes politiques, et de leur faire subir l'ascendant de ses opinions. C'était cette supériorité
même qui les rendait plus rebelles. Ce n'était
certes pas là un moyen de captiver Bonaparte.
Toute bienveillante, incapable de fiel, elle avait
la manie des réconciliations; il n'en était point
de si impraticables qu'elle ne tentât. Je n'ai jamais vu réussir une seule de ces transactions
qu'elle avait préméditées. Elle proposait des concessions de part et d'autre qui restaient sans échos.
Chénier disait en sortant : *Madame de Staël ne
sera jamais des nôtres ;* et Portalis, quelle que fût
sa modération, disait : *Madame de Staël nous
abandonne.*

J'eus le bonheur de la connaître peu de temps
après cette journée de salut, dont le nom, *le 9 thermidor,* survivra toujours à la ruine du calendrier
républicain. Mais ce salut était encore bien incertain, puisque au nombre des vainqueurs de
Robespierre on comptait plusieurs de ses émules
en cruauté, tels que les Billaud-Varennes, les

Collot-d'Herbois et les Vadier. J'étais entré de
bonne heure dans la croisade des écrivains qui
voulaient rendre cette journée signifiante pour
l'humanité, et faire entrer la Convention dans les
voies nouvelles qu'elle voulait et n'osait tenter.
La terreur reparaissait encore et s'annonçait par
des levées insurrectionnelles de quarante mille
hommes; le député Ferraud fut sa dernière victime, et le faubourg Saint-Antoine, qui dominait sur Paris et sur la France, fut enfin réduit
à capituler et à poser les armes. Après la victoire, madame de Staël n'eut d'autre soin que
de modérer une ardeur qui, après avoir servi et
dominé la Convention rendue à de meilleurs sentiments, allait maintenant se diriger contre elle.

Ses avertissements prophétiques eurent le sort
de ceux de la fille de Priam, prêtresse d'Apollon. Après la journée où Bonaparte foudroya
notre jeune et imprudente milice, elle passa du
côté des vaincus, et je fus un des proscrits pour
lesquels elle signala son intérêt protecteur.
Deux ans après survint cette journée néfaste du
18 fructidor, où le Directoire, en tuant la constitution qui lui avait donné l'être, se frappa lui-
même ainsi que la république d'un coup mortel. Elle contribua beaucoup à changer la dépor-

tation à laquelle j'étais condamné avec d'illustres
compagnons de malheur, en une prison que je
subis à Paris pendant le long cours de deux années. La reconnaissance se joignait pour moi à
tous les sentiments qu'une telle femme devait
inspirer. Mais j'étais destiné à me trouver souvent dans des opinions plus ou moins contraires
aux siennes. Elle s'était fait une espèce de culte
pour le héros de l'Italie; elle ne tarda pas à se
refroidir, à se brouiller avec le premier Consul,
dont elle voulait faire un Washington, en dépit
de la nature qui l'avait fait César. Rien ne lui
était plus odieux que le mensonge d'une république, où un homme qui était quelque chose
de plus qu'un roi, apparaissait avec l'escorte de
deux consuls destinés à porter son manteau,
sans parler d'un sénat bien civil, d'un tribunat
parfaitement apprivoisé, et d'un corps législatif
muet d'admiration, et *de par la loi*. Pour moi,
froissé de dures épreuves qui dataient du 10 août,
heureux de respirer, et de voir que tout respirait
autour de moi, je m'accommodais d'une dictature où des lauriers tenaient lieu de la hache
des licteurs, et qui nous valait une administration pleine de génie, une législation pleine de
sagesse. Je voyais tous les jours croître les res-

sentiments, je dirais presque les fureurs de madame de Staël. Ce fut à mon tour à jouer le rôle de Cassandre, et à prodiguer des avertissements inutiles.

Bientôt elle ressentit les cruels effets de la lutte inégale où elle s'était engagée, et qu'elle ne voulait pas pourtant abandonner. C'était comme un débat entre deux conquérants : l'un aspirait à l'empire du monde, l'autre à l'empire de l'opinion.

Mais ici l'opinion marchait avec le premier Consul, et non sans motifs légitimes, car le Consulat, quoique non exempt de fautes graves, fut admirable dans les grands résultats jusqu'à l'époque où Bonaparte versa le sang du duc d'Enghien, triste consécration de l'empire où il allait s'élever.

En 1802 tout s'offrait sous un aspect aussi calme qu'imposant; je fis un voyage en Suisse, et ne manquai pas d'aller visiter à Copet madame de Staël, dont l'exil avait déjà commencé, quoiqu'il ne fût pas encore prononcé directement. Mais elle avait reçu de tous côtés des avis officieux et pressants qui l'invitaient à quitter Paris, théâtre quotidien des merveilleux succès de son improvisation, et devenu la seule atmosphère qu'elle pût respirer librement.

M. Necker vivait encore, et venait de publier
un écrit politique de nature à augmenter beaucoup les ressentiments du premier Consul, car
le vieux et illustre ministre l'invitait à suivre
l'exemple de Washington; il ne manquait à un
tel écrit que la signature de madame de Staël.
M. Necker s'était rapproché des sentiments politiques d'une fille, objet de son orgueil et de son
plus tendre amour, et pour laquelle il était un
objet de culte. Elle avait bien prévu qu'une telle
publication allait rendre sa disgrâce définitive, et
son exil à Copet assez semblable à une prison;
mais loin d'elle la pensée de mettre obstacle, par
ses dangers personnels, à la gloire de son père et
au bonheur de la France, car elle attendait ce
double effet d'un écrit qui n'en eut d'autre que
d'irriter fortement le superbe dominateur. Vous
jugez combien, dans une telle circonstance,
devait être troublé le calme de cette retraite,
de ce beau château situé sur les bords du lac de
Genève, visité par tout ce que l'Europe a d'illustre, et qui, dans des jours d'horreur, avait
été consacré par tout ce que l'hospitalité a de
plus délicat et de plus courageux.

M. Necker montrait la sérénité d'un homme
qui vient de remplir un devoir et de satisfaire à sa

conscience. Mais on voyait que la joie était depuis longtemps absente de son âme; il ne retrouvait un sourire que pour les vives saillies de sa fille, qui affectait de se montrer tranquille, et pour qui tout disparaissait en présence de son père. M. Necker luttait quelquefois avec elle en traits piquants et délicats, ce qui m'étonna beaucoup chez un homme qui, dans ses écrits, poussait souvent la dignité jusqu'à la roideur. Notez que M. Benjamin Constant entrait en tiers dans cet assaut de malignité légère, et rendait les pointes de la sienne plus acérées. M. Necker m'accueillait avec bonté, et je crus m'apercevoir, non sans quelque vanité, qu'il posait devant un auteur d'histoire contemporaine; car je venais de me lancer dans cette carrière. Dix jours que je passai dans cette retraite me montrèrent madame de Staël sous de nouveaux et touchants aspects. Je la voyais traduire Tacite avec son fils aîné, lauréat du collége de Genève, et souvent le génie étin-celait dans ses commentaires; mais trop souvent emportée par sa passion, elle s'emparait de tous les traits lancés par l'historien contre Tibère, pour en percer le premier Consul; jugez si depuis elle ménagea l'Empereur. Puis elle agaçait l'ai-mable étourderie de son second fils (celui qui

fut tué en duel en Allemagne ; enfin elle me
paraissait suivre le meilleur plan d'éducation pour
sa fille, depuis madame la duchesse de Broglie, en
qui l'on s'accordait à reconnaître le modèle des
femmes, et dont la perte prématurée a causé des
regrets si universels. Madame de Staël réglait ses
comptes avec ordre, après avoir écrit des pages
de Corinne; toutes ses dépenses s'y trouvaient
notées, hormis peut-être celles de son inépui-
sable bienfaisance.

Je me promenais un soir avec elle dans les
jardins de Copet ; elle me paraissait fort agitée,
quoique au dîner elle eût montré un aimable enjouement. « Il fallait bien, me dit-elle, cacher
« mes alarmes à mon père : les lettres que j'ai
« reçues aujourd'hui confirment mes pressenti-
« ments. Bonaparte, fort irrité du nouvel écrit
« de mon père, ne l'impute qu'à moi, comme si
« l'on pouvait conduire la plume et les opinions
« d'un homme qui juge de si haut. Ce qui m'af-
« flige surtout, c'est que mes amis m'écrivent
« que l'opinion publique est encore prévenue en
« faveur de celui qui la bâillonne et la pervertit,
« et qu'elle donnera un nouveau signe de mort
« en recevant avec froideur cet éloquent appel.
« — S'il en est ainsi, madame, lui disais-je, je ne

« vois pas pourquoi il y aurait à craindre une
« explosion de colère du premier Consul ; il verra
« dans l'indifférence du public un nouveau triom-
« phe pour sa cause, pour sa dictature.—Un triom-
« phe ! reprit-elle avec feu, eh ! voilà ce qui me
« serait le plus odieux. Mais, d'ailleurs, il est
« trop soupçonneux pour que cette indifférence
« du public le désarme ; vous ne savez pas jus-
« qu'où peut aller la colère de celui que vous
« appelez un dictateur et que j'appelle un tyran,
« la colère d'un grand homme à la façon de Sylla,
« quand l'objet de sa crainte est une femme !
« Oui, il me craint, c'est là ma jouissance, mon
« orgueil, et c'est là ma terreur ; il faut que je
« vous l'avoue, je me précipite au-devant d'une
« proscription, et je suis mal préparée à supporter
« les ennuis même d'un long exil ; mon courage
« fléchit et non ma volonté. Je souffre et ne veux
« point d'un remède qui m'avilirait. J'ai les peurs
« d'une femme, sans qu'elles puissent faire de
« moi une hypocrite ou une esclave. Mais j'ai
« envie de prendre des leçons de vous, qui avez
« souffert plus d'une proscription dans des temps
« horribles, et qui plus tard avez eu à supporter
« une prison de deux ans ; voyons si votre phi-
« losophie affermira la mienne. — Je me garderai

« bien, lui dis-je, de faire les honneurs de ma
« philosophie à une époque où l'on voyait égor-
« ger tantôt par centaines, et tantôt par milliers,
« tout ce que la France possédait de plus illustre,
« de plus généreux et de plus aimable ; seulement
« je vous dirai, qu'ayant pris dans le mois d'oc-
« tobre 1795 le parti de chercher un refuge dans
« l'armée, j'éprouvai un vif soulagement par la
« pensée de n'avoir plus de périls à faire courir
« à mes amis, à une excellente famille qui, à plu-
« sieurs reprises, m'avait donné un asile coura-
« geux. — Ah ! que me dites-vous ! s'écria vive-
« ment madame de Staël. Eh ! voilà précisément
« la crainte qui m'obsède le plus : c'est d'entraî-
« ner dans ma disgrâce, et peut-être dans l'exil
« que je prévois, des amis et même une amie
« dont rien n'ébranlera la fidélité. »

Je me hâtai de reprendre la parole et même
de la conserver longtemps, pour faire trêve à
une émotion si douloureuse, à une crainte malheureusement si prophétique, et je passai brus-
quement à une époque moins horrible à traiter,
celle de ma prison sous le Directoire, de cette prison dont elle-même avait adouci les rigueurs et
hâté le terme : car ma délivrance avait précédé
de deux mois la journée du 18 brumaire, qui de-

vint le salut définitif et général. Je peignis les
différentes ressources que j'avais trouvées dans
l'étude, le travail, les entretiens de l'amitié, enfin
dans mes rêveries ; je terminai ce tableau par ces
mots qui m'échappèrent : « Ce fut là le triomphe
« de ma philosophie, et pour tout dire, de mon
« optimisme. »

Madame de Staël recula comme épouvantée à ce
mot d'optimisme. « Un tel mot, dit-elle, est-il
« de notre siècle ? puis-je me souvenir de l'avoir
« entendu prononcer depuis quinze ans ? L'op-
« timisme dans une prison et presque sur le che-
« min de Sinamari !

— « Ce n'est point, lui dis-je, le moment de
« me rétracter, puisque c'est à vous que je dois
« d'avoir été détourné de ce gouffre pestilentiel
« et de pouvoir entretenir en ce moment mon
« éloquente libératrice.

— « Quelque doux que soit ce témoignage de
« reconnaissance, reprit-elle, convenez qu'il force
« un peu l'à-propos, et qu'il n'est pas propre en
« bonne logique à diminuer mon étonnement
« pour l'emploi de ce mot d'optimisme, auquel
« nos oreilles sont si peu faites, et que Bonaparte
« effacera de notre langue pour peu que le ciel lui
« accorde d'années, de victoires nouvelles, et de

« ces coups d'État que l'on appelle des sénatus-
« consultes et des ordonnances. Ce que vous ve-
« nez de dire, quoiqu'il procède d'un sentiment
« aimable, pourrait prêter au reproche qu'on fait
« souvent à l'optimisme, de n'être qu'un égoïsme
« bienveillant. Pourrez-vous songer à votre déli-
« vrance, sans vous rappeler le sort de ceux qui
« ont subi cet épouvantable exil, et que cette
« terre brûlante a dévorés?

— « Mais, madame, qui oserait accuser d'é-
« goïsme le transport religieux de celui qui, sauvé
« du naufrage, commence par remercier Dieu et la
« main libératrice qui lui a été tendue du rivage?
« Mon optimisme, ajoutai-je, n'est qu'un spiri-
« tualisme prononcé, qu'une confiance absolue
« dans le Dieu rémunérateur. Puis-je douter que
« Tronçon du Coudrai, défenseur de la Reine, ne
« soit allé prendre place à côté de Malesherbes,
« défenseur du Roi, et ne continue dans les cieux
« le cantique sacré qu'il répétait sur les bords
« du fleuve Sinamari ! »

Madame de Staël parut vivement émue, car je
parlais sa langue et la parlais d'un cœur sincère.

Nous en étions là de cet entretien, lorsque
se levant du banc où elle était assise, elle me
dit : « Allons nous promener plus loin. Voici

« l'heure où mon père se rend au tombeau de
« ma mère (elle me montrait dans le jardin une
« espèce de chapelle où reposait le corps em-
« baumé de madame Necker); les jambes de mon
« père sont si horriblement gonflées, que c'est
« pour lui une cruelle contrariété d'être vu quand
« il marche; il ne peut faire que ce court tra-
« jet; il le fait régulièrement, mais avec une ex-
« trême fatigue. » En effet, j'aperçus M. Necker
qui sortait de la maison.

Nous allâmes continuer l'entretien sur les
bords du lac, dont les eaux se teignaient des vives
couleurs du soleil couchant. Madame de Staël était
tombée dans une rêverie profonde que j'osais à
peine interrompre par quelques mots. Je devinai
que sa pensée s'unissait à la méditation de son
père sur un tombeau, sur un tombeau où bientôt il devait descendre lui-même. Ses regards
s'animaient quand elle les relevait vers un ciel
éblouissant de clarté. Le lac tranquille, un air
embaumé, les bruits mourants du soir, et surtout
le besoin qu'elle paraissait éprouver de chercher
un refuge au ciel contre les tristes pensées dont
elle était assaillie, tout m'annonçait que notre entretien allait se reprendre avec un charme nouveau.

« Monsieur l'optimiste », me dit-elle avec viva-

cité, « croyez-vous à la transmigration des âmes
« dans l'un de ces mondes qui brillent sur nos
« têtes ?

— « Dans l'un de ces mondes, repris-je, baga-
« telle, il m'en faut plusieurs ! Nous autres, op-
« timistes, nous sommes des voyageurs infatiga
« bles ; nous voulons monter de sphère en sphère,
« de progrès en progrès, d'intelligence en intel-
« ligence, jusqu'à ce que nous trouvions du re-
« pos ou plutôt un nouvel emploi près de l'in-
« telligence infinie. Ce sont surtout mes nuits de
« bivouac qui ont ainsi rendu mon imagination
« errante ; je ne pouvais monter trop haut pour
« m'échapper d'un monde où je ne voyais plus
« que des scènes d'horreur.

— « Eh bien, mon ami, durant ces temps épou-
« vantables, j'étais souvent amenée par l'excès
« même des fatigues du jour à des reveries aussi
« douces. Après un court sommeil, je me réveil-
« lais palpitante d'horreur (et depuis ce temps
« l'insomnie est mon continuel fléau, et je ne
« doute pas qu'elle n'abrége mes jours) ; je con-
« templais ce beau lac et le ciel, et je me disais :
« O Rhône, où cours-tu ? Reste doucement em-
« prisonné dans ces eaux paisibles, et garde-toi
« de te rendre dans les murs de cette ville pu-

« nie de son héroïsme qui te jette les tributs
« odieux des victimes frappées par la mitraille
« assassine. Puis la pensée des amis que j'avais
« perdus me ramenait au ciel, et comme vous
« je les poursuivais d'étoile en étoile dans des sé-
« jours rayonnants, et toutefois mystérieux, où
« je me sentais attendue, appelée. Mais puisque
« je déclare ma sympathie avec vos espérances,
« puisque si ce sont des visions, je suis vision-
« naire comme vous, expliquez-moi en détail
« votre système. »

Cette obligeante interpellation ne laissait pas
que de me gêner beaucoup, car j'étais encore
plus novice en philosophie que je ne le suis aujourd'hui. Toutefois, parmi des images de fantaisie, je produisis plusieurs idées analogues à
celles qu'on a vues dans le chapitre précédent;
mais je conviens que j'y mêlai même assez sérieusement plus d'une idée qui pouvait tenir un
peu du visionnaire.

Pendant cette exposition qui fut un peu longue et quelquefois embarrassée, des impressions
diverses se peignaient sur la physionomie mobile de madame de Staël; je voyais venir l'heure
de l'inspiration; mais suivant son usage, elle pré-
luda par des traits familiers, enjoués.

« Il me semble, me dit-elle, que pour arriver
« à un véritable paradis, vous faites comme La
« Fontaine quand il se rendait à l'Académie, vous
« prenez le plus long.

— « Le plus long, soit, mais au moins pour
« moi c'est le plus sûr; je me connais et je me
« juge fort peu digne d'une récompense infinie.
« Ne me trouveriez-vous pas bien impertinent,
« bien ridicule, si je prétendais arriver au séjour
« des élus aussi droit que votre ami, que celui que
« vous appelez votre frère, M. Mathieu de Mont-
« morency, lui dont l'âme tout angélique, brûle
« de foi et s'épand à chaque minute en charité,
« lui dont les grands yeux bleus si remplis de
« ferveur semblent déjà en communication avec
« le ciel.

— « Vous l'épouvanteriez fort s'il vous enten-
« dait : il craindrait une surprise du démon de
« l'orgueil. Soyez sûr qu'il ne se croit pas encore
« et peut-être ne se croira jamais tout à fait
« quitte des flammes du purgatoire pour avoir
« communiqué avec des mécréants ou des philo-
« sophes de l'Assemblée constituante. Jugez com-
« bien il me faudrait d'années et peut-être de
« siècles d'expiation à moi protestante et quelque
« peu socinienne. Encore, encore, dans la ri-

« gueur de la foi catholique, je n'échapperais au
« séjour à la porte duquel il faut laisser l'espé-
« rance, que si les prières de M. de Montmorency
« me faisaient envoyer un ange pour m'éclairer
« au dernier moment. Certes, je ne connais per-
« sonne plus digne de récompenses célestes, si
« j'en excepte mon père, et mon père est exempt
« de cette sorte de terreur. Son symbole de foi
« est le mien; je suis l'élève, la brebis chérie
« de ce pasteur. » (Madame de Staël faisait ici
allusion à un récent ouvrage de son père, où
il avait pris le cadre des sermons d'un pasteur
protestant, ouvrage rempli d'une piété douce,
onctueuse, mais moins éloquent que plusieurs
chapitres de son discours sur l'importance des
opinions religieuses.)

« En vous écoutant, ajouta-t-elle, je vous l'a-
« vouerai, j'étais plus souvent avec lui qu'avec
« vous; je l'accompagnais plus dans sa médita-
« tion sur un tombeau, que vous dans vos voya-
« ges à travers les sphères célestes. Pardonnez
« cette préoccupation à la piété filiale; du reste
« elle ne m'empêchait pas de me réjouir de trou-
« ver en vous un cœur religieux, un bon spiri-
« tualiste, un philosophe qui ne rejette pas les
« secours de la poésie, ou, en d'autres termes, un

« raisonneur qui, lorsqu'il aperçoit les limites de
« sa raison, a recours au sentiment, à l'amour.
« C'est une aile qui manque un peu à mon ami
« Benjamin Constant, l'esprit le plus étendu et
« le plus fin que je connaisse. Il fait des efforts vi-
« goureux pour se dégager du scepticisme et il y
« retombe, parce que le sentiment ne le soutient
« pas dans la lutte. S'il était en tiers dans notre
« entretien, il vous poursuivrait par mainte ob-
« jection dont il m'a plus d'une fois embarrassée ;
« mais voyez en moi plutôt une alliée qu'une
« adversaire.

« Votre Théodicée, ou plutôt celle de Leibnitz
« à laquelle vous faites des additions à peu près
« indiquées par un grand philosophe, me paraît
« fort plausible ; je l'admets souvent et ne m'y
« fixe pas toujours. Mais elle a le défaut d'affai-
« blir l'espérance en voulant la graduer et la pré-
« ciser. Vous lui ôtez son vague, son prisme
« à mille facettes éblouissantes, le nuage d'or
« dont elle aime à couvrir son horizon immense ;
« vous effrayez l'imagination par une trop grande
« distance de la terre, par une sorte de rupture
« de communication avec un séjour qui doit tou-
« jours nous être cher, puisque nous y avons
« appris l'amour. Moi qui ne rêve actuellement

« que des horreurs de l'exil, croyez-vous que je
« ne me trouverais pas cruellement exilée dans
« Jupiter ou dans Saturne?

— « Mais songez-vous à tous les êtres que
« vous reverriez dans un séjour de premières
« récompenses, à tous ceux que vous y atten-
« driez, et dont les transports éclateraient en
« vous retrouvant? Vous figurez-vous le charme
« de toutes ces reconnaissances sous des bosquets
« plus qu'Élyséens, et le murmure de ces mots
« répétés par la mère à son fils, par l'amante à
« son amant : *Je t'attendais.* Là sans doute le
« génie embrasé par l'amour de la vertu obtien-
« drait plus de culte et plus d'empire. Ne refusez
« pas d'entrer dans ce monde que mon imagina-
« tion arrange pour vous ; vous y perdrez peut-
« être une couronne.

— « Ah ! vous voilà sur le ton de Fontenelle.
« Il est donc dit qu'on ne pourra plus parler des
« mondes sans galanterie et sans flatterie ! Mais
« cette incarnation nouvelle ne laisse pas que
« d'étonner mon imagination. Cependant en ma
« qualité indélébile de femme, je pourrais m'en
« arranger encore, pour peu qu'on me promît
« d'être aussi belle que madame Récamier ; mais
« en y réfléchissant bien, j'aimerais mieux les

« courses libres et indéfinies d'un pur esprit.
« Pour moi j'en profiterais souvent pour visiter
« notre pauvre petite terre. On tient à sa patrie.
« Ulysse, fort bien traité, comme vous le savez,
« par deux déesses, sacrifiait tout au désir de re-
« voir sa pauvre petite Ithaque. J'aimerais ces
« apparitions mystérieuses surtout, s'il m'était
« donné d'inspirer quelque haute pensée, quel-
« que beau dévouement. Savez-vous que j'ai été
« sur le point de devenir Martiniste illuminée,
« et que je n'en ai été détournée que par la
« crainte d'un petit grain de folie. Je n'ai point
« connu, j'ai lu avec attrait le philosophe Saint-
« Martin, qui ne fut point comme on le croit le
« fondateur de cette secte, mais qui la protégea
« par un mysticisme éloquent. Vous savez com-
« bien elle fait aujourd'hui fortune en Allemagne.
« Saint-Martin avait fait quelques prosélytes en
« France. Je suis convaincu que sans la Révolu-
« tion il en eût beaucoup augmenté le nombre,
« tant nos âmes étaient fatiguées du matérialisme.
« Déjà il obtenait des succès merveilleux dans
« une petite assemblée, j'ai presque dit une pe-
« tite église de fidèles. La princesse de Bourbon
« y présidait, et quelques hommes éloquents, tels
« que MM. Bergasse et Despréménil étaient pour

« Saint-Martin des conquêtes plus précieuses.
« Bernardin de Saint-Pierre aurait aidé au succès
« de cette mission par le charme de son style, et
« qui sait si moi-même dans le jeune enthou-
« siasme qui m'avait fait écrire les lettres sur
« J.-J. Rousseau, je n'aurais pas été une adepte plus
« ou moins timide d'une doctrine si attrayante
« pour le cœur. Mais un charlatan, Cagliostro,
« s'est élancé de ses tréteaux pour pénétrer dans
« le sanctuaire de la petite église naissante, et l'a
« discréditée pour longtemps par cette fantasma-
« gorie qui a fourni un ridicule épisode au fatal
« procès du *Collier*. Encore MM. Despréménil
« et Thilorier étaient-ils parvenus à inspirer un
« intérêt momentané pour ce fourbe, en écou-
« tant avec crédulité et rédigeant avec un coloris
« assez vif les fables impudentes de ce prétendu
« fils d'un grand-maître de Malte, qui venait
« initier la jeune Europe aux secrets magiques
« du vieil Orient; et tout cela se passait en
« France, huit ans après la mort de Voltaire.
« Vous voyez que le merveilleux est comme la
« mer qui ne quitte une plage que pour en cou-
« vrir une autre.

— « Puisque vous vous intéressez, lui dis-je, au
« sort de ce martinisme si malheureusement com-

« promis à sa naissance, d'un côté par un fourbe,
« et de l'autre par un sot, tel que son éminence
« le cardinal de Rohan, je vous apprendrai qu'il
« fleurit encore à l'écart et loin des yeux des pro-
« fanes, et que sans l'aide de la fantasmagorie, il
« n'a point perdu le don des apparitions célestes
« et bienveillantes. Vous avez dû connaître le
« marquis de Girardin, célèbre par la création
« des jardins d'Ermenonville, et plus encore par
« l'hospitalité qu'il a donnée à J.-J. Rousseau. A
« la suite des mécontentements plus ou moins
« graves que lui ont causés les paysans d'Erme-
« nonville, il a quitté ce séjour enchanteur pour
« venir habiter près de Meulan, et y a créé un
« jardin assez joli, mais beaucoup moins magni-
« fique que l'autre. Une société de vieux amis,
« parmi lesquels sont deux dames assez âgées, l'a
« suivi dans cette nouvelle retraite. Je me trou-
« vais il y a un mois ¹ dans une campagne voi-
« sine de la sienne. Un notaire, presque le seul
« voisin qui soit admis à y pénétrer, m'a raconté
« les scènes à la fois bizarres et touchantes qui
« se passent parmi ces martinistes consommés, et
« sans autre magie, sans autre illusion que celle
« d'un sentiment exalté. Cette société intime et

¹ Dans l'année 1802.

« inséparable a perdu par la mort plusieurs de
« ses membres fidèles; leur couvert est toujours
« mis; quand on se forme en cercle leur fauteuil
« est toujours réservé. Au milieu du repas ou de
« la conversation, il arrive souvent que le faible
« murmure de leur voix est entendu par une seule
« personne qui lui répond tantôt haut, tantôt
« bas, ce qui ne cause pas plus d'étonnement,
« pas plus de distraction que si ces morts étaient
« au nombre des convives. Mais il est dans les
« bosquets des lieux privilégiés, où l'entretien
« mystérieux se prolonge avec plus d'amour et
« d'extase. Notez ce point que, suivant mon no-
« taire, ce tête-à-tête n'a guère lieu qu'entre l'é-
« poux et sa veuve, qui n'est point jeune. Mais
« s'agit-il d'une délibération utile aux intérêts,
« même matériels de la société, chacun des inté-
« ressés est admis à entendre l'oracle aérien. Le
« notaire ajoute que, du haut du ciel, les intérêts
« de la terre sont fort bien compris et fort bien
« dirigés. Car il est émerveillé de la manière pré-
« cise et prévoyante dont les projets de contrat
« lui sont soumis. Du reste, il fait, ainsi que tout
« le voisinage, le plus grand éloge de la bienfai-
« sance active et judicieuse de cette société, de
« cette école d'amitié vraiment indissoluble.

— « Voilà qui est fort touchant, reprit madame
« de Staël, je ne puis le nier, et vous me donne-
« riez presque envie d'être admise, au moins pour
« quelques jours, parmi ces respectables vision-
« naires, ces illuminés de l'amitié. Mais il en est
« d'une tout autre espèce. Si les passions douces
« et nobles peuvent inspirer de tendres illusions
« ou des inspirations héroïques, et par un pou-
« voir extraordinaire leur donner de la perma-
« nence, ces passions violentes et sombres peu-
« vent amener des crimes qui paraîtront inspirés
« et conduits d'en haut. Si Jeanne d'Arc fut une
« illuminée sublime, Jacques Clément et tant
« d'autres furent des illuminés atroces. Rien de
« si commun que de faire servir le ciel à sa pas-
« sion du moment. C'était à coup sûr une âme
« énergique et noble que celle du malheureux
« Despréménil qui fut quelque temps l'éloquent
« tribun de la magistrature, mais c'était aussi un
« esprit fort mobile. Voici quel fut un des fruits
« de son martinisme. Il s'imagina en 1788 avoir
« vu et entendu la Sainte-Vierge qui lui pres-
« crivait de protester au parlement contre le bel
« édit conçu par M. de Malesherbes qui sauvait
« de l'illégitimité les enfants légitimes des protes-
« tants; et il protesta en effet en montrant le

« portrait d'un Christ crucifié, et en s'écriant
« avec tout le pathétique d'un capucin : Ne voyez-
« vous pas que vous faites de nouveau saigner
« ses blessures ! et pourtant le sang ne se liqué-
« fiait pas.

— « Je puis, madame, vous citer un autre
« exemple d'illuminisme de la même époque :
« Vous avez pu connaître Cazotte, ce beau, cet
« aimable , et depuis si malheureux vieillard.
« Après s'être amusé dans son bel âge à peindre
« dans une fiction ingénieuse *le Diable amou-*
« *reux*, il s'imagina, je ne sais pourquoi, que le
« diable lui en voulait pour lui avoir donné cette
« forme galante, tandis qu'il aurait dû, ce me
« semble, lui dire grand merci. Un jour il entra
« tout effaré chez une dame de mes amies, ma-
« dame Le Sénéchal. Il racontait une visite qu'il
« avait reçue le matin et qui ne paraissait nulle-
« ment de nature à justifier son effroi. Cette vi-
« site était celle d'une dame très-jeune et très-
« jolie, vêtue en taffetas couleur de rose, à la
« toilette de laquelle la décence n'avait pas pré-
« sidé, et non moins ravissante par son esprit
« que par les charmes de sa personne. Elle l'ac-
« cabla d'éloges passionnés. Le bon vieillard était
« hors de lui. Cependant il remarquait dans ses

« yeux une pointe de malice qui ne suit pas or-
« dinairement la volupté. De plus il observait le
« soin extrême avec lequel elle cachait ses pieds
« sous sa robe. Luttant de malice avec elle, il
« eut l'heureuse idée de tomber à ses pieds pour
« avoir le plaisir de les observer. Ils étaient *four-*
« *chus !* Il se signa. Et le diable en fut pour ses
« frais de toilette et d'éloquence. »

Madame de Staël ne put s'empêcher de rire,
mais d'un ton qui annonçait l'impatience de faire
jour à ses idées, à ses sentiments :

« Ne voyez-vous pas que ces historiettes et ces
« bluettes nous font bien descendre de ces astres
« que vous me faisiez parcourir tout à l'heure,
« et que notre conversation en présence du Jura,
« des Alpes, du lac Léman et de ces mondes lumi-
« neux, prend le ton d'un souper de Paris, d'un
« souper d'autrefois. Le fond de ma pensée est
« trop sérieux pour se prêter plus longtemps à
« cette course légère. Je ne sais s'il est une plus
« grande témérité que la nôtre quand nous sou-
« levons le voile de la mort, quand nous jouons
« en quelque sorte avec elle pour lui substituer
« les fantaisies de notre imagination. Pour moi
« ce mot aura toujours une solennité mystérieuse,
« suite de mes premières impressions. La religion

« chrétienne nous place en quelque sorte entre
« l'infini des récompenses et l'infini des peines.
« D'un côté elle accable notre imagination par
« la magnificence du prix, et de l'autre elle la
« jette dans l'épouvante et le désespoir par l'hor-
« reur du supplice. Vous figurez-vous l'étonne-
« ment dont durent être frappés les polythéistes
« quand retentit parmi eux *cette bonne nouvelle,*
« cette promesse abstraite et figurée du royaume
« du ciel, si étrangère aux impressions des sens,
« aux plus délicieuses rêveries de l'imagination,
« et même aux sentiments qui enchantent notre
« vie : voir Dieu et être éternellement heureux
« de sa contemplation. D'où vient que des hom-
« mes, jusque dans les liens de l'ignorance, de
« la misère et de la servitude, et quelques-uns au
« sortir des liens du vice, l'aient reçue avec trans-
« port, méditée avec extase, aient sacrifié pour
« elle leurs biens, leurs affections et leur vie?
« D'où vient que des solitaires sur des sables brû-
« lants, dans une longue vie travaillée par des
« tortures de leur choix, de leur invention, aient
« anticipé les délices de cette contemplation cé-
« leste; que des hommes puissants, que des des-
« potes même s'y soient sentis attirés? D'où vient
« que presque tous les philosophes qui surna-

« geaient sur le chaos du monde après l'invasion
« des Barbares, aient si avidement embrassé un es-
« poir auquel n'avaient pu s'élever ni Homère, ni
« Virgile, ni Platon, ni même Isaïe, et aient pu
« le faire pénétrer dans le cœur des Vandales et
« des Sicambres? Ici le sublime n'est pas seule-
« ment dans la parole de Dieu, il est dans cette
« illumination soudaine répandue sur le monde.
« Il me semble qu'il était moins difficile de créer
« la lumière que de communiquer aux hommes
« une croyance si prompte, un sentiment si pro-
« fond, un désir si ardent d'un tel genre de féli-
« cité. Voilà de l'optimisme au plus haut degré.
« Est-ce que l'imagination humaine peut aller
« au delà? est-ce que le cœur ne se sent pas
« embrasé d'amour pour un Dieu qui réserve de
« telles récompenses à de faibles vertus, et qui a
« daigné descendre et souffrir sur la terre pour
« y tendre cette chaîne qui la rattache au ciel?

« Ce système des épreuves successives et de la
« transmigration des âmes dans plusieurs mon-
« des peut bien éveiller mon esprit curieux, peut
« bien, suivant que je l'imagine, satisfaire à mes
« plus douces affections, en varier, en renouveler
« les jouissances; mais il met au rabais, il ajourne
« presque indéfiniment cette félicité céleste, il la

« rend encore conditionnelle pour les justes, car
« ils peuvent succomber dans d'autres mondes,
« dans des épreuves nouvelles, à des séductions
« qui ne les auront point entraînés ici-bas; des
« épreuves nouvelles ! Auriez-vous bien le cou-
« rage d'en exiger pour Louis XVI sortant du
« martyre, et pour madame Élisabeth ?

— « Non, certes, madame, et j'embrasse avec ar-
« deur la croyance que non-seulement les saints,
« mais les hommes justes, les bienfaiteurs de l'hu-
« manité et les victimes des jugements humains,
« reçoivent immédiatement la plus sublime des
« récompenses humaines, et sont affranchis d'é-
« preuves plus ou moins hasardeuses. Ne repro-
« chez point à l'optimisme, à un système qui
« n'est autre chose que l'adoration de Dieu, tout
« à la fois fervente et raisonnée, de mettre des
« bornes à sa justice, à sa munificence. C'est le
« rigorisme religieux sur qui doit tomber ce re-
« proche lorsqu'il s'empare des clefs du ciel et des
« portes de l'enfer.

— « N'achevez pas : moi protestante, moi qui
« suis assez philosophe, ou plutôt assez chré-
« tienne pour condamner la dureté de Calvin et
« les sévérités non moins grandes de plusieurs
« théologiens de votre Église, j'éprouve un fris-

« son quand on traite ces sujets et qu'on veut
« les poursuivre à outrance. Je crains d'altérer
« une croyance qui s'est pour jamais identifiée
« avec le plus beau développement de l'état so-
« cial et de l'âme humaine ; combien j'aurais dé-
« siré que le dogme des peines et des récom-
« penses fût borné à ces deux termes qui sont
« évidemment corrélatifs, et que je lis dans l'É-
« vangile en dépit de quelques expressions hyper-
« boliques! Voir Dieu, être encore un instrument
« de sa miséricorde, un intercesseur de salut pour
« les hommes, voilà l'éternelle félicité des justes ;
« exister encore dans un perpétuel exil de Dieu,
« voilà la punition terrible des méchants, elle
« doit causer les deux plus horribles tourments
« du cœur : remords et désespoir. Le système de
« l'optimisme, et des épreuves successives qui
« peuvent purifier l'âme, intervient ici. Conso-
« lant pour le cœur, réjouissant pour l'imagi-
« nation, il a pourtant le défaut d'émousser trop
« le glaive de la justice divine. La pensée en est
« douce, philosophique, mais la prédication en
« serait dangereuse. Le méchant ne pourrait-il pas
« dire : Achevons dans cette vie un rôle mal com-
« mencé ; je me réserve de changer dans un autre
« monde. L'Église n'a pas dû s'exprimer ainsi ;

« elle a dû donner une sanction plus forte à
« ses propres lois et à celles de la société hu-
« maine. Le but a été dépassé, et l'on a trop
« fait prédominer la terreur sur l'amour, qui
« chez une âme élevée n'a pas besoin de cet
« auxiliaire.

« Il y a du charme, mon ami, dans un entre-
« tien spiritualiste où Dieu se présente dans toute
« la grandeur de sa bonté. J'en éprouve intime-
« ment la douceur dans ce moment même où je
« suis obsédée par la crainte d'une longue sépa-
« ration de tout ce qui me plaît, de tout ce que
« j'honore, de tout ce que j'aime, et je ne sais
« point aimer médiocrement. La mysticité n'est
« autre chose que la rêverie de l'amour et de
« l'espérance qui plongent dans l'infini. C'est
« le plus précieux trésor que le christianisme
« ait apporté sur la terre. *Dieu est grand,* dit
« la loi de Mahomet, et tout l'ensemble du fa-
« talisme musulman ressemble aux soumissions
« glacées de l'esclave devant son despote qui le
« conduit où il veut, le frappe quand il veut.
« Voilà une bien sèche et bien triviale adora-
« tion. *Dieu est amour,* dit la loi du Christ, et
« voilà sa grandeur qui resplendit à la fois et
« s'adoucit dans sa miséricorde. La mysticité se

« garde bien de rien spécifier, de rien limiter
« dans ses espérances. L'infini en est le champ.
« Pourquoi établirait-elle dans l'infini quelques
« stations, capricieuses, bornées, et tout aussi fer-
« mées à notre intelligence que l'infini lui-même ?
« Si l'amour profane rapproche tous les rangs
« sur la terre, l'amour divin rapproche la créa-
« ture de son créateur, l'atome intelligent de
« l'intelligence qui remplit l'univers ; croyez-
« moi, mon ami, dispensons-nous d'interroger de
« trop près ces globes lumineux qui roulent sur
« nos têtes. Sans doute, ces voyages imaginaires
« sont un jeu inoffensif de l'esprit : ils peuvent
« l'amuser quelque temps ; mais ils ne satisfont
« point l'amour. Sainte Thérèse aurait pleuré
« d'être condamnée à un tel exil, eût-on dû la
« proclamer la reine d'un soleil. Gardons-nous
« surtout d'envisager comme une récompense ce
« qui ne serait qu'une peine adoucie, ou du
« moins l'une des nouvelles épreuves dont nous
« aurions à parcourir le cercle : il faut de l'im-
« patience à l'amour ; il devient froid s'il se ré-
« signe ; ne lui proposez pas quelques gouttes
« d'eau, plus ou moins mêlées de fange pour
« étancher sa soif, quand il brûle de remonter
« à une source abondante et limpide ; nous pour-

« rons imaginer à perte de vue, ou raisonner, argu-
« menter avec une certaine puissance; mais rien
« ne vaudra l'amour, pour nous conduire à l'im-
« mortalité. Toute mondaine que je suis, j'ai des
« élans de sainte Thérèse, et ce sont les meil-
« leurs moments de ma vie. Mais ils sont rares
« chez une âme aussi mobile qu'ardente. Oh !
« puissé-je en éprouver souvent le bienfait, soit
« dans cette Italie toujours grande de son passé,
« toujours peuplée d'ombres héroïques, encore
« théâtre du beau quand elle ne l'est plus de
« vertus sublimes, soit dans cette rêveuse Alle-
« magne qui semble naître, quand l'Italie finit!
« Dussé-je être chassée jusqu'aux glaces du pôle
« et voir tous les potentats, tous les peuples se
« courber sous l'épée flamboyante du dictateur
« européen, de cet élève de Machiavel transformé
« en César, *je me tiendrais encore*, comme dit
« Montesquieu, *adossée aux limites du globe* pour
« fuir la servitude commune; et dans l'horreur
« des déserts glacés je saurais encore commu-
« niquer avec Dieu. Mais je ne suis point née
« pour la vie contemplative. Nulle Héloïse, mal-
« gré mes transports mystiques, n'aurait été plus
« torturée que moi. Eh ! ne le suis-je pas déjà
« par une activité qui voudrait tout embrasser et

« qui se consume en de vaines paroles. On l'a dit
« mille fois : Malheur à qui s'élance au delà de
« son siècle! mais on pourrait dire encore mieux :
« Malheur à qui s'élance au delà de son sexe! Et
« cependant, mon ami, il me semble que je puis
« aborder le terrible tête-à-tête avec Dieu. J'ai
« commencé et je continuerai toujours la tâche
« de faire la guerre à toutes les théories qui pro-
« fanent le sanctuaire de la conscience, à tous
« les sentiments cruels, à toutes les fourberies
« qui prennent le masque de la grandeur. J'ai
« obligé mes semblables, j'ai servi mes amis avec
« quelque courage ; et quand je m'adresserai au
« père commun des hommes, je pourrai lui dire :
« Voyez comme j'ai chéri et honoré mon père.
« Élevée dans des idées de liberté, je souffre
« mille morts quand la flamme du feu sacré pâlit
« et vacille, et j'en rallumerais encore la dernière
« étincelle de mon dernier souffle. »

Madame de Staël après ces mots parut recueil-
lie quelques moments ; je l'étais profondément
moi-même et je gardais le silence. J'étais impa-
tient de savoir ce qui surnagerait dans cette âme
agitée, de sa passion politique ou de son sentiment religieux. Dans une demi-obscurité ses
yeux brillaient de la plus vive flamme ; ce fut

avec le son de voix le plus touchant qu'elle prononça les paroles suivantes :

« Je ne suis pas destinée à compter de longs
« jours, j'absorbe trop de vie en peu d'instants ;
« j'ouvre trop de pores à la douleur et m'enivre
« trop d'enthousiasme. Les forces que le ciel m'a
« données excèdent peut-être celles de mon sexe,
« mais elles ne suffisent pas aux besoins de mon
« âme. L'incomplet auquel chacun se résigne est
« un tourment pour moi, et voilà que moi,
« femme inconséquente et faible, mais âme ar-
« dente, sincère et trop souvent immuable, je
« brave une persécution qui me tuera. Je me dé-
« bats contre le spectre de la mort. Je m'efforce
« de déchirer le masque hideux que mon ima-
« gination lui prête, tandis que ma raison et mon
« sentiment me la peignent sous des traits amis et
« radieux peut-être. Voilà pourquoi cette pensée
« de la mort revient dans mes écrits plus souvent
« qu'il ne convient à la délicatesse française de
« s'y prêter ; mais comme à cette pensée je joins
« toujours celle de Dieu, elle est devenue pour
« moi un mystère adorable. Je dis à mon imagi-
« nation : Tais-toi, tu n'as pas de couleurs pour
« peindre ce qui est inabordable à ta sphère. —
« Dieu m'a dit : Espère, mais ignore. Il te fau-

« drait d'autres organes, ou bien il faudrait que
« ta pensée en fût dégagée pour comprendre les
« peines ou les félicités que je te réserve ; mais il
« m'a donné sa loi, à moi dont le christianisme
« affermit et bride la raison. C'est sous l'image
« d'un père qu'il veut être adoré ; un père souffre
« que ses enfants retranchent quelque chose de
« la sévérité de ses menaces, mais il ne peut être
« infidèle à ses promesses. »

Telle fut dans cette belle nuit l'extase de madame de Staël. Je ne dirai rien de la mienne. La
cloche nous rappelait au château. C'était l'heure
où madame de Staël allait demander la bénédiction de son père.

CHAPITRE XX.

SOUVENIRS DE MON ADOLESCENCE.

Je ne me suis point aventuré, Dieu merci, à promettre de l'ordre dans ces chapitres, dans ce fruit de mes vacances ; mais voici une transition qui pourra paraître brusque et même imperti-nente : mes plus bienveillants lecteurs trouveront que j'intercale hors de propos un souvenir des vagues impressions d'un écolier à des esquisses sur les plus hautes pensées de la philosophie ; mais les souvenirs se sont tellement incrustés à mes méditations que je ne sais plus les en détacher. Quant aux jeunes gens que je me plais encore à nommer mes élèves, ils s'apercevront bientôt que leur pensée ne m'abandonne pas dans ces excursions, et que j'y vois un nouveau moyen de leur donner des conseils dépouillés du ton magistral et dogmatique.

Je suis né à Metz le 5 septembre 1766. Mon père était un avocat distingué au parlement de

cette ville; pendant ce qu'on a nommé la révolution Maupeou, il quitta Metz pour venir s'établir à Nancy, et il y jouit de la même estime et du
même succès dans sa profession. J'étais son sep-
tième enfant vivant. Un esprit tourné à l'opposition, surtout contre les grands, lui avait suscité
des revers. Il n'en devint pas moins un ennemi
déclaré de la révolution française à dater des
fatales et infâmes journées des 5 et 6 octobre
1789.

Vers les années 1772 et 1774, comme mon
père se trouvait dans une situation gênée, ma
mère qui venait de faire d'assez grands sacrifices
pour lui venir en aide, avait pris le parti d'aller
vivre avec sa famille chez un oncle, curé de campagne. Je dus à cette épreuve l'enfance la plus
heureuse, jusqu'à ce que l'heure du collège son-
nât pour moi. Je puis dire que ma mère fut mon
premier précepteur d'optimisme; ce n'est pas
qu'elle me l'enseignât dogmatiquement, ni même
qu'elle prononçât ce mot trop savant pour mon
âge; mais, quoiqu'elle eût éprouvé des malheurs
qui avaient été de fortes épreuves pour sa constance, et je puis ajouter pour la générosité de son
âme, ce sentiment respirait dans toutes ses paroles; ces épreuves mêmes, elle les bénissait comme

envoyées par Dieu ; c'était une âme toute nourrie
du miel de Fénelon. Réservée et craintive dans
le monde, où son plus grand soin était de cacher
un savoir assez étendu et de contenir une imagination fertile en riantes peintures, elle faisait
de moi, son plus jeune enfant, le confident, le
disciple ingénu de son aimable et pieuse exaltation.

Comme elle ne laissait pas, malgré sa piété, que
d'avoir lu l'*Émile*, elle était un peu imbue de la
doctrine de liberté que J.-J. Rousseau professe
pour l'enfance, elle me laissait mener à peu près
la vie d'un petit paysan ; et je me souviens, avec
ravissement, de quelques bonnes heures de la nuit
peu avancée, où l'on me permettait d'aller garder les vaches et les chevaux avec des compagnons
de mon âge. Je ne crois pas avoir fait de meilleurs
repas que ceux où je partageais leurs châtaignes et
leurs pommes de terre; c'était ma récompense quand
j'avais réussi à servir assez proprement la messe
de M. le curé. Mais j'aurais quitté tous mes jeux
les plus chers pour me rendre le soir vers le ruisseau bordé de saules où ma mère aimait à rêver ;
et quoique tout palpitant encore des émotions de
mes courses, j'arrivais plein du désir d'entendre
la continuation ou la fin longtemps espérée d'un

conte qui m'avait charmé ; car ma mère possédait
à merveille l'art de la bonne sultane Shéerazade
pour faire de ses récits une sorte de labyrinthe où
l'on ne se plaignait pas d'errer longtemps ; elle
savait, de plus, y faire entrer l'histoire, et surtout
celle de l'Ancien Testament, de manière que je
n'avais pas à regretter l'absence du merveilleux.

C'était par là qu'elle préludait à des leçons propres à toucher mon jeune âge ; aussi, a-t-elle fait
de moi non un conteur, mais un narrateur éternel. La fenaison, le dernier char de la moisson
amené en grande pompe, la Fête-Dieu, la fête du
patron du village, c'étaient là les occasions dont
elle aimait à se servir pour me montrer combien
le bonheur est facile aux villageois, aux âmes
simples et pures. J'étais tout à fait de son avis en
respirant l'odeur des bons gâteaux que l'on cui-
sait jusque dans la plus humble chaumière, en
écoutant le bruit inaccoutumé du tournebroche
du fermier ou de quelques richards du village,
dont la ménagère donnait tous ses soins, toutes
ses pensées à une oie succulente qui allait faire sa
gloire. Puis venait l'humble requête des garçons
et des filles, qui imploraient le crédit de ma
mère, celui de mes jeunes sœurs, fort intéressées
au succès, pour obtenir le violon ou la musette ;

grâce que M. le curé était au fond de l'âme assez
résolu d'accorder, mais pour laquelle il n'était
pas fâché de se faire prier, et de dicter des conditions qui étaient plus ou moins bien suivies :
les baisers sans doute étaient chastes, mais ils
étaient assez multipliés.

Je me souviens d'une soirée où, à la suite de la
fête du village, elle voulut prolonger sa rêverie,
qui bientôt dans la contemplation d'une nuit magnifiquement étoilée, s'éleva jusqu'à l'extase. « As-
« tu remarqué, mon enfant, me disait-elle, le
« pur contentement de ces familles qui sont venues
« des villages voisins, retrouver leurs parents,
« leurs frères et leurs sœurs? As-tu vu avec quelle
« allégresse ceux-ci marchaient à leur rencontre
« dans les allées du bois ; quel doux échange il
« se faisait entre eux des fruits et des fleurs de
« leurs petits jardins, et comme tous s'inclinaient
« sous la bénédiction de leur vieux patriarche ?
« Eh bien, mon enfant, je ne puis m'empêcher
« de voir dans ce tableau champêtre une faible
« image de ce qui se passera, de ce qui se passe dans
« un autre séjour dont je te parle souvent. Il me
« semble que cette belle nuit me le dévoile : là
« se feront aussi, là se font chaque jour des réu-
« nions dont l'allégresse doit durer, non quelques

« moments, mais l'éternité. Ceux qui l'habitent
« aujourd'hui reçoivent peut-être la permission
« de traverser des espaces infinis pour venir mys-
« térieusement et sous une forme invisible à la
« rencontre de ceux qu'ils ont laissés sur la terre,
« et qui ne sont que trop exposés à se tromper
« de route. Je te quitterai peut-être bientôt
« (hélas! cette prévision de ma mère devait s'ac-
« complir au bout de deux ou trois ans), et si les
« souffrances que j'ai éprouvées me tiennent lieu
« de mérite devant le Seigneur, j'ose espérer en
« sa miséricorde; mais n'importe, prie toujours
« pour moi; imagine-toi que je suis souvent à
« tes côtés, que je dirige tes pas dans le monde,
« comme je les dirigeais dans ton enfance; si ton
« ange gardien t'abandonnait, je ne tarderais pas
« à prendre sa place. »

Je puis altérer, après un si long intervalle, les
expressions de cet entretien; mais une mort prématurée, le plus cruel deuil de ma vie, a dû
m'en rendre toujours présentes les pensées et les
images. J'aime à les répéter, parce que je les
adresse dans ma pensée, moi vieillard, à mes deux
jeunes fils et à celle qui est pour moi un ange
gardien sur la terre.

C'est par une croyance invincible dans une

autre vie, que ma mère armait d'avance ma raison contre les objections qui se tirent de l'existence du mal sur la terre. Aussi ne craignait-elle
pas de me faire voir de près le malheur, et même
le tableau de la mort du juste. Cette mère d'une
nombreuse famille, occupée des détails les plus
minutieux d'un ménage qui, pour se soutenir, appelait la plus vigilante économie, remplissait à la campagne les soins d'une sœur de
charité. L'aumône, en passant par ses mains,
n'était plus une aumône, tant l'indigence trouvait
en elle une vive sympathie, les erreurs une tendre indulgence et des conseils judicieux.

Mais il fallut revenir à Nancy; les leçons du
collége me furent insupportables, après avoir
reçu celles d'une mère qui savait toujours aigui-
ser mon imagination en formant mon jugement,
et qui avait éveillé en moi une soif insatiable de
lectures qu'elle partageait et dirigeait avec habi-
leté. Je fus, au moins dans les premières classes,
un assez méchant écolier d'assez méchants mai-
tres; mes régents étaient des religieux, francs
petits-maîtres qu'on appelait chanoines réguliers et qui ne l'étaient guère. L'un deux nous
laissa longtemps l'attendre dans la cour, à l'heure
de la classe. Nous apprîmes le lendemain qu'il

s'était enfui avec la sœur de l'un de nos camarades, et depuis, qu'il était allé se faire protestant à Genève. Mon régent de quatrième, grand
fustigateur, avait des mœurs encore plus infâmes.
Voilà pour mes deux premières classes. Celui de
la troisième, sans être aussi scandaleux, accom-
pagnait chacun de ses actes de rigueur, je puis
dire de cruauté, d'un rire narquois et de railleries
tournées en calembours.

J'avais douze ans quand j'eus le malheur de
perdre ma mère. Il se fit un vide affreux dans
mon cœur. Jamais je n'avais plus eu besoin de ses
conseils, de sa tendresse, mon caractère s'aigris-
sait par des châtiments immérités. Un jour je me
donnai le dangereux plaisir d'humilier mon régent en relevant une des bévues historiques qui lui
étaient familières. Il rougit, se tut et ne manqua
pas le lendemain de me trouver en faute pour
quelqu'un de mes devoirs. L'arrêt fut bientôt
porté en ces termes terribles : « Allez chercher
« le correcteur. » Chargé d'une si déplaisante
mission, j'eus le bonheur de trouver le vieux
ivrogne endormi ; la clef était à la porte, j'ima-
ginai de l'enfermer pour faciliter ma fuite, et je
me sauvai à travers la campagne. Mais que faire?
rentrer dans la maison paternelle, c'était le moyen

de me faire expier plus cruellement une rébellion
qui ne pouvait être approuvée même par le père
le plus indulgent. Fort irrésolu, mais encore
chaud d'insubordination, j'allai passer la nuit
chez un de mes camarades qui demeurait dans le
faubourg. Le lendemain, une idée lumineuse s'offrit à mon esprit, c'était d'aller demander asile et
protection à une dame qui avait un puissant crédit
sur l'esprit de mon père. Elle était alors dans une
campagne auprès de Toul, à cinq ou six lieues de
Nancy. Je fis le trajet assez gaîment et fus accueilli
à merveille. Il ne tint qu'à moi de me croire un
petit héros d'après les éloges qu'elle donna, tout
en riant, à ma fierté, à mon courage. Elle se
chargea de la négociation auprès de mon père et
je ne doutai plus du succès. Enflé d'une si bonne
protection, j'écrivis à mon père une lettre qui
valait mieux, je crois, que toutes les amplifica-
tions de rhétorique que je pus faire depuis. Elle
était du moins pleine de toute l'horreur qu'inspire
la peine du fouet, ce châtiment des esclaves à un
adolescent qui a lu l'*Histoire romaine* et *Plutarque*; elle devint une pièce victorieuse en ma faveur. Mon père en fut frappé et s'en arma auprès
du principal, bon homme, qui demeura d'accord
que la peine du fouet ne devait pas être légère-

II.   8

ment infligée à un écolier qui sentait et s'expri-
mait ainsi.

Pendant que la négociation se poursuivait, je
demeurai encore huit jours dans ce lieu de refuge
et de délices. Cette dame voulut me ramener elle-
même ; mon père vint galamment au-devant
d'elle ; j'allai tomber à ses genoux ; ma protectrice coupa court à des paroles sévères ; elle me
fit rentrer dans la voiture pendant qu'elle chemi-
nait à pied avec mon père. Cet entretien acheva
ma victoire, et peut-être ne fut-il pas beaucoup
question entre eux de cette grande affaire. Le
lendemain je rentrai au collége ; le régent annonça en termes magnifiques sa clémence, et je
reçus les félicitations de mes camarades dont j'a-
vais défendu la cause aussi bien que la mienne.

Je fus plus heureux dans les deux classes suivantes. Mes professeurs et surtout celui de rhétorique
m'aimaient, me pardonnaient de l'irrégularité
dans mes devoirs, en voyant mes goûts studieux
et ma passion pour la lecture. Ce dernier avait
quelque faible pour la déclamation et l'emphase,
et je ne réussissais que trop à le satisfaire. Mais
arrivé à la classe de philosophie, il se fit, je ne
sais comment, une éclipse dans ma raison. Mes
lectures mal ordonnées avaient trop fermenté dans

ma tête. Voltaire avait fait de moi un ennemi déclaré de la révélation.

J'affichais mon incrédulité sans craindre le scandale, et même en le cherchant un peu. Les parents de plusieurs de mes amis leur interdirent toute communication avec moi, et comme ils ne m'expliquaient pas les causes de leur éloignement ou que je les trouvais pusillanimes, je fus atterré de cet isolement. Il me semblait que par mes opinions nouvelles, je perdais un lien de communication avec ma mère, dont la pensée avait été jusque-là ma plus intime consolation. J'en éprouvais du remords, mais mon orgueil ne fléchissait pas.

J'étais grondé par mes sœurs qui m'aimaient tendrement. Il arriva qu'un de mes amis, presque le seul qui me fût resté, se brûla la cervelle sans que j'aie pu connaître les causes de ce suicide. Il faut ranger le *spleen* au nombre des maladies contagieuses. La philosophie nouvelle, surtout celle du bas étage, caressait le suicide. Il est si aisé de se montrer ainsi une âme fière et indépendante ! Heureusement pour moi le livre de Werther n'avait pas été publié.

Telle était la déplorable situation de mon esprit, lorsque mon père eut avec moi un entretien sévère. Préoccupé de procès, il avait con-

tracté dans sa famille une habitude de taciturnité
qui, peut-être, lui était devenue aussi pénible
qu'à nous-mêmes. Il lui fallait un effort ou une
grande occasion pour la rompre. Il m'avait observé en silence et avait connu les plaintes des
parents de mes camarades. Il me fit appeler, et
à ma grande stupéfaction il me parut instruit
de tous mes torts et même du trouble de mes
pensées. Son éloquence était incisive et nerveuse,
il fortifiait souvent ses raisonnements par le sarcasme; je n'y prêtais que trop par ma folie et
par le genre de malheur artificiel que je m'étais
forgé : il m'accabla, me pétrifia. Je sortis de la
maison tout éperdu, mon humiliation se tourna
bientôt en colère, en désespoir, je me retirai
plein d'une résolution funeste et je m'armai d'un
couteau... Ne vous effrayez pas trop : c'était un
vieux couteau de table. Comme ce n'était pas la
première fois que la pensée du suicide s'était offerte à mon esprit, j'avais déjà choisi le lieu de
la scène en véritable amateur. C'était une grotte
qu'un particulier de Nancy avait fait pratiquer
dans un rocher couronné de bois et entouré
d'eaux jaillissantes. Ce lieu s'appelait, je crois,
Boudonville. On voit que j'avais des dispositions
pour le genre romantique, et je ne conçois pas

comment j'ai manqué ma vocation. Arrivé là, je
tirai une écritoire de poche et j'écrivis, n'ayant
rien à donner, mon testament, pièce où je voulais mettre toute ma rhétorique et qui devait
rendre mon nom immortel. J'y faisais des adieux
fort tendres à mes sœurs. Quoique je fusse enflammé de dépit plutôt que de ressentiment
contre mon père qui venait de m'humilier, le
souvenir de ses bontés fut le plus fort, je ne
pus me résoudre à l'accuser, et l'expression de
mes adieux fut touchante et respectueuse. Ce testament, mouillé de mes larmes, avait amolli mon
courage. Cependant je pris alors mon couteau et
je vis qu'il était bien ébréché. Je me rappelai que
Caton, dont le bras était plus ferme et le cœur
plus résolu que le mien, n'avait pu se donner une
mort prompte avec une bonne épée, et la ressource de déchirer mes entrailles était d'un héroïsme qui passait ma portée; je résolus d'aviser
un autre moyen et de me donner encore un peu
de temps pour réfléchir.

Je n'avais pas oublié dans mon testament une
jeune cousine que j'avais vue à Nancy, l'année
précédente, et pour laquelle mon amitié avait
une assez jolie nuance d'amour, avec un peu de
réciprocité. Elle demeurait à Pont-à-Mousson

auprès de mon grand-père, vieillard presque no-
nagénaire dont elle soignait la vieillesse. Pourquoi, *avant de laisser ma dépouille mortelle a
la terre*, me refuserais-je encore au bonheur de
l'entretenir, et d'entendre de sa bouche des paroles sympathiques, et de lui donner encore quelques baisers dont j'avais souvenance. Cette idée
me ravit plus qu'il ne convenait à un moribond
volontaire. Je fis très-expéditivement une route
de cinq lieues; il tombait une de ces pluies délicieuses du printemps qui rafraîchissait à la fois
les prairies et mes pensées, et j'arrivai le soir au
moment où mon grand-père venait de terminer
une lecture pieuse. Je tombai aux genoux du patriarche pour lui demander sa bénédiction. Moi
qui venais de me dessiner en héros, il me fallut
jouer ici le rôle d'un comédien, ou pour parler
plus juste, le rôle d'un menteur, et je conviendrai que j'avais quelque exercice dans ce genre.
Je feignis d'être venu avec l'approbation de mon
père. Mon bon aïeul fut touché de mon pieux
empressement, mais ma jeune cousine n'en fut
pas dupe; quand nous fûmes seuls, elle me té-
moigna son incrédulité, et je n'hésitai pas à lui
faire un récit plus sincère, sauf quelque exagé-
ration que je prêtais assez innocemment à mon

malheur, à mon courage. Elle avait quatorze ans,
j'en avais quinze; mais combien une jeune fille
élevée avec simplicité, avec tendresse, est supérieure en raison à un jeune homme bourré de
lectures discordantes et de sottes prétentions !
Elle traita ma folie avec ménagement et la calma
par d'aimables lénitifs. Les baisers y étaient compris, mais c'étaient ceux d'une sœur. Il n'eût
tenu qu'à elle d'exalter fort ma passion ; mais
elle ne voulait pas me faire passer d'une folie à
une autre, malgré son âge qui était presque celui
de l'enfance. Tout eût conspiré pour l'enchantement. J'allais avec elle cueillir des fleurs dans la
prairie sur les bords de la Moselle, pendant que
mon grand-père assis sur un banc lisait quelque
bon livre de dévotion. L'entretien cessait quand
je lui paraissais m'animer trop, c'est-à-dire, quand
il m'échappait des phrases romanesques. Cependant elle avait écrit à mes sœurs pour les tran-
quilliser sur ma disparition ; mon père respira en
apprenant quel asile avait choisi son enfant prodigue, il vit que sa sévérité inaccoutumée avait
ajouté au trouble de ma jeune tête. Une lettre
de ma sœur aînée me rappela en me promettant
de l'indulgence. Mon père me reçut silencieuse-
ment, mais sans un air irrité ; il craignait que

quelques gouttes de plus ne fissent déborder le
vase de ma folie.

Cependant depuis cette incartade je vivais dans
une profonde humiliation. Après le remords, je
ne connais pas un plus insupportable tourment
que celui du mécontentement de soi-même, et
d'être en doute sur sa raison.

J'étudiais alors l'anglais : cet exercice m'avait
paru propre à calmer mes vagues rêveries. Un
jour dans une belle promenade je lisais, à l'aide
d'une traduction, l'*Essai sur l'Homme*, de Pope ;
je suis encore confondu de l'effet prodigieux que
la lecture de cet ouvrage péniblement déchiffré
produisit sur moi. Car enfin, malgré sa belle ordonnance et l'art admirable avec lequel l'auteur
colorie et rend sensibles les idées les plus ab-
straites, il n'offre point cette poésie du cœur qui
eût semblé devoir être le meilleur baume pour
l'agitation et le désordre de mon âme. Il me parut que je venais de découvrir des millions de
mondes, et j'osai témérairement interpréter la
justice et la bonté de leur auteur. Je me pénétrai
des conditions que Dieu avait attachées à ses bienfaits, et de la nécessité de subir sans murmure et
avec joie les épreuves qu'il impose à ses intelli-
gentes créatures. Je me créai dans l'instant une

sorte de théologie, ou plutôt de mythologie as-
tronomique, et je vis une succession d'épreuves
chaque jour plus douces et une gradation de bonheur dans tous les mondes qui étaient à ma disposition. Comme je sentais que mes espérances
nageaient à plein flot dans le vague, je finis par
me dire : Quelque part que Dieu me loge, je serai bien logé, si je ne cesse de le bénir, de l'adorer et de suivre sa loi ; voilà le mur sur lequel
s'appuya et s'appuie encore mon humble philosophie.

Mais ce bonheur était une conquête à faire :
il fallait la commencer dès cette vie. Je pris en
haine et en mépris toutes les idées chagrines et
visionnaires qui m'avaient obsédé : je vis des sujets de bonheur dans ce qui ne m'avait présenté
que des sujets d'amertume et d'ennui, et ne dé-
couvris plus de torts qu'à moi seul. Je pris la
résolution de me réformer, non avec le courage
héroïque d'un stoïcien, mais avec constance et
douceur, en m'épargnant sur les défauts légers.
Le plus fort était fait, dès que j'avais chassé
tout ce qui avait laissé pénétrer l'aigreur d'un
côté, et de l'autre la langueur dans mon caractère.

Je revins de cette longue promenade, de cette

fructueuse méditation qui n'avait pas été sans
ivresse, et cette jubilation triomphante s'augmen-
tait à chaque pas; l'air ne m'avait jamais paru
plus pur, les plantes n'avaient jamais exhalé plus
de parfums : la lune argentait la surface d'un
ruisseau aussi paisible que l'étaient devenues mes
rêveries. Les mille étoiles qu'elle pâlissait me paraissaient des mondes que je peuplais au gré de
ma fantaisie. En rentrant, je trouvai mes sœurs
fort alarmées d'un retard qui leur faisait craindre
le retour de mes pensées sinistres; mais je me
hâtai de leur crier victoire. Je n'étais point un
fanfaron, car, à dater de ce jour, ma jeunesse fut
aussi studieuse, aussi calme, aussi riante que mon
adolescence avait été pénible; il est vrai que
l'amour y jeta quelque trouble, mais, tout bien
compté, c'était là le bon temps.

Je me suis flatté, en faisant ce récit, d'attirer
l'attention de plus d'un de mes jeunes lecteurs
sur lui-même, et sur la contagion chagrine qui
semble encore dominer aujourd'hui. Je présume
que mon Pope et son influence leur paraîtront
un peu ridicules, surtout s'ils appartiennent,
comme il est à présumer, à l'école romantique;
mais je n'ai pas besoin de leur indiquer des ouvrages et des poésies contemporaines, dont le

charme religieux s'ouvre mieux les portes du
cœur. S'ils y trouvent des chagrins admirablement décrits, un peu analogues à ceux qu'ils
éprouvent ou qu'ils voudraient éprouver, je les
invite à réfléchir que les auteurs en y succom-
bant, n'auraient laissé qu'un nom obscur et
qu'un funeste exemple, en faisant le désespoir
d'une sœur, et peut-être en ouvrant la tombe
d'une mère. Les infortunes réelles, en tombant
sur une âme courageuse, souvent doublent sa
force; les chagrins mollement supportés ou exagérés à plaisir, énervent le talent aussi bien que
le caractère. Quant aux chagrins fantastiques, si
le ridicule, qui leur est justement infligé, ne les
corrige pas, ils sont un grand pas vers la folie,
ou vers l'humeur acariâtre et méchante. L'envie,
qui en est la source la plus commune, en est le
breuvage ordinaire. Il y a des chagrins calomnia-
teurs envers la société, envers la nature humaine,
blasphémateurs envers la Providence : ceux-ci
veulent des révolutions, et si les téméraires
échouent, ils passeront leurs plus belles années
dans des complots qui noircissent l'imagination
et ne laissent point l'âme sans remords, puis
dans les prisons, les angoisses de la fuite et les
misères de l'exil. Que si leurs vœux sont exaucés,

ils verseront bien du sang, jusqu'à ce que le leur soit versé de la main de leurs amis.

C'est un bien grand regret, un amer repentir que d'avoir manqué le bonheur dans un âge qui lui offre de si abondantes et de si faciles ressources. Je ne parle pas des jeunes gens qui sont affligés de maladies lentes et dangereuses, qui ont été frappés coup sur coup des pertes les plus sensibles, des catastrophes les plus terribles; à Dieu ne plaise que je fasse des reproches au malheur! Pour ceux-là je ne vois que la force du sentiment religieux qui puisse les relever, ou sa douceur qui puisse les consoler. Je ne demande pour condition du bonheur promis à cette belle période de la vie, qu'une âme exempte de souillure, un esprit capable d'une direction soutenue, et quelque pouvoir de se commander à soi-même. La vie des privations ne m'épouvante pas pour un jeune homme ainsi muni : j'en ai supporté beaucoup, non pas précisément à cet âge, mais à l'approche de l'âge mûr, et je m'en suis fort bien trouvé. J'avais alors une petite célébrité politique que je n'ai plus et que je suis fort loin de regretter ; c'était en 1796 après le 13 vendémiaire. Mes repas égalaient en exiguité ceux que Marmontel a décrits fort agréablement dans ses Mé moires, et j'y portais au moins un même fonds de gaité. Il était assez plaisant pour moi, en rongeant un pain d'épices, et comme dit le même Marmontel, un angle aigu de fromage, de lire dans un journal que j'étais grassement soudoyé par l'Angleterre ou par le prétendant. Il est vrai que lorsque la prudence me permettait de me ménager quelques mets plus réconfortants, de m'accorder quelques fruits, j'égalais les rois en richesse, comme le vieux jardinier de Virgile.

Plus d'une fois les dons de la fortune m'ont paru, pour la jeunesse, en raison inverse des chances de bonheur. L'imagination n'a que peu de chose à ajouter à un état de précoces délices; elle n'y intervient que pour y joindre les désirs immodérés, ou les plus déraisonnables fantaisies; puis elle s'émousse et fait place à la satiété, à l'ennui. Oh ! que je préfère à l'élégant salon d'un jeune voluptueux, aux chevaux qui font sa gloire, sa gloire unique, à la conquête qu'il mène en triomphe, tandis qu'il n'est lui-même que l'être subjugué, que je préfère la mansarde d'un jeune homme studieux, qui conserve intact le trésor des vives sympathies, des riches espérances; cette mansarde, premier domicile et point de départ de presque tout ce qui fut illustre dans les lettres, les sciences

et les arts, ou même de ceux qui se sont avancés
loin dans les routes de l'ambition et de la fortune.
Est-ce que les peintures les plus riantes et les plus
lascives qui décorent ce salon, valent les tableaux
inachevés et plus purs dont l'imagination de l'ar-
tiste, du savant, de l'homme de lettres, peuple la
mansarde? Voyez-vous cette ébauche de musique,
de peinture, d'un poëme ou d'un ouvrage savant?
voyez-vous ce Domat, ce Pothier chargés de notes?
il y a là l'espoir d'une dot pour une jeune sœur :
elle coûtera des privations nouvelles, mais qu'on
saura supporter et dissimuler avec fierté, avec délices. Que de fois un premier succès en se con-
solidant a rendu un jeune homme appliqué la
providence de sa famille, où il se garde bien
d'usurper aucune autorité! Je ne connais presque
aucun homme de lettres, aucun savant, aucun ar-
tiste, qui n'ait recherché avidement ce genre de
bonheur. Les comédiens sont peut-être ceux qui
se font la loi la plus rigide et la plus délectable
de remplir ce devoir.

Il y aura des traverses, des chutes; eh bien,
ces mécomptes fâcheux pourront appeler cette
volonté persévérante qui fait la force du talent,
sans en être toutefois un indice assez sûr; ou
bien ils seront d'utiles avertissements, pour por-

ter plus fructueusement sur un autre objet, ou
plus élevé, ou plus humble, cette vigueur d'attention qui n'avait pas encore trouvé sa vocation
véritable. Le barreau, les chaires de l'université,
les écoles de la critique, et le monde politique
lui-même, ne sont-ils pas pleins de faiseurs de
tragédies, de comédies, de vaudevilles avortés,
refusés ou tombés, et qui ont eu à s'applaudir de leurs disgrâces? La magnifique colonnade
du Louvre, élevée par un médecin sans crédit, n'est-elle pas là pour avertir le talent et le
génie de ne pas désespérer d'eux-mêmes pour
quelques débuts malheureux dans une carrière
que l'on avait d'abord choisie? L'éloquent Mar-
tignac, l'homme qui consacra ses derniers moments, et peut-être les hâta de plusieurs années
en se vouant à la défense du très-imprudent ministre qui, pour notre malheur, l'avait supplanté,
n'avait-il pas débuté par fournir un tiers, un
quart, un cinquième dans des vaudevilles dont
personne, au bout de deux ans, n'avait gardé le
moindre souvenir?

Oh! le bel âge que celui où le développement
des forces physiques répond à toute l'énergie des
forces intellectuelles et morales les plus précieuses à développer; où l'on sait si bien jouir

par le sentiment de l'admiration qui, dans un
autre âge deviendra plus défiant, plus avare et
plus sec; où l'amitié est le plus capable de soins
et de dévouements, le plus expansive dans ses
confidences, le plus mâle dans ses avis; où le sentiment religieux existe dans sa plus douce exaltation; enfin, où l'âme est toute portée à s'épancher en bienveillance! Ne voyez-vous pas que le
monde est d'âge en âge rafraîchi par l'imagination, et même par l'aspect des jeunes gens et des
jeunes filles? il semble que tout reflète un peu
le coloris de leurs joues : c'est l'haleine du matin
que l'on croit respirer encore au couchant de la
vie; nos idées s'épurent en leur présence; notre
gaîté est plus réservée, mais nous nous faisons une loi de ranimer celle que la gravité de
notre aspect pourrait contenir. Les illusions
qui voltigent sur ces frais visages caressent encore en passant nos fronts ridés. Leurs rêves
d'avenir sont nos rêves d'autrefois : nous reprenons dans notre souvenir notre roman où commence le leur. Mais que parlé-je de roman et
d'illusions, ce sont des réalités pour tous les
cœurs sincères, et on l'est volontiers à cet âge;
le malheur c'est qu'elles sont trop souvent fugitives, mais la trace en est douce à retrouver;

trop heureux les jeunes gens s'ils savent encore
être jeunes! trop heureux surtout si leur premier, leur second, et même leur troisième amour
(car il faut bien un peu d'indulgence), leur présente une conquête difficile, mais d'un grand
prix, pour la sécurité, pour l'honneur, comme
pour l'enchantement de leur vie; si l'espoir qu'ils
ont conçu n'est pas d'une nature chimérique ou
coupable; s'ils reconnaissent la profondeur de
leur amour aux vertus nouvelles, aux pensées
élevées, aux actes courageux qu'il leur inspire;
si la piété tendre et docile de la jeune fille sert
quelquefois d'appui à leur foi chancelante! Vivent
ces amours d'élite qui durent toute une olym-
piade avant le bonheur espéré, et reçoivent un
prix auprès duquel les succès de la vanité ne
sont rien. Une même pensée qu'on sent chaque
jour plus ardente à mesure que l'espoir est contrarié, différé et non détruit, que l'on sent chaque
jour plus enivrante à mesure que l'espoir se fortifie, fait du jeune homme un être en quelque
sorte consacré au milieu du tumulte, des dangereuses délices et des séductions qui l'assiégent;
s'il est un auteur, un peintre, un musicien, je
prédis du bonheur à son premier ouvrage, pour
peu que la constance de son esprit réponde à celle

de son cœur; le charme qui l'inspire agira sur
ceux qu'il veut intéresser.

Je reviens à ma parodie du vers de Virgile :
trop heureux les jeunes gens s'ils savent encore
être jeunes! On dit qu'ils ne le sont plus ; mais
cette plainte s'est répétée d'âge en âge : il y a
cinquante ans nos pères l'élevaient contre nous-
mêmes enfants de leur philosophie , parce que
nous la prenions un peu trop au sérieux. Chacun
se fait du bon temps de sa jeunesse une image
un peu trop enchantée, et souvent y fait entrer
des plaisirs et des excès pour lesquels il gourman-
derait ses fils. On ne s'amuse plus , disait, sous
les belles années de Louis XVI, tel contemporain
d'un règne qui s'ouvrit par la Régence pour se
terminer à madame Du Barry. Ce qui pour moi
constitue le bonheur de la jeunesse et fait l'aimable physionomie de cet âge , c'est un grand
fonds de sntiments tendres et bienveillants, et
doucement exaltés; la candeur en est l'expression
et la gaité en est la suite, mais il faut que la modestie en soit la compagne. On se ride à seize ans
lorsqu'on veut être législateur et réformateur, on
s'appauvrit de tout ce que l'on usurpe sur les
soins de l'âge mûr.

Il ne faut pas que le gouvernement représen

tatif se targue d'une pureté idéale ; il provoque
l'ambition concurremment avec le zèle du bien
public ; il vit de rivalités et ne craint pas de sus-
citer l'envie ; il permet l'expression des mécontentements les plus injustes, les plus aigres et
souvent même les plus emportés. Contrairement à
l'usage des cours sous les gouvernements absolus,
il aime mieux les haines ouvertes que cachées ; il
n'est pas fâché qu'on se dénonce soi-même par
l'excès de ses plaintes. Comme il est exposé à de
fréquents périls, il a besoin de recourir à l'héroïsme, à la vertu, à la grandeur d'âme, et même
de les rencontrer chez de simples particuliers ; et
cependant son mécanisme s'appuie sur les calculs
de l'intérêt personnel, sentiment trop instinctif
qu'il nourrit et féconde en se réservant de l'é-
clairer et de lui créer des directions plus ou moins
sages. Voilà ce que la politique humaine a pu
trouver de mieux jusqu'à présent et l'état dont
on ne peut sortir sans recommencer un effroyable cercle de malheurs. Il semble que sous un tel
gouvernement tout se réunisse pour détourner le
jeune homme du cours paisible de ses plaisirs, de
ses rêveries, de ses études ; l'opposition remue
perpétuellement ses passions les plus généreuses ;

il ne voit que de l'énergie dans l'hyperbole usée
qui nous fatigue; sa pitié s'ouvre à des accents
trompeurs ; son ambition précoce est stimulée
par de folles promesses, sa vanité par des éloges
perfides. L'opposition est de bel air à cet âge ;
d'un autre côté elle est transitoire ; d'ailleurs, elle
n'est pas toujours sans quelque motif plausible, et
plusieurs des plus intrépides gardiens de l'ordre
public ont passé par cette porte. Mais si le jeune
homme veut franchir les bornes de l'opposition
légale et prendre des engagements forcenés, n'a-
t-il pas sous les yeux et dans les récits de ses pères,
dans l'histoire enfin, des exemples capables de le
faire frémir ?

Un transport généreux a pu l'égarer d'abord,
mais quel sentiment de dégoût et d'horreur n'é-
prouvera-t-il pas en se trouvant en communication
avec le vice qui cherche à se relever en prenant l'at-
titude du crime ? Où le conduira le serment qu'on
lui fait prêter dans un appareil sinistre? n'enten-
dra-t-il donc plus parler que de poignards ou de
meurtres? dans quel isolement farouche il lui faudra vivre de ses proches, de sa mère, de ses maîtres
les plus bienveillants, de ses plus aimables amis !

Il croit rendre impénétrable son silence. mais

des yeux hagards, des mouvements convulsifs,
tout le décèle, tout porte la désolation dans ses
foyers dont il devient le mauvais génie ; il n'a
plus rien à demander à l'amour, la débauche seule
lui tend les bras, elle achèvera de flétrir ses sens
et son cœur. Faut-il que l'ivresse de ses compagnons lui révèle des projets odieux et vastement
sanguinaires? ne peut-il les conclure d'après les
invocations qu'il entend faire, d'après les hommages qu'il entend rendre à des hommes dont
le nom a toujours épouvanté ses oreilles? Qu'il
regarde la couleur de son drapeau, n'y voit-il
pas tracés en caractères de sang une longue suite
d'homicides judiciaires entremélés à des massacres? L'indignation pour le crime que la nature
a rendue si forte, si véhémente, si courageuse
dans les jeunes gens, est-elle morte en son âme?
Non, elle ne l'est pas! Souvent il se réveille, mais
il est engagé ; il est devenu le serf du crime qui
lui a attaché son collier, son anneau. Vingt fois
détrompé, il faudra qu'il se travaille pour se re-
forger du fanatisme, et quel fanatisme encore
que celui qui n'a pas le ciel en perspective, et
qui ne peut attendre au meilleur marché que le
néant!

Il hait aveuglément ses semblables, son roi, les ministres, les orateurs du jour; ce qu'il hait surtout, c'est lui-même. Le coup qu'il porte à un ennemi qu'il n'a jamais vu, il se l'était peut-être destiné; seulement il lui est insupportable que sa patrie conserve de la paix après sa mort.

CHAPITRE XXI.

SOUVENIRS DE MA JEUNESSE.

La vieillesse regagne, par la vivacité de ses souvenirs, tout ce qu'elle perd en vivacité d'action. J'appréciais faiblement ce bienfait avant d'avoir vieilli, et je trouvais cette volupté un peu creuse. Ma jolie solitude me fournit mieux les moyens d'en jouir. Je me félicite aussi de n'avoir point trop usé mes souvenirs par la démangeaison de les conter. Si j'y cède aujourd'hui dans un ouvrage destiné aux jeunes gens, c'est pour leur montrer combien le bonheur est facile à cet âge. Je veux parler de cinq années que j'ai passées à Nancy, de seize à vingt-un ans, sans être favorisé par la fortune, la gloire et l'amour, mais sans en éprouver aussi de complètes disgrâces.

Oh! quelle jolie ville que Nancy, cette jeune et brillante fille du bon et vieux roi Stanislas! Il n'était plus, son nom vivait partout. Chaque pierre, dans cette ville, attestait en lui le génie de la

bienfaisance. C'était un Paris en miniature; un
joli Paris construit dans des proportions plus
élégantes que magnifiques. C'était, si j'ose le
dire, une ferme modèle pour les établissements
de charité, tout à la fois évangéliques et philan-
tropiques; car on y reconnaissait l'impulsion
des plus heureux siècles de l'ère chrétienne. Et
tout cela était l'ouvrage d'un roi de Pologne
détrôné, protégé et ami de Charles XII, de cet
intrépide et infortuné conquérant qui ruina beaucoup de villes, et surtout les siennes, sans en
bâtir une seule. Stanislas, dans son esprit droit
et son cœur excellent, avait devancé, par la pra-
tique, une partie des vœux que la philosophie
émettait en théorie. Aucun Lorrain ne prononçait
le nom de Stanislas sans avoir les larmes aux yeux.
Toutefois il y avait un combat entre la nationalité lorraine et la nationalité française. Un État
qui avait coulé comme un petit fleuve assez joli,
n'aimait pas à perdre son nom dans l'océan de la
France. C'était un contraste assez piquant entre
la rigidité des mœurs anciennes et l'élégance des
mœurs nouvelles qui n'échappait pas tout à
fait à la corruption de la civilisation française.
La fusion avait été commencée sous d'heureux
auspices, par le roi Stanislas, le plus aimable

le plus familier et le plus enjoué des Français du nord, instruit et jamais aigri par les plus cruelles adversités. Bon chrétien et philosophe bienfaisant, ainsi qu'il en a reçu le surnom; homme de lettres poli, judicieux, il passait volontiers d'un entretien avec son confesseur, le jésuite Menon, à un entretien plus intime encore avec la jolie et spirituelle marquise de Boufflers, mère du sémillant chevalier de ce nom. C'était un Antonin sur un petit théâtre. S'il n'eût été renversé, par la guerre et par les malheurs de Charles XII, du trône de Pologne, et s'il eût eu un ou deux successeurs dignes de lui, peut-être la Pologne existerait encore.

Il faut que le sentiment de nationalité soit bien fort. Le souvenir des vieux ducs de Lorraine était encore tout vivant dans cette province, et cependant il n'y eut jamais un pays plus dévasté, plus rançonné, plus brûlé qu'elle ne le fut, au temps de Louis XIV, grâce aux énormes folies de son duc, Charles IV, qui perdit ses États pour se faire un chef de *condottieri*. Le duc Léopold, au commencement du XVIIIe siècle, avait de son mieux réparé le mal. Les regrets des vieux Lorrains nous auraient fait croire qu'ils n'avaient connu que l'âge d'or sous leurs ducs.

L'inimitié contre les Français ne pouvait être
promptement effacée, car c'étaient des Français
qui, dans leurs invasions, avaient réduit cette
province aux horreurs d'une famine presque semblable à celle de Jérusalem, lors de sa destruc-
tion. Heureusement cette inimitié mourait dans
le cœur de la génération nouvelle.

Pour moi, né à Metz, ville française depuis
plus de deux siècles, j'étais avec ardeur du parti
français. Tout riait à mon imagination dans une
ville d'une splendeur toute fraîche, toute réjouis-
sante, où la misère ne se montrait plus que pour
faire briller les ressources ingénieuses de la charité. Au sortir du collége, avec quelle volupté je
respirais l'air de l'indépendance ! Quel charme
dans mes études devenues volontaires, dans mes
courses vagabondes à travers tous les âges, toutes
les philosophies et toutes les littératures ! Mes lectures ont été souvent des événements dans ma vie.
Il m'arrive quelquefois de jeter un regard douloureux sur les tribulations de mon adolescence
passée sous la discipline flagellante des vieux col-
léges. Mais j'ai grand soin d'y opposer, pour rafraîchir le tableau, le bonheur et souvent les
extases de mes lectures faites à la dérobée, et aux
dépens d'un thème ou de vers latins pitoyablement

griffonnés. Je crois avoir ressenti, soit à la lecture, soit à la représentation du *Cid*, d'*Andromaque* et de *Zaïre*, des impressions presque aussi vives que celles des premiers, des fortunés spectateurs qui virent éclore ces chefs-d'œuvre. Aussi nos nouveaux Quintiliens auraient bien de la peine à me persuader que j'ai dû m'ennuyer de la froide régularité de notre vieux théâtre, qui me semble encore jeune. Je vois les lieux, je vois les personnes auprès desquelles j'ai fait les lectures dont je garde un profond souvenir. C'est sous les peupliers du joli jardin de la Pépinière, au chant des rossignols et des fauvettes, que j'ai lu les amours d'*Émile* et de *Sophie;* c'était dans un moment où je cherchais ma Sophie et croyais un peu l'avoir trouvée.

Nancy possédait alors, et, d'après la renommée, possède encore aujourd'hui un grand nombre de jolies femmes. Comme je n'ai point vu leur déclin, elles se reproduisent à moi dans toute la fraîcheur et tout l'éclat de leurs charmes. J'assiste encore aux fêtes qui leur étaient données sous des berceaux de fleurs, soit par le régiment du Roi, tout peuplé d'officiers surnuméraires, riches, galants et brillants dissipateurs, soit par le duc de Larochefoucault-Liancourt, colonel d'un régiment de ce nom, cet homme bienfaisant jugé digne du Panthéon, avec qui je devais avoir d'importantes relations et sceller une amitié qui fait le lustre de ma vie. Mais alors il ignorait un jeune homme perdu dans la foule.

Mes vœux ne s'adressaient point aux beautés en renom qui méritaient et recevaient assez gracieusement de plus brillants hommages. Elles habitaient un olympe trop élevé pour moi ; cependant elles n'étaient pas tout à fait absentes de mes rêveries.

Mon imagination romanesque trouvait assez à s'exalter auprès des jeunes amies de mes sœurs. Dans la classe moyenne à laquelle j'appartenais, on suivait presque à Nancy le régime confiant des mœurs de Genève, pour les jeunes personnes. Elles n'avaient souvent, dans leurs réunions avec les jeunes gens, de surveillantes qu'elles mêmes. Cette surveillance, sans être rigide, prévenait toujours de fâcheux éclats ; au moins il n'en est pas parvenu un seul à ma connaissance. C'était dans l'été, après souper, c'est-à-dire vers neuf heures, que les groupes de frères et de sœurs, de cousins et de cousines, allaient se chercher, s'accueillaient avec la gaîté la plus franche, et souvent se rencontraient avec de vives et timides palpi-

tations. C'était là que se formaient de longues
amours qui duraient plusieurs années, et que le
sacrement venait non terminer, mais bénir. On
chantait, on riait au milieu de tous ces jeux, et
je pouvais en improviser quelques-uns ; je maudis
la révolution qui m'a fait perdre ce talent. Une
raillerie piquante ramenait à l'ordre celles qui
chantaient peu, ne riaient guère et parlaient tout
bas. Malheur à celle dont un soupir avait été entendu. Je dois convenir que mon élocution fleurie
et parfois emphatique n'était pas toujours bien
comprise de jeunes personnes habituées à plus de
simplicité dans leur langage. Il était dur d'avoir
à leur expliquer ce que c'était qu'Hébé ou Terpsichore, noms qu'elles n'avaient point vu dans le
Catéchisme. Ma galanterie en restait pétrifiée ;
mais il pouvait y avoir de fausses Agnès parmi ces
demoiselles ; quoi qu'il en soit, cette ignorance
n'ôtait point de charmes à leurs couleurs virginales
et se conciliait fort bien avec leur piquante malice.
Après avoir ri de cette idolâtrie musquée, elles
finissaient par y prendre goût, et je suis tenté
quelquefois de plaindre les beautés du jour d'être
au régime d'une galanterie plus sèche et surtout
plus mélancolique.

Malgré tout le respect que l'on porte aux pre-

mières amours, je suis convaincu qu'elles ne sont
que de légères ébauches pour l'homme destiné à
exercer son imagination. Je conviens que celui
qui est prématurément appelé aux affaires du
barreau, du commerce ou des finances, pourra
bien n'aimer qu'une fois et que ce sera la première. C'est qu'il aura perdu dans des exercices
plus ou moins arides cette fraîcheur d'esprit ou
cette ardeur de l'âme qui peuvent reproduire ce
sentiment. Pour les femmes surtout, l'amour ne
s'arrête pas si facilement à une première esquisse,
si ce n'est dans les liens d'un heureux mariage.
Beaucoup d'autres, en comptant sur leurs doigts
tous ceux dont elles ont reçu les hommages, peuvent bien en noter deux ou trois auxquels elles
ont répondu avec une gradation de sentiment
assez marquée.

L'âge où la beauté pressent son déclin est souvent celui où l'amour s'exalte. C'est un soleil couchant qui redouble d'éclat, mais qui répand
moins de flammes au dehors. N'aimer qu'une fois
et aimer toujours le même objet s'il en est digne,
est le plus grand bienfait de notre vie mortelle.
Mais changer toujours d'objets pour dire à la fin
qu'on n'a vraiment aimé que la première fois, me
paraît la plus triste des progressions décroissantes.

Heureux celui ou celle qui peut dire : « J'aime encore mieux. » Les jeunes gens et surtout les jeunes personnes ne sont que trop portés aujourd'hui à s'exagérer la puissance du premier amour. Ils veulent faire du printemps la saison de la canicule. Cet enthousiasme est louable dans son principe; car l'amour et la religion vivent de foi. Mais on met de l'orgueil à se croire capable d'une passion profonde, exclusive, héroïque. La lecture des romans exalte cette disposition. De mon temps, Werther et Saint-Preux tournaient les jeunes têtes, ou du moins celles sur lesquelles l'imagination avait quelque prise. On était épris de Werther, et il semblait que mourir de la mort de Werther valait autant que mourir de la mort de Caton. Aujourd'hui, le suicide amoureux exposé ou prêché avec une emphase vulgaire, prend surtout pour nombreuses victimes de jeunes ouvriers, de jeunes ouvrières. On y a souvent ajouté pour raffinement, le plaisir barbare de se donner la mort concurremment avec l'objet aimé. Qu'arrive-t-il? c'est que l'un des deux amants frappé de blessures moins profondes, ou d'une complexion assez forte pour résister à la vapeur du charbon homicide, survit et se délivre assez du deuil et du remords pour passer à de nouvelles

amours. J'honore le génie de Goëthe, mais quelque longue, quelque fortunée qu'ait été sa carrière, n'a-t-il pas dû se sentir maintes fois persé-
cuté par les ombres des victimes de son fatal
ouvrage? Et nos jeunes romanciers, à couleurs
sinistres, ne songent-ils pas quelquefois, après
avoir dansé le galop, ou même telle danse afri-
caine qu'on n'ose ni ne peut désigner, à la jeune
couturière, à la jeune marchande de modes, dont
la fin tragique n'est due, peut-être, qu'à leurs
pages empoisonnées.

Voilà une assez longue digression ; mais on les
permet, quand le sujet est pauvre. Or, je parle
de moi.

Mes premiers amours (et j'en compte trois à
Nancy, et tous assurément bien chastes) n'eurent
point un sombre caractère. Au premier, on se
moqua de moi, et je le méritais bien. J'aurais été
désespéré, si je ne me fusse aperçu à temps que
je n'étais guère amoureux, et que j'avais seulement le projet de l'être. Le second, moins malheureux, n'eut pour tout succès que de presser et
de baiser un joli bras au clair de lune, sans compter la fortune assez mince des jeux innocents, où
les témoins ôtent de la saveur au baiser. La beauté
de l'objet de ma flamme était assez médiocre et

ma passion le fut aussi. Il n'en fut pas ainsi de
la troisième personne qui reçut mes vœux. C'était
une jeune pensionnaire née de parents pauvres,
qui par le charme de sa figure, la gentillesse de ses
manières et le plus heureux naturel, avait mérité
l'attachement et presque l'adoption d'une dame
veuve, et dont la fortune était aisée. Je l'avais
rencontrée dans un bal, et ma vive émotion avait
été exaltée par ce murmure général d'éloges que fait
naître la beauté jointe à la grâce et à la modestie.
Quand j'eus le bonheur de danser avec elle, mon
trouble ajouta beaucoup à l'effet de la distraction,
et je puis ajouter, en sincère biographe, de la
gaucherie qui m'était naturelle

Je m'excusai auprès d'elle en indiquant de mon
mieux, et par mes paroles et par mes regards, ce
qui me rendait sourd aux lois faciles de la contredanse. Elle parut ne pas me comprendre, et
me comprit à merveille ; aussi agréa-t-elle dans
cette même soirée une seconde invitation du dan-
seur le plus disgracieux de la société. *Nous nous
en tirerons mieux, n'est-ce pas ?* me dit-elle,
avec un aimable sourire. Je me récriai fort contre
cette moitié qu'elle voulait prendre dans mes bévues, elle qui dansait si parfaitement ! Je me pi-
quai d'honneur, et maîtrisant mieux mon extase,

je ne fus plus un sujet de trouble et de plaisanterie. Depuis ce jour, cette charmante image me suivait partout. J'appris avec joie (voyez ce qu'il entre d'égoïsme dans l'amour), qu'elle était sans fortune. Tout me parut possible, rien ne me parut difficile pour qu'elle devint ma compagne.

Je voyais bien que j'aurais à subir les épreuves du temps pour parvenir à une existence digne de lui être offerte ; mais ma constance en viendrait à bout. J'étais alors jeune avocat, j'en avais porté la robe dès l'âge de dix-huit ans, grâce au patronage et à la direction de mon père que j'ai dit avoir été un avocat distingué. L'exercice de parler en public ne m'a jamais rien coûté. De plus, j'avais obtenu un accessit et un prix à l'Académie de Nancy, ce qui m'avait valu accès dans les sociétés distinguées, telles que celle de la marquise de Boufflers, cette amie du roi de Pologne.

Enfin, je faisais quelque bruit dans le journal de Nancy avec des *poésies fugitives* bien dignes de ce nom, et que je moulais de mon mieux sur les pièces de l'*Almanach des Muses*, et, ce qu'il y a de pis, sur l'*Almanach des Grâces*, recueil beaucoup plus fade. Poussé par l'esprit d'imitation qui domine dans la jeunesse, après avoir fait un beau discours sur l'éducation d'un jeune prince, et même *sur l'influence des mœurs sur les lois, et des lois sur les mœurs*, où j'estropiais Montesquieu, je me délassais avec des vers anacréontiques surchargés de roses insipides. Pour compléter mes confessions, j'avouerai que j'avais fait à l'âge de seize ans un vaudeville dans le genre de ceux de Piis et Barré, qui obtenaient alors une extrême vogue. Le ton en était assez leste et graveleux, c'était une véritable calomnie contre mes mœurs. La représentation en était annoncée ; mon père eut le crédit de l'empêcher, et je ne puis trop en bénir sa mémoire.

Quoi qu'il en soit, mon existence était jolie. Préoccupé d'un chaste et vif amour, il s'agissait de rendre cette existence honorable. L'amour fut pour moi un commencement de sagesse. Jamais je ne lisais Domat, Pothier, et même le Code de procédure, sans songer à mademoiselle Boulanger, à ses grâces naïves, à son heureux naturel, à la finesse, à la perfection des ses traits, que dirai-je enfin ? à tous les trésors entrevus de sa taille. Il fallait marcher à cette conquête par les chemins raboteux de la jurisprudence et même de la chicane. Mais où en était mon roman ? Il avait cheminé d'abord avec une extrême lenteur. Comment pénétrer dans l'enceinte impénétrable

d'une pension de jeunes demoiselles, moi qui n'y
avais ni sœur ni cousine. J'errais en vain autour
de ces murs jaloux. Je parvins par ma persévérance à connaître l'heure où l'aimable essaim prenait son essor dans la campagne. Je m'aperçus
qu'on se dirigeait vers les bords d'un étang où
j'avais tendu quelquefois mes filets d'oiseleur.
Ce lieu me serait-il propice pour des filets d'une
autre espèce ? il ne le fut guère.

J'étais assis sous de vieux saules auprès d'un
ermitage de Saint-Jean, qui n'existe plus, tenant
un livre où je ne lisais guère ; mon audace n'alla
qu'à lui faire un salut profond auquel elle ne répondit que d'un air étonné; mais cet étonnement
me parut décontenancé. Jamais jeune personne
a-t-elle oublié le jeune homme avec lequel elle a
dansé deux fois dans la même soirée, et qui a
murmuré quelques demi-mots d'amour? Une seconde tentative fut saluée par un rire des jeunes
demoiselles qui me parut suspect de malice, et
ce qui me le confirma, c'est qu'elle ne me répondit
que par un salut froid et léger. Je jugeai qu'il
n'était pas à propos de jouer une troisième fois le
rôle d'un timide soupirant. J'étais désespéré lorsque la fortune vint à mon aide.

J'étais lié avec un avocat plus âgé que moi de

sept ou huit ans, qui tenait fort peu à sa profession, mais qui aimait passionnément les lettres,
ce qui avait établi de la sympathie entre nous. Un
rayon d'espoir brilla pour moi, lorsque j'appris
de lui qu'il était marié à une demoiselle qui sortait depuis peu de l'institution des dames Fallois,
où mademoiselle Boulanger était pensionnaire;
qu'il était logé dans la maison voisine, et que sa
jeune femme recevait souvent sa maîtresse et ses
jeunes amies. C'était un coup de fortune qui me
persuadait que le ciel même m'avait destiné une si
charmante compagne. Je me trompais; mais je
devais goûter, quoique beaucoup plus tard, un
bonheur plus grand. On juge bien que ma liaison
avec cet excellent avocat devint plus intime; elle
me procura, pendant dix-huit mois, l'occasion
de voir, même assez fréquemment, l'objet aimé.

J'allais céder au plaisir de retracer des amours
printaniers qui, dans mon souvenir au moins,
ont toute la fraîcheur de l'idylle. Ah! je voudrais
voler à l'auteur d'*Émile* et de *Sophie* ses pinceaux, pour peindre le charme facile de ces amours
que dore l'illusion, qui peuvent se repaître d'une
espérance lointaine, d'un sourire, d'un demi-mot
jeté comme au hasard; c'est un trésor qu'on
remporte avec soi le soir pour le charme de toute

une nuit; on le retrouve à son réveil, plus riche
encore. Il semble qu'on prenne possession de
l'univers, en disant : Je suis aimé, ou même, je
crois l'être. Un ange terrestre vous met en communication avec les anges de là-haut. Vous aimiez
la vertu, vous l'adorez quand elle se présente à
vous sous l'image de la beauté. La résistance qu'on
vous oppose, lorsqu'un aimable regard l'adoucit,
ne fait qu'ajouter le charme de la pudeur à d'autres charmes dont vous n'étiez que trop enivré;
vous jouissez plus saintement de votre contemplation. Cette vertu qui accomplit modestement,
avec délices et quelquefois avec un héroïsme ingénu des devoirs rigoureux et qui en exagère
l'empire, vous paraît au-dessus de celle que vous
pouvez exercer dans vos plus sévères études, dans
quelques abnégations de votre égoïsme, ou même
dans les combats. Vous aspirez aux épreuves pour
vous rendre digne d'une telle conquête. L'ambition va s'allumer en vous; mais c'est l'amour
qui lui ouvre la porte; elle ne sera point farouche.
Brillants séducteurs, qui tâchez d'exciter notre
envie par la liste souvent menteuse et calom-
nieuse de vos bonnes fortunes, que vous me pa-
raissez misérables, si vous n'avez point connu de si
pures délices, ou si, les ayant connues, vous avez

pu rejeter comme fade et insipide ce breuvage du
ciel, et que vous m'êtes odieux, si vous n'êtes que
les barbares et froids sacrificateurs d'une victime
qui seule a pu vous faire connaître le bonheur!
Cléopâtre, ou, si vous voulez du moderne, madame la comtesse Du Barri n'ont jamais pu inventer de voluptés qui se fixent mieux dans la
mémoire et dans le cœur qu'un léger serrement
de main qui échappe à la beauté pudique.

Je venais de dîner chez mon ami M. Anthoine,
lorsque l'on annonça la maîtresse de pension, ac-
compagnée de deux de ses pensionnaires, parmi
lesquelles était mademoiselle Boulanger qu'elle
appelait sa rosière. Mon émotion fut d'autant plus
vive que je crus la voir un peu partagée. Toutefois
je sentis la nécessité de maîtriser mon trouble et
mon ravissement. Madame Fallois fut ou parut
être le premier objet de mes soins; elle ne manquait ni d'esprit, ni de littérature; quelle précieuse occasion pour un flatteur qui voulait non-
seulement lui plaire, mais captiver son estime et
sa confiance! Tout ce que je pus trouver d'esprit
servit au triomphe du sien. On parla morale, car
c'est le texte favori et même nécessaire des maîtresses de pension. Ce sujet ne me parut nullement glacé; et, sans feinte, sans artifice, je m'ex-

primai sur la vertu avec autant de feu que je l'aurais fait sur la beauté. J'avais sous les yeux l'image
la plus pure et de l'une et de l'autre; cette conversation me réussit et favorisa mon vœu le plus
cher.

Madame Anthoine donnait souvent des goûters
à ses jeunes amies, et j'y fus admis sans difficulté.
Ce petit repas supprimé dans nos usages, était
singulièrement favorable à la gaîté des jeunes
personnes. Les gâteaux, après avoir satisfait à
leur friandise, servaient à leurs jeux, à leurs petits combats. La scène se passait dans un jardin.
Oh! quel plaisir de disputer ou de céder le prix
de la course à ces jeunes Atalantes, de grimper
sur les cerisiers dont ces jolies bouches convoi-
taient les fruits vermeils, de jouer aux quatre
coins, aux yeux bandés, de reconnaître, avec une
hésitation feinte, une taille charmante dont tous
les contours étaient gravés depuis longtemps
dans mon imagination, et de ceindre de jolis
yeux d'un bandeau qui, outre les vieux compliments de la galanterie mythologique, prêtaient
encore à des madrigaux plus frais, et même à des
déclarations timides. J'étais au moins sûr de n'être
pas foudroyé par un regard sévère, et quelquefois le sourire apparaissait sur des lèvres de rose.

Je n'avais point caché à l'aimable ménage qui
me couvrait de sa protection, mon amour pour
la jeune et charmante orpheline, et je parlais
avec feu des espérances d'une modeste fortune
uniquement fondée sur mes sévères études, et que
je brûlais de lui faire partager. Cette confidence
avait été transmise à madame Fallois ; cette
dame, dans sa prédilection pour la plus intéres-
sante de ses pensionnaires, arrangeait déjà pour
elle un établissement convenable, qui pourtant
demandait quatre ou cinq années d'attente. Mais
alors, et surtout à Nancy, comme maintenant à
Genève, cette épreuve ne paraissait pas excéder
les forces d'une passion vraie. De là venait une
confiance que je n'ai point trahie, mais que je ne
recommanderais pas aujourd'hui à des maîtresses
de pension. Je fus admis bientôt à interroger les
jeunes personnes sur leur instruction qui, en vérité, était assez modeste ; puis à donner quelques
leçons qui servaient de supplément à celles de
leur maîtresse, et qui avaient un peu plus de
feu, mais souvent aux dépens de la vérité. Avais-
je à parler des amours des patriarches, je leur prêtais un ton sentimental qui était dans mon âme,
mais non dans le style de la Bible et de l'Orient.
Rebecca et Rachel se transformaient presque en

Héloïses ; mon jeune auditoire trouvait assez d'attrait à ces pieuses leçons. Je m'animais surtout en parlant des difficiles épreuves de Jacob pour obtenir sa bien-aimée Rachel, et je ne sais quel trouble, je ne sais quel vermillon m'avertissait que j'étais entendu. Je brillais plus à mon aise dans les contes de fées qu'on me demandait ensuite pour petite pièce. Tout en compilant les *Mille et Une Nuits*, je n'y respectais pas mieux les couleurs orientales que dans mes récits prétendus bibliques. J'y semais, de mon mieux, des compliments allégoriques pour les jeunes pensionnaires, à commencer, bien entendu, par leur maîtresse.

Ces soirées s'écoulaient délicieusement et se prolongaient quelquefois jusqu'au moment où les premières ombres me permettaient des mots plus mystérieux et des signes plus tendres. Ma nuit se passait dans des rêves enchantés.

J'avais alors pour ami un jeune homme plus âgé que moi de cinq ou six ans, aussi distingué par l'indépendance vraiment originale de son caractère que par la pureté de son goût, la prodigieuse variété de ses connaissances et la vivacité éblouissante de son esprit. Personne ne croira que ce portrait soit inspiré par l'enthousiasme

des souvenirs de jeunesse lorsque j'aurai nommé
M. Hoffman, cet homme de lettres qui, après
avoir orné la scène lyrique des poëmes les mieux
écrits que je connaisse dans ce genre, se montra
depuis l'Hercule de la critique dans le *Journal des
Débats*. Alors il était plus enfoncé que moi dans
les eaux trop souvent bourbeuses de la petite philosophie moderne, qui inclinait si fort au matérialisme. Son excellent esprit et la droiture de
son âme l'en tirèrent, lorsqu'il la vit appliquée à
la révolution française qu'il détesta de toutes les
puissances de son âme. Sa grande maxime en
amour était alors que pour triompher de la vertu
des femmes, il fallait commencer par n'y pas
croire et se conduire en conséquence. Moi, dont
l'amour était mêlé du plus doux mysticisme, je
le réfutais de mon mieux. Un triste incident qui
lui arriva servit plus à confondre le séducteur
que ma pauvre éloquence.

Il était lié avec un musicien qui devait une
modeste aisance à son talent, et plus encore à la
dot de sa jeune et jolie épouse. Ce musicien com-
posait la musique d'un opéra d'Hoffman, qui ne
vit pas le jour. Il arriva qu'elle se passionna pour
l'auteur des paroles. Il était trop honnête homme
pour avoir cherché ce succès auprès de la femme

de son ami ; mais enfin il en fut vivement flatté, et finit par y répondre

Je me souviens d'un mot qui indique assez la puissance de l'amour. Hoffman avait la disgrâce physique la plus incommode pour un homme dont l'esprit était aussi prompt et aussi vif ; il était bègue. Cette jeune femme à la tête romanesque lui disait un jour, à ce qu'il m'a rapporté : *J'aime jusqu'à ton bégaiement, parce qu'il ressemble au trouble de l'amour.*

Le mari fut forcé de s'absenter, et dit ces mots, propres à tout arrêter : *Hoffman, je te confie ma femme.* Malheureusement l'amour s'était déjà déclaré et n'eut que trop une libre carrière. Il arriva qu'une voisine du plus méchant caractère fut un jour témoin d'embrassements très-vifs. La jeune femme se crut perdue et fut dévorée de remords. Hoffman lui-même, le sceptique Hoffman, ne les ressentit pas moins. Il avait trahi l'amitié et détruit le bonheur d'un ménage longtemps cité comme modèle.

Il vint un jour me trouver de grand matin pour faire avec lui à travers champs une de ces longues promenades dont nous avions l'habitude.

Mais qu'il était différent de lui-même ! quel trouble ! quel feu sombre dans ses regards ! quel

abattement dans toute sa personne ! je fus frappé
d'un profond chagrin quand j'en connus la cause
irréparable.

Il était hors de lui-même, s'accusait, ne voulait
accuser que lui. Arrivé sur les bords de la Meur-
the, il mourait d'envie de s'y précipiter. Mon
amitié le protégea contre son désespoir. Je le vis
envier le sort du paysan, du manœuvre, qui passait en chantant ; « et moi, ajoutait-il, moi qui
« me riais de vos innocentes amours, je me dis
« maintenant comme Phèdre :

« Tous les jours se levaient clairs et sereins pour eux. »

Le mari revint, fut instruit par la perfide voisine, qui n'avait pas d'abord manqué d'instruire
tout le voisinage de sa découverte. Sa vengeance
fut calme et taciturne mais poignante dans ses
effets.

Il remit froidement à Hoffman le poëme dont
il faisait la musique : *J'y ai renoncé,* lui dit-il; *nos
liaisons seraient maintenant sans objet.* Quant à
sa femme, point d'éclat, point de reproches, mais
un silence obstiné, glacial ; il ne le rompait que
pour quelques soins du ménage, et la victime re-
pentante baissait les yeux et n'osait l'interpeller.
« Puisqu'il ne veut pas de moi pour femme, se

dit-elle, je serai sa servante. » Elle en remplit tous
les soins avec une constance égale à celle du flegme
vengeur de son mari.

Combien de fois ne l'ai-je pas vue, elle que
j'avais rencontrée dans nos modestes bals élégamment vêtue, et maintenant sous les habits d'une
servante, dont son repentir avait embrassé la condition, remplir sa cruche à la fontaine. Elle revenait par de tels degrés à son premier amour;
et son mari qui l'aimait passionnément fut désarmé.

Quant à Hoffman, je le vis pleurer à chaudes
larmes. Un jour il avait vu cette dame qui se
confondait avec les *autres* servantes du quartier.
Il n'y tint pas, et partit aventureusement pour
Paris avec de modiques ressources. Son esprit vif
et saillant lui en procura bientôt. Son opéra de
Phèdre eut un plein succès. Dans ses lettres,
Hoffman me pressait de venir le joindre à Paris.
Mon frère aîné qui ne m'avait guère connu que
dans mon enfance, mais qui dès lors m'avait tendrement chéri, commençait, après de laborieuses
épreuves, à jouir, sur le grand théâtre, d'une
considération distinguée comme homme de lettres
et comme avocat. Il m'offrait l'espoir de venir à
Paris m'associer à ses travaux. Cette perspective

m'enflamma, et loin d'être une diversion pour
mon amour, elle me parut propre à en accélérer
le dénoûment. Dans mon effervescence de jeune
homme, j'espérais faire bientôt fracas dans la ca-
pitale avec une tragédie de *Caton d'Utique*, dont
plusieurs scènes avaient été lues et applaudies à
l'Académie de Nancy. Si ce sujet est beau dans
l'histoire, je n'en connais pas de plus maudit pour
l'action dramatique, et certes je n'en évitais pas
les défauts. J'avais vainement voulu réchauffer le
sujet par un amour de la vieille et galante sœur
de Caton, Servilie, pour César, que Cicéron appelait le mari de toutes les femmes et la femme
de tous les maris. Cette maudite Servilie rendait
ma pièce encore plus froide et plus ennuyeuse.
Je crois cependant encore aujourd'hui qu'il y avait
deux scènes assez belles.

Mademoiselle Boulanger parut s'attrister de ma
métromanie; elle sourit fort peu à la gloire fu-
ture dont je voulais lui faire hommage. Elle m'aimait mieux sous ma robe d'avocat que *couvert
des lauriers du Parnasse*, comme nous disions
alors. J'étais pour elle, sous le premier costume,
un mari plus probable. Et puis, Paris, Paris pour
un jeune homme! Nous ne pouvions guère échan-
ger que des mots rapides. Un jour elle me dit:

« Vous souvenez-vous que vous nous avez lu il y
a quelques mois la fable des *Deux Pigeons* de La
Fontaine? Eh bien, je vous invite à la relire ce
soir. » Après avoir dit ces mots d'une voix où je
crus reconnaître de l'émotion, elle se jeta dans le
groupe des jeunes pensionnaires les plus étour-
dies, anima leurs jeux, et, contre sa coutume,
les rendit plus bruyants. Il me fut impossible de
lui adresser une seule parole. Mes regards ne pu-
rent plus rencontrer les siens. Le contraste de
cette gaîté, de cette rigueur, avec une citation qui
semblait indiquer un regret assez tendre, me fournit un commentaire plus difficile que celui dont
les Scaliger et les Casaubon se sont occupés. Je
n'eus que trop à me souvenir de l'apologue, lorsque, cinq ou six ans après, je me vis, comme *la
volatile malheureuse*, atteint de plus d'un cail-
lou, poursuivi par une nuée d'*oiseaux de proie*,
sans souper, sans gîte, et le reste.

Je ne pus que huit jours après me représenter à la pension, mais quel désespoir ! Mademoiselle Boulanger n'y était plus. On était au temps
des vacances, et sa bienfaitrice était venue l'em-
mener à Toul. Ce contre-temps hâta mon départ
pour la campagne. C'était chez l'un de mes frères,
pourvu d'une très-jolie cure, où il recevait sa fa-

mille assez nombreuse au temps des vacances.
La campagne, sans doute, par le souvenir des
joyeuses et libres années de ma première enfance,
m'inspirait une ivresse de gaieté, qui depuis ne
s'est plus guère reproduite en moi que par une
teinte assez habituelle d'enjouement, quand je ne
suis pas contraint. J'étais aimé des paysans auxquels je chantais des rondes, débitais des contes
et même des sermons qui les amusaient plus que
ceux de mon frère. J'étais au même titre fort
bien reçu par les nièces et même par les gouvernantes des curés nos voisins. Quelques-unes
étaient jolies, je parle surtout des gouvernantes.
Les bons curés bravaient les caquets des commères, et j'eus l'honneur assez mérité d'exciter
leur jalousie. On m'invitait à toutes les fêtes, à
toutes les noces de village. Une intrigue villa-
geoise m'avait causé, deux années auparavant,
une peine profonde et un repentir voisin du remords. Je n'en rappellerai point l'occasion, tant
par respect pour mes jeunes lecteurs, que par
ménagement pour moi-même. Il me suffit de cette
mention légère pour me justifier du reproche
d'avoir voulu trancher ici du *petit Grandisson*.

Je pourrais profiter de cette occasion pour faire
la liste de mes défauts. Mais j'ai remarqué dans

tous les Mémoires que ce genre de confession ressemble assez à la façon dont Sancho-Pança se flagellait sous les yeux de son maitre crédule. Les coups les plus rudes tombent sur les arbres voisins, et l'on épargne sa peau. Comme j'étais bienveillant et sincère, les défauts véniels, tels que négligence, distraction, oubli trop fréquent des soins matériels de la vie et des lois de la mode, ne m'ont pas empêché de faire mon salut dans ce monde, et ne m'empêchent pas, fussent-ils accompagnés de fautes plus graves, d'espérer mon salut dans l'autre. La société s'en venge assez par des mortifications que les jeunes gens d'aujourd'hui me paraissent fort bien éviter. Ce qui me dispense de leur faire un sermon à la Genlis.

N'imaginez pas que quelques éclats d'une gaieté un peu vive fissent diversion à mon amour. J'avais pour l'entretenir dix ou douze heures que je passais souvent dans les bois, occupé au travail de l'oiseleur, exercice chéri des Lorrains à la campagne, et où leurs peines sont payées par une trop abondante proie de fauvettes, de merles, de grives, et surtout d'aimables rouges-gorges, qui viennent en quelque sorte causer avec le perfide oiseleur. Une image ravissante, toujours la même, toujours l'objet d'une adoration plus vive et plus

enflammée, enchantait les heures de cette longue
solitude, et de ce passe-temps meurtrier. Je ne
voulais plus voir dans les derniers mots de mademoiselle Boulanger qu'un tendre avertissement
donné par l'amour. J'expliquais la gaieté folâtre
qu'elle avait montrée à mon grand désespoir,
comme une ruse de jeune fille, pour dérober son
trouble aux yeux de ses compagnes et surtout
aux miens, et je ne cessais de répéter :

Deux pigeons s'aimaient d'amour tendre.

Mademoiselle Boulanger avait-elle oublié le
premier vers de la fable qu'elle avait citée ?

Comme l'irrésolution est un des défauts que
j'avais oublié de mentionner, je flottais dans une
extrême incertitude. Mademoiselle Boulanger et
Paris, le barreau et le Parnasse, ne cessaient de
se combattre dans mon esprit. Ma foi dans mon
Caton d'Utique commençait fort à s'ébranler.
Hoffman m'avait écrit que j'avais choisi le sujet
le plus rebelle à toute émotion du cœur; et mon
frère, mon autre correspondant de Paris, avait
exprimé la même opinion.

Voici le parti que je pris pour satisfaire à mon
amour : j'étudiais et même j'apprenais par cœur
l'ordonnance de Lorraine pour la procédure ci-

vile; et comme si cette occupation avait pu me
remettre en verve, je travaillais à quelques scènes
de ma triste tragédie.

Je revins à Nancy plus tôt que de coutume, stimulé par l'amour et l'espoir. Un seul mot d'elle,
un seul mot qui confirmât :

Deux pigeons s'aimaient d'amour tendre.

et j'appartenais tout entier à la jurisprudence et
à l'amour; mais ô douleur! mademoiselle Boulanger n'était pas rentrée dans sa pension, et
même l'on ne me faisait pas espérer son retour.
Mon dépit, mon ennui, mon isolement furent au
comble. Dès lors toutes mes idées se tournèrent
vers Paris, et je chargeai Caton d'Utique d'être
le négociateur de mon mariage. Mon père, qui
avait d'abord contrarié ma métromanie, commençait à bien augurer de mes talents littéraires, et
brûlait du désir d'avoir deux fils qui pussent se
faire quelque renom dans les lettres. Oh! quelle
eût été la joie de cet excellent père, s'il eût vécu
assez pour voir à la fois ses deux fils membres
de l'Académie française !

Peut-être aussi souriait-il peu à mon amour
pour une orpheline sans fortune; car je ne lui
avais pas caché mes sentiments. Quoi qu'il en soit,

il négocia mon arrivée à Paris avec mon frère, me prépara un trousseau, et me remit cinquante louis. Ma place fut bientôt retenue à la diligence, et je me séparai, non sans larmes, d'un père qui voulait bien voir en moi le futur honneur de sa vieillesse, de deux sœurs dont j'étais tendrement chéri, des lieux où depuis cinq ans j'avais coulé les jours les plus heureux, et enfin où j'avais aimé de toute la sincérité de mon âme.

J'avais à peine fait deux lieues sur la route de Paris, que notre lourde diligence fut rencontrée par une voiture qui ramenait à Nancy mademoiselle Boulanger avec sa bienfaitrice. Hors de moi, je joignis à mon salut je ne sais quelle pantomime qui voulait lui dire que je n'allais à Paris que pour hâter le bonheur d'obtenir sa main. Et cette pantomime, que je voudrais en vain me figurer aujourd'hui, fut parfaitement comprise comme j'en ai reçu l'aveu douze ans après.

Douze ans après! quelle effroyable lacune! la révolution suffit pour l'expliquer. Voici comment je revis, après un si long intervalle, celle que j'avais tant désiré unir à mon sort.

Au mois de juillet 1799, j'étais depuis deux ans prisonnier à la Force, et menacé de temps en temps de la déportation à Sinamari, lorsque je

vis entrer dans ma chambre M. Anthoine, cet aimable voisin de la pension de mademoiselle Boulanger. Nous nous revîmes malgré une longue
absence avec l'intérêt le plus vif de l'amitié; mais
combien ne fus-je pas ému quand il m'apprit que
mademoiselle Boulanger était depuis deux ans à
Paris; qu'elle était mariée à un négociant qui faisait son bonheur, qu'elle n'avait cessé de prendre
part à mon sort, à mes petits succès, à mes traverses, et qu'elle gémissait de ma longue captivité! Le terme en approchait sans que je m'en
doutasse. Quinze jours après je fus libre, et le
lendemain je ne manquai pas d'aller me présenter chez cette dame. On va m'accuser d'illusions,
quand je dirai que je la revis plus charmante que
jamais, malgré la différence de trente ans à dix-
huit. Ses traits si délicats, si réguliers, étaient
embellis par une expression plus touchante, et
par un esprit qui se développait avec plus de liberté. Je remarquai peu d'altération dans le pur
coloris de son teint. Son accueil fut serein, aimable et confiant. Peut-être aurais-je désiré plus
de trouble, car le mien était extrême; mais je
ne tardai pas à me mettre à l'unisson de ce ton
d'une amitié calme, aimable, enjouée, qui ne
craint pas d'aborder de plus touchants souvenirs

Il fallut d'abord lui donner quelques détails sur
mes aventures. Mais quoiqu'elles fussent de nature à exciter assez vivement sa curiosité et son
intérêt, j'abrégeai pour revenir avec le plus
d'adresse que je pus à des souvenirs qui nous
étaient communs. Elle n'évita pas le moins du
monde ce sujet qui pouvait paraître périlleux.
Tout fut passé en revue dans ces douces et
fraîches réminiscences. Je me fis une haute idée de
la pénétration des jeunes demoiselles, en voyant
que la jolie pensionnaire avait tout compris des
mots mystérieux que je lui avais adressés. Mais
quand elle me voyait trop ému, et que je baisais
sa main avec un peu trop de vivacité, elle revenait à me parler du bonheur d'être tendrement
aimée d'un mari qu'elle aimait. «Vous méritez, me
« disait-elle, de connaître le bonheur d'un bon
« ménage,» et je ne croyais pas que ce bonheur dût
être un jour si parfaitement accompli pour moi.

Cet entretien, qui dura trois ou quatre heures,
ne fut plus suivi de nul autre du même genre.
Je ne parvins plus à la revoir seule ; à l'accueil
que me fit son mari, il me fut aisé de comprendre
qu'il goûtait peu ces souvenirs de pension. Elle-
même me le laissa entrevoir. Éprouvé naguère
par un amour malheureux, je ne me souciais pas

de recommencer cette épreuve. Que dirai-je enfin? les scrupules de l'honnête homme auraient
chez moi combattu jusqu'à l'espérance. Bientôt
je fus obligé de m'absenter de Paris, car les soup-
çons du Directoire me poursuivirent encore pendant six semaines, et ma liberté ne data véri-
tablement que du 18 brumaire.

J'ai placé le chapitre relatif à cette époque de
ma vie dans la Revue philosophique qui remplit
une grande partie du premier volume de cet ouvrage; il y trouvait mieux sa place que dans des
Mémoires de ma vie, ou, pour parler avec plus
d'exactitude, dans le récit de mes aventures et de
mes proscriptions, pendant le règne de l'anarchie
et de la Terreur, tableau que je réserve pour un
autre volume. Je n'ai pas voulu d'ailleurs sacrifier ou retarder un opuscule sur les femmes, qui
me paraît se rattacher à mes ébauches philosophiques.

CHAPITRE XXII.

La physiologie explique fort mal les qualités intellectuelles
et morales des femmes. — Réfutation d'une opinion de
J.-J. Rousseau qui leur est fort injurieuse. — Leurs nouveaux progrès dans les lettres et les beaux-arts. — Que
devient la délicate organisation des femmes en présence
des maux les plus cruels qui affligent l'humanité? — Tableau de leur héroïque patience. — Bonheur et légitime
empire des femmes dans le ménage.

DES FEMMES.

Je lisais, il y a quelque temps, dans un ouvrage
de physiologie que le cerveau des femmes est
d'un tiers plus petit que le nôtre, et comme
cette disproportion est au delà de celle qui existe
généralement entre la stature des deux sexes,
jugez quelles inductions on pourrait en tirer
en faveur de notre supériorité et même de notre tyrannie. Voilà de quoi déconcerter tous
les Spartacus femelles qui pourraient méditer une
rébellion et les apôtres de Saint-Simon qui les
appellent à une émancipation générale. Pourtant

comment se fait-il que, malgré une infériorité
intellectuelle physiologiquement constatée, les
femmes savent reprendre, à petit bruit et sans
recourir aux armes, une assez belle partie de cet
empire, et qu'elles se dédommagent assez bien
par le fait d'un droit qu'elles n'ont pas l'air de
contester? Ce servage à la fois dévot, mystique
et féodal qu'elles ont su obtenir de nos aïeux, ne
semblerait-il pas annoncer qu'alors du moins
elles l'emportaient en intelligence sur des hommes bardés de fer?

Et maintenant que nous voyons s'étendre la
nouvelle civilisation dont elles sont, en quelque
sorte, les fondatrices avec les apôtres de l'Église,
et avec quelques hommes de génie qu'elles ont inspirés; maintenant même que notre esprit positif
et nos mœurs semi-républicaines les laissent moins
régner en vertu du code de la galanterie; maintenant que l'amour affaibli se ressent du déclin de la
foi, ne les voyons-nous point s'avancer d'un pas
rapide dans toutes les carrières ouvertes aux talents
malgré les barrières que leur opposent encore
des convenances souvent tyranniques et des préjugés jaloux? Pour juger de leurs progrès, obser-
vons si tout est égal dans la rivalité littéraire
qu'elles supportent timidement avec nous. La

gloire leur est le plus souvent importune, lors
même qu'elle ne les distrait pas de leurs devoirs;
elle compromet leur bonheur, elle ajoute peu de
chose à l'effet de leurs charmes, et souvent même
en diminue l'effet aux yeux jaloux de la médiocrité. Il semble qu'on ne leur permette qu'une
gloire de reflet, celle qu'elles reçoivent de leurs
fils, de leurs époux, de leurs frères; car pour
celle de leurs amants, elles ne peuvent guère en
jouir que dans le secret de leur cœur.

Jusqu'à présent au moins, les femmes qui s'il-
lustrent dans les lettres sont mal secondées par le
sexe auxquels elles fournissent de nouveaux titres
d'honneur. Sa censure et souvent la nôtre sur-
veillent et interprètent malignement leur conduite. Usent-elles de représailles? elles se jettent
sans bouclier sous une grêle de traits; sont-elles
vraies dans l'expression de leurs sentiments? on
les accuse de trahir leur sexe; montrent-elles de
la contrainte? au reproche de la froideur on mêle
celui de l'hypocrisie. Iraient-elles jusqu'à l'énergie,
jusqu'au style brûlant? les femmes affectent une
rougeur officielle. Le roman de *Delphine* peut
paraître un peu froid auprès de la *Nouvelle Héloïse*, et lors de son apparition, des femmes très-
passionnées pour Saint-Preux ont presque crié

au scandale, et des journalistes eux-mêmes ont
fait semblant de rougir.

Je sais qu'aujourd'hui cette rigueur outrée s'est
adoucie. Madame de Staël, par l'élévation de son
génie, madame Cottin, par un beau talent qu'inspirait la sensibilité la plus vraie, et qu'accom-
pagna toujours la modestie la plus touchante ;
madame de Souza, par les grâces exquises de son
style, de son commerce et de sa personne, ont
acquis plus de liberté littéraire pour les femmes.
Joignez-y mesdames Tastu et Valmore, et surtout
madame de Girardin, qui joint le talent poétique
à tout l'esprit qui brille dans la conversation et
les écrits de madame sa mère. Une autre femme
a étendu plus loin et quelquefois trop loin les
limites de cette liberté conquise par ses devan-
cières. J.-J. Rousseau, en disant beaucoup de mal
des femmes, les a captivées. George Sand (puisqu'il faut appeler par ce nom cette amazone aven-
tureuse), a dit beaucoup de mal des hommes, et
notre sexe s'est bien gardé de se montrer plus
susceptible et plus irrité que l'autre.

J'aurais pu m'épargner, en citant tout d'abord
de tels noms, cette longue digression entreprise
en l'honneur du cerveau des femmes ; il est vrai
que celui de madame de Staël a reçu de grands

honneurs de l'anatomie, et que sa dissection a
presque causé de l'enthousiasme. Ainsi nous voilà
bien et dûment autorisés à admirer son génie;
car maintenant, le génie ne pourra plus être définitivement reconnu qu'après dissection. Je crois
pourtant me souvenir que le cerveau de madame
de Staël, tout admirable qu'il était, pesait une
livre et trois onces de moins que le cerveau d'un
homme ordinaire.

J.-J. Rousseau, dans l'une de ses brusqueries
calculées, a prononcé cet arrêt : *Les femmes en
général n'aiment point les arts, elles ne s'y connaissent pas, elles n'ont point de génie;* et voilà
que sa patrie, Genève, est illustrée par une femme
à qui personne n'a contesté le génie. Quant à la
première partie de cet arrêt, écoutez et voyez
ce que les femmes produisent aujourd'hui dans
les beaux arts. Leur début dans cette carrière ne
date pas de loin; elles ne sont sans doute qu'à
l'aurore de leur succès. Je ne serais pas étonné
qu'elles eussent un jour leur *Raphaël*, leur *Cor-
rége*, leur *Girodet*, leur *Grétry*, leur *Rossini*.
Elles disputent depuis longtemps la palme de l'art
théâtral aux plus célèbres comédiens. N'avons-
nous pas été habitués à citer ensemble, comme
deux modèles de perfection dans des genres dif-

férents, Talma et mademoiselle Mars; Mrs. Siddons a souvent partagé les honneurs de Garrick; mademoiselle Dumesnil ceux de Lekain. Voilà qu'une jeune actrice, mademoiselle Rachel, prend à dix-sept ans le sceptre que Talma n'avait conquis définitivement qu'à l'âge de cinquante, et que rappelant à leurs premiers honneurs nos trois grands tragiques, elle fait plus pour eux que mesdemoiselles Champmeslé, Lecouvreur et Clairon.

Ah! si J.-J. Rousseau revivait, il détesterait son blasphème en écoutant la voix de mesdames Grisi et Damoreau, en suivant le vol de mesdemoiselles Essler et Taglioni.

J'ai l'air de parler en galant feuilleton, mais je crois remplir la mission d'un philosophe, et surtout d'un optimiste, en combattant soit par des exemples, soit par de légitimes conjectures, les inductions impertinentes que l'on pourrait tirer de ce tiers de cerveau, c'est-à-dire de raison et de génie, que la physiologie leur retranche.

Il est vrai qu'elle prétend les dédommager en leur accordant une plus grande irritabilité de nerfs, fait que je ne prétends pas contester, mais avantage fort douteux. Si, comme je l'entends dire, elles pensent moins fortement, elles pensent plus vite; leur esprit gagne en finesse ce qu'il perd en profondeur. Elles saisissent fort bien les détails, mais peu l'ensemble.

C'est à l'irritabilité de leurs nerfs, ajoute-t-on, qu'elles doivent leur sensibilité, mot du vieux style qu'on a remplacé aujourd'hui par l'*impressionabilité*, mot inventé pour faire le désespoir des poëtes et même des prosateurs. Il me semble qu'on s'en sert quelquefois avec malice pour comparer les femmes à d'aimables enfants. Mais qu'il soit un éloge ou un reproche, je le crois injuste pour la plupart des femmes, pour celles du moins qui sont dignes d'estime. N'ont-elles pas plus que nous l'art soit de maitriser, soit de dissimuler leurs impressions les plus fortes et surtout les plus tendres. Elles y sont forcées par devoir, par l'opinion de leur sexe et du nôtre, et par une voix secrète qui leur dit que c'est le plus sûr moyen de mériter et de garder notre amour et leur mystérieux empire. N'est-il pas simple qu'elles se dédommagent de cette contrainte, en exprimant avec plus de vivacité que de justesse, avec une passion apparente, et quelquefois avec pétulance, des impressions fugitives qu'elles s'exagèrent? Si elles le font par coquette-

rie, le calcul n'est pas sûr. Une extrême mobilité
est plus fatigante qu'agréable et décèle de l'affec-
tation. Ce qu'elles peuvent en obtenir de mieux,
même quand l'esprit et les grâces s'y joignent,
c'est d'éblouir sans charmer, ou bien de charmer
sans aller jusqu'au cœur.

La vivacité des impressions intéresse bien
moins qu'une réserve délicate; plus leurs sentiments sont vifs et profonds, plus ils veulent de
mystère et d'innocent artifice pour se laisser
entrevoir. Une des principales occupations des
hommes, c'est de deviner les femmes; ce qu'il y
a d'heureux, c'est qu'ils n'y parviennent guère,
et que cette charmante énigme peut exercer longtemps leur sagacité. Point de culte sans mystère.
La pudeur est le plus puissant de tous. Si la nature ne l'eût donnée aux femmes, elle les eût
traitées en marâtre. Une femme qui la perd ab-
dique cette sorte de divinité que le sentiment
lui prête. Celui qui dit : *Je connais les femmes*,
est un sot qui ne peut manquer d'être dupé par
une sotte; ou bien, on peut dire de lui ce que
sainte Thérèse dans sa charité féminine disait de
l'ange des ténèbres : Le malheureux, qui ne peut
plus aimer !

C'est quand le matérialisme s'est glissé dans

les salons, les soupers et les boudoirs; c'est quand
la sensibilité physique a été vantée comme l'indice le plus sûr de la sensibilité morale, que nous
autres hommes du vieux temps nous avons vu
pour nos péchés naître les vapeurs, les attaques
de nerfs, les convulsions, triomphe de l'irritabilité nerveuse. C'est une maladie du xviiie siècle
qui est perdue, ou du moins qui est devenue
très-rare, je ne dirai pas au grand regret, mais
au grand honneur des médecins qui ont cessé de
la flatter, quoiqu'elle mêlât de l'agrément à leur
profession sévère, et surtout au grand honneur
des femmes qui ont renoncé à ce triste et ha-
sardeux moyen de nous intéresser, de nous sé-
duire. Si c'est une comédie, et presque toujours
on les en soupçonne, elle compromet fort la pudeur. Les jolies malades étaient obligées de souffrir qu'on les délaçât, et comme l'accident arrivait beaucoup plus aux jeunes qu'aux dames plus
âgées, on supposait qu'elles n'étaient pas conster-
nées d'une nécessité si cruelle. J'ai vu un homme
du monde qui nous avertissait d'après je ne sais
quels indices que nous serions témoins d'un éva-
nouissement, et souvent il devinait juste.

Je me garderai bien de suspecter aujourd'hui
chez les femmes une indisposition qui n'est plus

à la mode. Plus d'un homme en subit des atteintes plus ou moins sévères. Il est d'ailleurs des catastrophes si violentes que les organes fléchissent sous des coups que l'âme n'est pas préparée à supporter. Quelquefois même l'énergie dont on s'est armé sous la première impression ne vous soutient plus quand vous n'êtes plus provoqués au courage, et qu'une circonstance imprévue vous rappelle l'événement fatal dans toute son horreur.

J'ai vu ces tristes effets chez des femmes destinées à expier le plus admirable dévouement, et qui jetées dans des prisons si souvent décimées par le tribunal révolutionnaire, avaient donné des exemples, je dirai même des leçons de courage à leurs compagnons de malheur les plus aguerris par la philosophie, ou même par le métier des armes. On pourrait dire qu'elles avaient donné des grâces à l'héroïsme. Le danger passé elles étaient comme étonnées d'elles-mêmes, et quelquefois le souvenir produisait sur leurs nerfs un trouble violent qu'elles avaient puissamment maîtrisé en présence de tout ce qui fait refluer le sang vers le cœur. J'entends souvent dire que les femmes ne peuvent s'élever jusqu'au sublime dans leurs écrits ; on les a reléguées dans le joli :

elles s'y tiennent ; c'est un domaine qui leur convient. Leur paresse s'en trouve à merveille; elles
savent d'ailleurs qu'elles gagnent plus à être jolies
qu'à être belles. Eh bien, de nos jours elles se
sont élevées jusqu'au sublime en action ! lequel
est le plus difficile? l'histoire ancienne en offre
quelques exemples. Corneille a-t-il un trait plus
sublime que le mot d'Arrie, en passant à son époux
le poignard dont elle s'est volontairement percée :
Tiens, Pœtus, il ne fait point de mal.

Qui jamais s'est avisé de refuser aux femmes
le don de la présence d'esprit? Eh bien, qu'est-ce
que cet éminent avantage, si ce n'est celui d'une
attention assez forte pour éloigner, pour maîtriser une foule d'impressions présentes et surtout
fort vives. L'action de la volonté ne se montre-
t-elle pas ici dans toute sa puissance? Je sais qu'elle
sert souvent à des femmes artificieuses ou coupables, mais combien de fois n'a-t-elle pas servi
au triomphe des sentiments les plus héroïques?
Demandez à chacun de nous, qui avons été plus
d'une fois proscrits, si notre salut n'a pas été dû
souvent à la présence d'esprit des femmes.

Voilà que je m'éloigne insensiblement de la
question physiologique que je m'étais proposée.
J'y suis peu compétent, je l'avoue; mais si je

porte un pied profane dans l'empire des sciences, c'est pour les empêcher de profaner des sentiments qui sont hors de leur domaine. La méthode des physiologistes ne peut avoir rien de commun avec la nôtre. Il serait beau vraiment de commencer un chapitre sur les femmes, en présentant comme je l'ai vu quelquefois dans un livre d'anatomie, un tableau de la Vénus disséquée. Je crois que Praxitèle n'aimerait pas à reconnaître là son ouvrage.

Quand on veut absorber le moral dans le physique, il me semble qu'il est très-maladroit de citer les femmes en exemple. N'est-ce pas le sexe faible qui supporte le mieux les douleurs aiguës, poignantes, prolongées, outre celles dont la nature a fait exclusivement son partage. Comparez les forces physiques des femmes avec celles que le sentiment leur donne auprès du lit de souffrance de leurs enfants, de leur mère, de leur père, de leur époux et de leur frère. Que font-elles alors de l'exquise délicatesse et de la susceptibilité inquiète de leurs sens? Que devient leur irritabilité nerveuse, en présence de ces tortures qu'elles soulagent en les ressentant par contre-coup dans tout leur être? Quel charme dans leur voix qui console! Quel à propos, quelle fertilité dans les diversions qu'elles imaginent, dans les espérances qu'elles suggèrent ou font renaître même en ne les partageant guère! Que leur sourire alors est angéliquement menteur! Tout soin de leur santé et même de leur beauté est alors suspendu! Est-il une longue suite de nuits qui ne les trouve fidèles à leur poste, à celui de la douleur? Les bivouacs de la gloire offrent-ils autant de tourments que ces veilles de la tendresse alarmée? Elles écoutent encore le malade chéri jusque dans le sommeil qui vient les surprendre : un mot, un soupir, un souffle, les avertit et les retrouve dans toute leur vigilance, dans leurs dévorantes sollicitudes. Est-il une impatience qu'elles ne supportent, la sérénité sur le front et l'amour dans le cœur? Est-il un soin qui les rebute, une plaie qu'elles ne pansent? La mission leur vient du ciel et le secours aussi. Eh bien, il est des femmes, de jeunes filles, qui se vouent pendant toute leur vie à de tels soins, pour des hommes qui leur sont inconnus, pour des hommes accablés des maux hideux d'une pauvreté héréditaire, et trop souvent de maux plus hideux encore, ceux du vice. La religion qui fait aimer de tels sacrifices est sublime sans doute, mais les femmes qui s'y vouent ne sont-elles pas ingénument sublimes? Eh bien, ce ne sont pas

seulement des femmes vouées à l'austérité du
cloître qui remplissent de tels soins, ce sont des
mères de famille qui s'y sentent appelées. Honneur à la dame de charité, si nul orgueil n'entre
dans sa mission! c'est le plus beau des emplois
créés par le christianisme. Je ne puis en trouver
la moindre trace dans l'antiquité.

Qui entrera dans cet hôpital surchargé de malades d'où s'échappent de longs cris de souffrance
et où l'on entend, de trois ou quatre lits, le râle
de l'agonie? L'homme y entre conduit par un
noble devoir, mais on peut voir sur ses traits et
dans sa démarche ce que cet effort lui coûte. La
femme s'y précipite avec la rapidité de l'ange qui
descend du ciel. Elle interroge, elle écoute, verse
la consolation quand elle ne peut apporter le remède. Le malheureux a-t-il nommé sa femme et
ses enfants? « Je les verrai tout à l'heure, dit-elle,
« je suis la protectrice de leur infortune. » Quand
il a rempli sa mission, l'homme se retire et se réjouit de retrouver un air libre; la femme se retire
lentement, elle revient sur ses pas, elle appuie
plus doucement la tête de l'infortuné. Cherchez-
moi donc, matérialistes obstinés, le mobile physique qui inspire de tels dévoûments? D'où vient
qu'avec une constitution si frêle dont la délica-

tesse est encore accrue, amollie par l'éducation
qu'elles reçoivent, des femmes peuvent étouffer
le murmure de tous leurs sens, réduire la faim et
le sommeil à leurs plus strictes exigences, surpasser, s'il le faut, les privations des anachorètes,
et donner à leurs muscles une force inaccoutumée, une souplesse qui répond à toutes les précautions ingénieuses qu'elles imaginent? Malheureux qui ne savez estimer les femmes que d'après
des plaisirs d'un moment que vous poursuivez auprès d'elles, trop souvent aux dépens du bonheur
de toute leur vie; demain peut-être, vous allez
recevoir, auprès du lit de douleur où vous expiez
des excès, les soins empressés de la femme dont
vous avez percé le cœur mille fois, et tout vous
sera pardonné par elle. Toute autre image vous
devient importune, auprès de l'ange de vos premières amours.

Un devoir bien rempli est la satisfaction la plus
entière et la plus permanente de l'âme. Des soins
généreux qui vont au delà du devoir et quelquefois jusqu'au sublime, sont un bonheur céleste.
Les femmes, plus exposées et plus portées que
nous à des sacrifices de tout genre, se créent ainsi
un bonheur que la société leur refuse souvent.
J'ai rêvé quelquefois, d'après mes idées plato-

niques, que nous étions des anges précipités d'un
autre séjour et soumis à des épreuves plus ou
moins fortes pour y remonter. Ce sont certaines
femmes qui m'ont suggéré cette pensée.

Peut-être va-t-on m'accuser d'un optimisme im-
placable, mais je crois que les femmes, au moins
dans notre Europe, et surtout dans les classes ai-
sées, sont moins malheureuses qu'on ne le prétend. Leur sort me paraît agréable, tant qu'elles
sont jeunes et jolies. Jolies, elles ne le sont pas
toutes, mais le ciel leur a accordé plusieurs genres
de supplément. La jeunesse est jolie par elle-même,
à moins qu'elle ne soit frappée de quelque disgrâce
particulière. Ajoutez-y l'esprit et la grâce qui
survivent à la jeunesse et sans lesquels la beauté
même devient insipide. La plupart ont d'ailleurs
une imagination complaisante qui leur fait rêver
qu'elles ne sont pas dénuées au moins de l'un de
ces avantages ou même de tous ensemble. Mais ce
qui vaut mieux que les triomphes ou les supposi-
tions hasardeuses de la vanité, c'est la bonté dans
toute sa vigilance. C'est à mon gré une création
délicieuse dans le roman de *Delphine*, de madame
de Staël, que celle d'un personnage tel que mademoiselle d'Abdémar, qui née contrefaite, s'établit
la douce tutrice de son amie comblée des dons

les plus ravissants, et qui n'est malheureuse que
des malheurs un peu trop mérités de Delphine.

La bonté c'est le plus bel exercice de l'esprit,
c'est sa plus haute clairvoyance. Les défauts se
révèlent d'eux-mêmes et involontairement. Pour
discerner les qualités et les vertus, il faut souvent
les séparer d'un alliage importun. C'est un travail
délicat qui ressemble à celui de dégager de leur
rouille des métaux précieux. L'indulgence est la
monnaie courante de la pitié, elle est un noble retour sur ses propres défauts, et par là elle échappe
à l'orgueil.

Une dame dont je prononcerai souvent le nom
dans mes Mémoires, et toujours avec une sorte de
respect filial, madame Le Sénéchal, m'a révélé tous
les secrets de l'indulgence. Sa société était fort spirituelle, ce qui est presque synonyme de maligne;
elle ne pouvait toujours arrêter à temps le premier flux des médisances piquantes, mais elle commençait par atténuer beaucoup celles qu'elle avait
l'air de répéter, puis elle prenait avantage d'une
concession légère, pour insister sur des qualités
heureuses, sur des actions nobles et délicates dont
elle tenait un registre aussi exact, dont elle faisait
une enquête aussi scrupuleuse que si elle avait été
chargée de distribuer des prix de vertu. Ceux qui

avaient poussé le plus loin les traits de la satire, se trouvaient forcés de passer au rôle d'apologistes et donnaient le signal de la défection à tous ceux qui leur avaient applaudi.

La bonté est quelquefois d'une innocence adorable. Ne croyez pas qu'elle manque de perspicacité pour le mal ; elle le voit, s'en détourne et l'oublie ; elle se ferait scrupule d'y penser longtemps. Elle se réfléchit dans les êtres qui communiquent avec elle et veut toujours y voir au moins une partie de son image, ou plutôt mieux que son image même. La bonté est le plus puissant antidote contre l'orgueil et la vanité. La religion ne suffit pas toujours à les combattre, surtout lorsqu'il y entre de la mode et de l'esprit de parti. Telle femme attire beaucoup moins d'âmes à la religion par la régularité rigide de ses observances et même par ses bonnes œuvres, qu'elle ne lui suscite de détracteurs obstinés par un caractère acariâtre, haineux. Elle est dévote et n'est point pieuse.

La mère de notre illustre poëte, M. de Lamartine, me faisait l'effet de transporter le ciel sur la terre, tant elle était étrangère à ces penchants qui sont une calomnie cruelle contre la religion. Je n'ai vu personne douter de la récompense qu'elle a dû recevoir au ciel, mais sur la terre il lui en avait donné une bien précieuse par la gloire de son fils; si elle en jouissait, c'était dans le secret de son âme, et peut-être tâchait-elle encore d'en éloigner la pensée, mais elle s'en dédommageait en pensant à l'amour que lui portait son fils.

Les femmes, quoique nos institutions leur interdisent ce qu'elles s'interdisent elles-mêmes, les palmes les plus éclatantes de la gloire, en jouissent délicieusement et peut-être mieux que nous, par reflet. C'est une lumière tempérée dont l'ardeur n'est plus dévorante. Leurs yeux s'y habituent sans peine. Elles ont de plus le plaisir d'en jouir mystérieusement, car il y a toujours un peu de mystère dans les sentiments d'une femme.

Pourquoi ambitionneraient-elles des emplois, de honneurs, des travaux, des fatigues, des dangers qui abrégeraient encore les jours trop éphémères de leur beauté, compromettraient leur pudeur, altéreraient leur caractère et les détourneraient du soin de la famille? Déjà n'est-ce pas pour nous un spectacle insupportable et un douloureux sujet de méditation que de voir des femmes condamnées par la misère aux plus rudes travaux de l'agriculture? ne brûlons-nous pas de

les arracher au soc de la charrue? Que serait-ce
donc s'il s'agissait des périls de la guerre, des fatigues du bivouac, des travaux d'un camp à forti-
fier, des sables de la Thébaïde, ou d'un océan
de neige à traverser de Moskow à Berlin? Les ap-
pellerons-nous aux soins plus paisibles, aux
combats moins meurtriers de la jurisprudence?
Je n'aimerais pas à les voir enlaidies par la chicane; elles sont déjà assez à craindre comme sol-
liciteuses; la plus mauvaise cause n'aurait-elle pas
trop de chances de succès, défendue par ces jolis,
spirituels et séduisants avocats?

Tout bien considéré, ce sont les travaux de la
diplomatie qui leur conviendraient le mieux, et
peut-être un jour s'adressera-t-on à elles quand
on voudra conjurer le fléau de la guerre et même
réaliser le rêve de la paix perpétuelle. Elles y sont
intéressées par tous leurs sentiments de famille;
mais, d'un autre côté, elles sont fort ardentes
dans leurs rivalités. Je me souviens avec une
sorte d'effroi, de ces châtelaines aventurières
et rudement coquettes du moyen âge, qui ont
engagé tant de combats ridicules et cruels pour
la prééminence de leurs charmes. Autres temps,
autres mœurs : sans doute, le christianisme est
mieux compris par les femmes, aujourd'hui qu'il

reflète une teinte de la philosophie ; leur cœur maternel a trop souffert des tributs que par leurs enfants elles payaient aux ravages de la guerre, pour qu'elles soient portées à provoquer le retour de ce glorieux et désastreux fléau. Toutefois, je n'aimerais pas voir confier les soins de la diplomatie à quelques dames qui sourient aujourd'hui au titre de *lionnes*, si elles s'avisaient de prendre au sérieux cette dénomination fantasque que je range au nombre des plus grands ridicules et des plus grandes extravagances du XIXᵉ siècle.

C'est le ménage, c'est la famille qui est l'empire le plus doux et le plus assuré des femmes. Il ne s'agit point ici d'une conquête éphémère due à leurs charmes, mais d'une conquête qui s'obtient et se fortifie par leur tendresse ingénieuse et vigilante. C'est le triomphe de ces douces vertus que nous abandonnons volontiers aux femmes, parce qu'elles nous paraissent trop vulgaires. Il y entre de la dextérité sans doute, et pourquoi ne serait-elle pas permise dans le combat qu'elles ont à soutenir secrètement contre notre orgueil ?

On agite beaucoup aujourd'hui la question de savoir si le roi constitutionnel règne et gouverne, ou s'il règne sous la condition formelle de ne pas gouverner : pour moi, je ne pense pas qu'il soit au pouvoir d'aucune législation de faire un automate d'un homme que la nature a doué d'une haute intelligence. Appliquant cette question au ménage, je dis que l'homme règne. Son titre remonte à la création du monde, les patriarches l'ont confirmé par une tradition que l'Asie surtout garde avec soin. Et même en notre France, nous avons pour nous un article du Code civil. L'homme règne donc, mais c'est la femme qui gouverne.

Mais ici nous retrouvons les conditions de la monarchie limitée, et même du double trône de Sparte. Le pouvoir qu'a conquis la femme se perd par l'ostentation et surtout par la tyrannie. Si elle veut gouverner à la façon de Richelieu ou d'un maire du palais, elle avilit celui qui doit la protéger et l'éclairer ; elle reste seule exposée à des luttes inégales. Les deux grands pouvoirs de la nature humaine sont l'intelligence et l'amour. Tout est réparé pour la femme si elle possède l'un et l'autre.

Je crois devoir tenter une petite course dans notre histoire, pour examiner si les femmes ont à se plaindre de leur condition actuelle en la comparant à celle des âges précédents.

CHAPITRE XXIII.

La religion chrétienne, en exaltant l'âme, en fortifiant la pudeur, augmente l'empire des femmes. — Au moyen âge, la religion se combine avec l'amour qui devient lui-même une sorte de culte. — La chevalerie semble avoir été inventée par les femmes et pour leur service. — Dans les cours d'amour elles deviennent législatrices des mœurs. — Elles sont spectatrices et souvent causes des combats judiciaires, des duels. — Elles s'amusent des tournois. — Effet de ces spectacles sanglants sur leurs mœurs. — Ce sont elles encore qui inspirent les poésies des troubadours et trouvères. — Souvent elles prennent part aux combats. — L'existence des dames présentée sous son jour le plus brillant, puis examinée de plus près et plus sévèrement à l'aide de l'histoire.

DES FEMMES AU MOYEN AGE.

La religion en armant les femmes de plus de scrupules et d'un secours céleste pour résister aux attaques de l'amour, n'a fait que redoubler ou plutôt que centupler la force du sentiment qu'elles inspirent. La pudeur s'est encore embellie en prenant un caractère de sainteté. La dissimulation du sentiment qu'elles éprouvent à leur tour,

et qui s'accroît par leurs efforts mêmes pour le
combattre, est devenue pour elles-mêmes un mérite et un attrait de plus. Et comme cette dissimulation ne pouvait être ni si complète, ni si
ferme qu'il ne lui échappât quelquefois de se trahir un peu, l'espoir s'est glissé, a vacillé, s'est
fortifié dans le cœur des poursuivants; tout les
a enflammés pour une conquête qu'il fallait disputer à Dieu même, ce qui ne les empêchait pas
d'implorer, pour le succès, l'assistance de la
Vierge Marie. La coquetterie s'est aperçue de
ce grand moyen de régner, et s'en est fait une
arme savante. Je crois que les dames grecques et
romaines n'étaient que des novices en coquetterie
auprès des dames du moyen âge; jugez-en par ce
qu'elles ont obtenu. Agnès Sorel en forçant un
roi indignement amolli au sein des plus affreux
déchirements et du démembrement de l'État, a
reconquérir son royaume, l'estime de ses sujets
et celle de ses ennemis, ne vous paraît-elle pas
mille fois plus habile et plus noble que cette Cléopâtre qui fait perdre à son amant la moitié de
l'empire du monde et sa gloire? Pourquoi l'ascendant des femmes s'est-il élevé si haut dans ces
temps de barbarie? c'est qu'il était secondé et
inspiré par l'enthousiasme. Or parlait beaucoup

de magie, alors il n'y avait qu'elles de magiciennes : elles l'étaient souvent en tout bien tout honneur. La dévote Blanche de Castille s'entendait assez bien à l'art des Armides, comme on le voit par sa conduite envers Thibault, comte de Champagne. Grâce à ses adroites rigueurs, elle maintint à son char ce grand vassal qu'elle dépouillait, tandis que la pauvre Armide, coquette convertie à l'amour, ne demandait plus que de suivre humblement le char de son vainqueur. Ce qui sert beaucoup plus à la gloire de Blanche de Castille, c'est d'avoir formé à la fois dans son fils un saint et un grand homme, mélange qui ne se trouve guère.

Les femmes ont réussi mieux que des papes pleins de violence et de génie à se faire les véritables suzeraines du règne féodal. Tous les profits de la chevalerie sont revenus à ses habiles fondatrices. Servir Dieu, sa dame et son roi, était la trinité de l'adoration chevaleresque. Si j'examine bien les faits, il me semble que des trois, c'était la dame qui était le mieux servie.

Tandis que la législation politique et civile n'était qu'un véritable chaos, le code de la cour d'amour était le mieux observé. Il est vrai qu'il y régnait une merveilleuse indulgence : l'adultère

n'y était pas même traité de péché véniel entre de
nobles personnages ; ainsi l'avait décidé, et pour
raison, Éléonore de Guyenne, une comtesse de
Champagne, et l'aimable vicomtesse de Narbonne.
Des clercs avaient prêté leur secours, c'est-à-dire
leur mauvais latin, à la rédaction de ce code ;
mais toutes les questions épineuses y avaient été
traitées et décidées par les dames de la cour
d'amour avec la gravité des jurisconsultes et les
subtilités des théologiens. Elles avaient prononcé
que le plus grand péché était d'avoir douté de la
verta de sa dame, décision qui fut reçue comme
un article de foi par leurs dévots adorateurs. De là
ces confréries de *pénitents d'amour* qui parcou-
rurent les carrefours de maints royaumes en pous-
sant des sanglots et se flagellant quelquefois ; car
tout était parodié de la religion dans le culte des
dames. Les baisers mêmes, car il fallait bien en
venir là, se donnaient par trois en l'honneur de
la très-sainte Trinité, et c'est par là que se termi-
nait, après un noviciat plus ou moins long, le
catéchisme que les dames châtelaines enseignaient
aux damoiseaux et aux bannerets. Il n'est pas
étonnant qu'ils y prissent plus de goût qu'à celui
des aumôniers.

Quel plaisir c'était pour les dames d'aller visiter

un noble preux devenu ermite, et dont elles
avaient fait toute la vocation par leurs rigueurs
ou par leur inconstance! Le trouble du saint
homme trahissait une flamme mal éteinte, et de
leur côté, elles ne craignaient pas de lui montrer
une tendre repentance, au risque de l'exposer à
se donner le soir de bons coups de discipline;
puis elles bâtissaient une cellule à côté de la
sienne, ou plus magnifiques, elles fondaient un
couvent de religieuses sous sa direction, pour
s'envoler au ciel de compagnie.

Pas un fait d'armes qui ne fît briller leurs couleurs, pas un cimier où leur nom ne fût écrit ou
indiqué, pas une écharpe qui ne fût brodée de
leurs mains. Un don si précieux s'octroyait publiquement. Il y eut des tournois, disent les
chroniqueurs, où les dames avaient eu tant d'occasions de récompenser la valeur, qu'elles ne con-
servaient plus de leur parure que ce qu'exigeait
la plus stricte décence. Il y avait ainsi une double
libéralité pour leurs chevaliers et pour les spectateurs. Elles étaient l'âme de toute la poésie, de
toute la littérature de ce temps; tandis que les troubadours provençaux célébraient leurs charmes
et leurs rigueurs dont elles savaient bien que
penser, et prétendaient s'égaler en tourments aux

martyrs de l'Église, les trouvères francs picards
les égayaient par des contes malins et quelque
peu scandaleux. Quand on les lit on est forcé de
convenir que la pudeur de ces dames était d'assez
bonne composition.

Quoique je ne dise ici rien qui ne soit parfaitement historique, je parais employer le style des
romanciers, mais je ne me dépouille pas de la
sévérité de l'histoire, et je vais sans scrupule
fournir des ombres au tableau. Il se trouvait
maint chevalier discourtois qui ne reconnaissait
pas le code de la cour d'amour, du moins en ce
qui regardait leur moitié; tandis que le chevalier fidèle invoquait saintement le nom de la dame
de ses pensées, dans la Palestine, ou faisait con-
fesser, à coups de lance, la prééminence de sa
beauté à un chevalier qui n'avait pas l'honneur
de la connaître, elle gémissait souvent dans une
tour sombre d'où elle voyait pendus aux cré-
neaux les cadavres infects des malheureux condamnés par la haute justice de son époux, ou
bien elle exerçait l'emploi, portait l'habit et su-
bissait les affronts d'une vile chambrière. Je ne
parle pas des vengeances atroces exercées sur
leurs amants, et des exécrables festins imaginés
par les Atrées de cette époque. Point de sûreté

dans leurs châteaux, sans cesse assaillis, soit par
des voisins d'un aussi méchant caractère que leur
mari, soit par le suzerain irrité, soit par des
bourgeois fiers de leur indépendance reconquise,
soit par des paysans et des serfs révoltés qui,
après avoir été longtemps un bétail imbécile, se
changeaient quelquefois en bêtes féroces ; enfin
par des bandes vouées à la dévastation et à toute
espèce de crimes. Il fallait alors filer leur quenouille pour des maîtres nouveaux, couverts du
sang de leurs proches, et leurs nobles filles entraient dans des lits peu faits pour elles, trop
heureuses quand le brigand vainqueur n'avait pas
plusieurs fils.

Jusque dans leur sécurité, dans leur gloire, il
devait leur être peu agréable de voir pénétrer
dans leur demeure avec les dépouilles des monas-
tères, les malédictions de l'Église. Si l'habitude
les familiarisait avec les dépouilles des marchands
dévalisés sur la route, avec celles des voisins
pillés, c'était aux dépens de leurs sentiments
d'équité, d'honneur et de religion, parures plus
belles que les joyaux qui leur étaient offerts pour
prix de la rapine.

La vue du sang les poursuivait dans les tournois où l'on se battait pour le plaisir de leurs

yeux et en l'honneur de leurs charmes qui n'y gagnaient rien, et surtout dans ces tragédies sans fiction, dans ces terribles combats judiciaires dont elles étaient trop souvent les Hélènes. La pitié était suspendue en elles par une avide et cruelle curiosité. Il est vrai que souvent elles soignaient les blessés de leurs mains, emploi qui rehaussait leur sexe et dans lequel elles tâchaient de supplanter les Juifs et les Maures, presque seuls en possession de la médecine et de la chirurgie jusqu'au XIIIe ou XIVe siècle. Je ne sais si elles guérissaient mieux, mais elles faisaient mieux oublier le mal. Toutefois, habituées à des spectacles sanglants, elles craignaient trop peu de mettre les armes à la main de leurs chevaliers, et ne modéraient pas assez leurs emportements sanguinaires. Lisez les poésies des troubadours, et surtout celles de Bertrand de Born, l'ardent Tyrtée de la féodalité, vous ne pourrez concevoir comment ces chevaliers passaient de l'amour le plus mystique, du servage le plus docile, du martyre le plus résigné, à des joies de cannibales, quand ils se réjouissaient avidement du spectacle des villages, des villes, des châteaux, des moissons brûlés par leurs mains, et des familles qui, dans la précipitation de leur fuite, laissaient, en se désolant, leur vieux père en chemin, attendant le soldat qui viendrait l'égorger.

Il m'est impossible de ne pas accuser ici les dames de leurs pensées : sans doute il était bon de rendre de tels hommes courtois, mais il ne fallait pas les laisser inhumains. N'avaient-ils pas bonne grâce d'accuser des châtelaines de cruauté lorsqu'ils sortaient de ces boucheries? Si saint Ambroise repoussa de l'Église un empereur souillé du sang de ses sujets, ces dames devaient chasser de leur présence un troubadour, fût-il prince ou monarque, qui leur vantait de tels exploits, de tels plaisirs.

Au reste, il faut bien se dire que pour les dames du moyen âge, il s'agissait de dompter des taureaux et des lions. La religion, jusque-là, n'avait pas réussi à faire renoncer les descendants des Sicambres et des Normands aux coutumes cruelles, à la législation barbare que leurs pères avaient apportées de leurs forêts. La religion, la gloire, et surtout la cupidité naturelle aux conquêtes, n'avaient fait qu'exalter leur fougue, et l'amour avait bien de la peine à la tempérer. Cette passion, que la jalousie accompagne, n'est-elle pas aussi susceptible de transports furieux? Cependant la chevalerie, c'est-à-dire l'amour même,

puisqu'il en était l'inspiration la plus vive, annonça par degrés dans les mœurs, non certes
une humanité constante, mais de sublimes accès
de générosité que les anciens avaient eu rarement
à louer, même dans leurs grands hommes; et
soyez sûrs que dans ces moments-là, les héros tels
que le Cid, Tancrède, Richard Cœur-de-Lion,
le prince Noir, Duguesclin et Dunois, avaient
l'âme toute remplie de leurs dames, tandis qu'ils
n'y pensaient pas dans des moments d'une sévérité
inique et atroce; par exemple, lorsque Richard
Cœur-de-Lion faisait égorger, sur le champ de
bataille, des milliers de musulmans désarmés, et
quand le prince Noir, qui se montra dans d'autres
temps un modèle de magnanimité, faisait pendre
trois ou quatre mille bourgeois accusés du seul
crime d'avoir été fidèles à leur souverain. N'ou-
blions pas que ce fut une reine qui sauva la vie
aux généreux bourgeois de Calais; je trouve mille
autres exemples de leur secourable intercession,
mais je ne suis pas ici historien.

Ce n'était pas une félicité parfaite que celle
des dames châtelaines; il y avait beaucoup de
dangers attachés à leur vie errante ou sédentaire;
quand elles avaient mis en campagne des croisés
qu'elles étaient souvent destinées à ne plus re-

voir, elles trouvaient leur famille et leur cour
bien désertes. Je sais que plusieurs d'entre elles
se déterminaient à suivre leurs maris dans ces
périlleuses entreprises, soit par fidélité, soit par
héroïsme religieux, soit comme Éléonore de
Guyenne par goût des aventures; mais leur gloire
et la cause de Dieu n'y gagnaient rien. Il fallait
aux dépens de leur teint braver le ciel brûlant
de la Syrie, le danger de peupler le harem du
sultan Saladin ou de maint émir moins courtois
et moins généreux, et enfin la famine et la peste,
inséparables compagnes des croisades. Pour le
plus grand nombre, c'est-à-dire pour celles qui
restaient au logis, quel silence dans les vastes
salles, dans les longs corridors! quel aspect de
misère et de désolation dans ces domaines ap-
pauvris, aliénés, dépeuplés d'hommes et de chevaux! quel tressaillement quand il fallait ap-
prendre des nouvelles douloureuses, fatales, ou
perfidement flatteuses, de la bouche suspecte des
pèlerins!

Quand l'époux revenait par grand bonheur
des croisades, il pouvait être d'assez méchante
humeur à l'aspect de son château mal gardé, de
ses tours crevassées, de ses fossés à sec. Il con-
damnait moins sa pieuse imprudence que l'incu-

rie de sa dame. Que s'était-il passé en son absence? n'avait-elle pas reçu les visites assidues de quelque indigne gentilhomme qui avait mieux aimé garder ses biens que de se faire tuer pour le tombeau de Jésus-Christ, et qui avait été à jamais flétri par l'envoi d'une quenouille? Pourquoi était-elle allée si souvent à confesse près du galant abbé du monastère voisin? qu'était-il arrivé lorsqu'elle avait été surprise avec ses filles dans une embuscade par des chevaliers félons, ou par d'indignes bandits? s'était-on contenté d'une rançon en argent? pourquoi tant de largesses faites aux ménestrels? Quoi! l'on dansait, l'on donnait des festins dans son château, tandis qu'il mourait de faim sous les murs d'Antioche ou de Damas !

La jeunesse de ces preux était assez aimable, mais leur vieillesse était morose; ils passaient de la prodigalité à l'avarice. Oh! j'imagine que les Pénélope du moyen âge eurent beaucoup à souffrir.

Peut-être, cependant, ces dames que l'on accusait avaient-elles vaillamment soutenu un ou plusieurs siéges dans l'absence du seigneur croisé. Car c'étaient des femmes fortes, toujours montées sur des palefrois, le faucon au poing et quelque-

fois la lance en arrêt; elles tenaient plus, pour
l'extérieur du moins, de Diane ou de Pallas que
de Vénus. Les Bradamante, les Marfile, les Clorinde ne sont pas de pures créations du génie
de l'Arioste ou du Tasse. L'histoire des croisades
nous montre plusieurs de ces belliqueuses ama-
zones héroïquement inspirées par l'amour conjugal. Dans des temps postérieurs, ces deux célèbres
et intrépides rivales, la comtesse de Montfort
et Éléonore de Blois n'étaient-elles pas dignes
de marcher de pair avec les preux de leur âge?
que dirai-je des vingt batailles où se trouva Mar-
guerite d'Anjou, cette fille si obstinément guer-
rière du pacifique et bon Réné?

Je ne rétracte point par ces éloges donnés à
un genre de mérite qui au fond me touche peu,
ceux que j'ai donnés de meilleur cœur aux salutaires effets, soit de leur puissante coquetterie,
soit de leurs passions exaltées. Grâces soient ren-
dues à nos bonnes aïeules (quoique je ne puisse
me vanter de l'honneur de descendre de ces nobles
dames) : elles ont donné à l'amour une divinité
nouvelle que les anciens avaient à peine entrevue
dans les jeux de leur mythologie; elles l'ont uni
à tous les plus nobles sentiments du cœur, à la
gloire, à la générosité, et même, ce qu'il y a de

plus merveilleux, à une religion austère et sublime. Et cette union, quoiqu'elle paraisse affaiblie, ne pourrait se rompre que par la faute ou
la faiblesse de ces petites discordes des dames, les
faiblesses trop répétées, ou l'aigre dévotion des
femmes au XIXᵉ siècle, dangers qui ne me paraissent point sérieusement à craindre. J'ai parlé
de faiblesses; si je consulte l'histoire, les chroni-
ques, les romans et les fabliaux, peintures naïves
des mœurs de leur temps, je crois pieusement
que les dames d'aujourd'hui pourraient, sous le
rapport des mœurs, marcher la tête haute devant
leurs aïeules du moyen âge si elles ressuscitaient;
mais qu'elles devraient aussi s'incliner devant
elles en leur disant tout bas : Vous nous avez
donné l'amour, un amour qui vaut mille fois
mieux que celui des Grecs et des Romains.

On ne peut nier qu'elles n'eussent plus d'esprit que ces hommes de fer. Elles avaient pro-
fité merveilleusement dans le *gai savoir*, science
créée pour elles et par elles; car elles avaient
dicté les lois que suivaient les troubadours. Je
crois même que la plupart de ces dames avaient
sur leurs maris un avantage immense, celui de
savoir lire et écrire. Comme elles s'en servaient
pour étudier les simples, et guérir de leur mieux

les blessures et les maladies, ces bons gentilshommes leur permettaient de déroger jusqu'à
une étude, l'objet de leurs dédains. Je suis convaincu qu'elles pouvaient réciter et chanter les
ballades faites en leur honneur, les sirventes et
les fabliaux faits aux dépens du prochain et souvent des maris. Quelquefois les clercs les conso-
laient de l'absence des chevaliers; quand on lit
les romans de la Table ronde et tous ceux de ce
temps, il semble qu'une dame est là qui dicte
et que le clerc écrit. Ces livres étaient en quelque
sorte les livres canoniques de la galanterie : beaucoup de dames étaient aussi édifiées que charmées
des amours de la belle Iseult et de la reine Ger-
trude, si peu fidèles à leur mari, et si fidèles à
leur amant. On ne voit pas du moins que ces
aventures galantes, racontées avec une naïveté si
gracieuse, aient causé du scandale.

Il fallait que la coquetterie des femmes fût
bien incorrigible et bien aveugle pour laisser
subsister si longtemps l'usage de faire battre leurs
chevaliers, pour maintenir la prééminence de
leur beauté sur celle de toute autre dame. Il me
semble que les vénérables douairières de la cour
d'amour n'avaient rien à y gagner, et qu'en toute
justice Dieu devait se prononcer plus souvent en

faveur des plus jeunes. Elles auraient mieux entendu leurs intérêts personnels et celui de leur
sexe en faisant soutenir à ces pieux extravagants
que leur dame était la plus digne d'être aimée,
ce qui eût compris les qualités de l'esprit et du
cœur, et alors elles auraient pu recouvrer de
l'avantage sur de jeunes rivales. Mais il faut convenir que le sort des armes eût fort mal décidé
cette question compliquée, et que les coups de
lance ou de dague ne prouvent rien pour le bon
cœur de la dame qui les permet et les ordonne.
C'est ainsi qu'aujourd'hui même l'honneur et la
probité sont assez mal prouvés dans les duels,
ce déplorable reste des *jugements de Dieu*, que
maintiennent religieusement des hommes qui
suivent fort mal les lois de Dieu et les outragent
par le duel même.

Je ne sais si tout vous paraîtra bien délectable
ou complétement pur dans cette vie des dames
du moyen âge. Je n'ai parlé que de celles du haut
parage et des riches héritières. Il faut maintenant
songer à leurs sœurs qui, réduites à des légitimes
assez mal payées, n'avaient guère d'autre ressource que d'être leurs dames suivantes, ou d'entrer dans un couvent, sans autre vocation qu'un
grand fonds d'envie, de dépit et de colère. La

grâce pouvait survenir, mais quelquefois c'était
l'amour, et alors jugez de leur malheur ou de
leurs désordres.

Les bourgeois se piquaient peu de reconnaître
les statuts de la cour d'amour, qui n'étaient pas
faits pour des gens entachés de roture. Leur cour-
toisie était assez médiocre, si j'en juge d'après les
articles bien authentiques des coutumes féodales,
qui leur permettaient de battre leurs femmes
suivant leur bon plaisir, à moins qu'il n'en résul-
tât des blessures trop graves. Je ne sais jusqu'à
quel point ils en usèrent; ce qu'il y a de certain
c'est que l'esprit des bourgeoises s'aiguisa dans la
même proportion que celui des dames de haut
parage. On en trouve mille preuves dans *les bons
tours de commères* qu'ont racontés si gaîment mais
que n'ont pas inventés les trouvères, et qu'ont
célébrés avec verve Boccace, la Reine de Navarre
et Jean La Fontaine. Tous ces conteurs ont saisi
cette occasion d'exercer leur malice aux dépens
des moines et même des curés, et trop souvent des religieuses. Quand on lit les plaintes
éloquentes que de saints prêtres, à commencer
par saint Bernard et en y comprenant même
saint Dominique, ont élevées contre les mœurs
du clergé de leur temps, on est forcé de croire

que ces conteurs n'ont pas trop chargé le tableau.

Puisqu'il est question de mœurs bourgeoises,
je dirai que m'étant fort occupé de recherches
historiques sur l'affranchissement des villes et sur
l'abolition graduelle de la servitude, j'ai cherché
soigneusement la part que les femmes avaient
eue à un si grand bienfait; leur influence a été
indirecte sans doute, mais constante, et j'en ai
trouvé des preuves historiques que je renvoie à
un mémoire particulier. Mais ce qu'il faut admirer le plus, ce sont les bourgeois eux-mêmes, qui
me paraissent avoir travaillé à la conquête et au
maintien de leur indépendance avec autant de
politique, de persévérance et de courage qu'en
put mettre le sénat romain à la conquête du
monde.

La servitude des campagnes devait infiniment
déplaire aux dames. Elles étaient provoquées à
son abolition, non-seulement par la religion et la
charité, mais par l'horreur et le dégoût que devait leur inspirer l'infâme droit du seigneur, qui
leur donnait pour rivales de tremblantes esclaves.
Aussi, dans l'absence du maître, et lorsqu'elles
administraient ses domaines, elles consentaient
bien volontiers au rachat de ce droit, l'une des

plus odieuses profanations de l'Évangile et de la pudeur.

Si nos rois eurent une part glorieuse à ce grand événement de l'abolition de la servitude, la Providence leur en paya un sublime salaire en suscitant pour la défense de leur trône presque entièrement renversé, une jeune paysanne dont l'héroïsme répara tous les maux qu'avaient attirés sur la France l'impudique et dénaturée Isabeau de Bavière.

CHAPITRE XXIV.

On examine rapidement la condition des femmes à l'époque de la renaissance. — La chevalerie perd son caractère aventurier et se produit par des qualités aimables et brillantes. — Règne de la galanterie et des femmes à la cour. — Leur influence est diminuée par l'effet des guerres de religion; leurs mœurs se dépravent sous Catherine de Médicis. — Les deux régences de Marie de Médicis et d'Anne d'Autriche leur rendent une plus grande influence; elles en abusent pour exciter et prolonger la guerre civile de la Fronde. — Louis XIV et ses maîtresses. — La gloire ajoute une nouvelle exaltation à l'amour; la religion s'y mêle encore et provoque des repentirs austères. — Éclat des fêtes; noble et doux genre d'ivresse. — Tout s'assombrit dans la vieillesse de Louis XIV et sous l'influence austère et chagrine de madame de Maintenon. — La réaction du libertinage est prête à éclater contre le règne de l'hypocrisie.

DES FEMMES SOUS LE RÈGNE DE LOUIS XIV.

Nous voilà sortis du moyen âge; mais c'est Louis XI qui fait parmi nous la transition des siècles féodaux à un âge sérieusement, mais sévèrement monarchique. Brusquons cette transition : nous ne pourrions apercevoir l'influence

des femmes sous ce règne de tortures, de gibets,
où le grand prévôt et le bourreau jouent un rôle
plus important que les reines, les princesses et
les dames châtelaines. La chevalerie perd à regret
son esprit aventurier; le caractère français est
menacé de perdre avec elle ses plus aimables attributs. Heureusement le faible et téméraire fils
de Louis XI, puis l'excellent Louis XII et son
brillant successeur savent la ressusciter, mais en
lui faisant subir une sage et heureuse transfor-
mation. La voilà maintenant disciplinée; elle
obéit plus aux ordres du monarque qu'aux volontés des dames; mais elle se pique plus que jamais de grâces et de générosité, elle n'a plus rien
de farouche et de cruel. Placez le chevalier Bayard
sur le trône, et vous croirez voir renaître un second règne de Saint-Louis, dans une condition
subordonnée; car il n'est pas même un général
en chef, il devient un modèle de vertus. Elles se
fondent chez lui dans une harmonie parfaite.
Les Gaston de Foix, les Lapalisse, les Latré-
mouille, les Brissac viennent se grouper autour
de lui. L'histoire ne nous apprend rien ou peu
de chose sur les dames de leurs pensées, car ces
chevaliers se piquaient de discrétion; mais elles
furent mieux inspirées et plus heureuses que les

dames qui dans l'âge précédent engageaient leurs
chevaliers dans des entreprises d'une équité aussi
douteuse que leur utilité même. Je me plais à
juger d'elles par celle qui fut l'objet des amours
constants de Louis XII, par cette Anne de Bretagne qui l'aida si bien à mériter l'amour et la
bénédiction du peuple.

Une grande révolution littéraire et par conséquent morale se faisait alors en France, et s'était
glorieusement consommée depuis plus d'un siècle
en Italie, c'était la renaissance. L'antiquité grec-
que et romaine reprenait ses droits sur une civilisation dont elle avait été fondatrice. Cette littérature était un nouveau coup porté à la féodalité
qui seule avait été en possession d'inspirer tous
les chants. Mais le revers de ce coup tombait un
peu sur la religion même qui s'était enlacée à la
littérature féodale ou chevaleresque. Il se faisait
une résurrection badine du polythéisme qui ne
touchait pas au fond des croyances, mais qui
rendait à l'imagination un essor vif, plus diver-
sifié, plus hardi. La poésie de la renaissance se fit
absoudre en consacrant les faits chevaleresques,
soit fictifs, soit historiques, par des poëmes dignes
d'être comparés à ceux d'Homère et de Virgile,
et qui l'emportaient sur eux en intérêt par la

peinture de mœurs plus galantes et même plus
héroïques. La religion en était ou en paraissait
être le fond, mais la bordure lui était tout à fait
étrangère. Les pontifes romains, malgré leur inquiète vigilance, se laissaient surprendre à ce
charme. L'amour de Pétrarque pour Laure, et
surtout celui de Dante pour Béatrix, était encore
un amour mystique et dévot, et se plaisait dans
ses chaînes, dans son martyre. L'Arioste et ses
deux ingénieux précurseurs, émancipèrent l'a-
mour et le rendirent mille fois plus séduisant.
L'enchantement fut porté au comble quand Le
Tasse peignit Armide et Herminie.

Les femmes furent ravies, en France, comme en
Italie : elles commencèrent à trouver les chants
des troubadours un peu monotones; ce n'était
plus dans le Paradis, c'était dans l'Olympe que la
poésie nouvelle les introduisait. Ennuyées d'être
comparées à des saintes, ce qui est toujours un
peu gênant pour celle qui reçoit ce genre d'éloges, elles supportèrent fort bien d'être comparées à des déesses, parmi lesquelles il ne se trouve
tout au plus que deux prudes, Minerve et Diane.
Mais par degrés l'amour devient moins sérieux,
la galanterie plus fictive. Elles délièrent un peu
plus qu'elles n'auraient voulu les chaînes de leurs

esclaves. Agnès Sorel avait créé pour elles un genre de domination nouveau, mais cependant peu acceptable, celui de maîtresse du Roi; il ne fut jamais vacant sous François Iᵉʳ. Diane de Poitiers en fit presque un trône sous Henri II, chevalier timide et dévoué d'une maîtresse qui pouvait être tout au moins sa marraine.

Ce qui fut le plus fatal à l'empire des dames et à l'heureuse influence qu'il pouvait avoir, ce furent les guerres de religion. Si la religion est leur plus grand appui, elles n'ont rien tant à craindre que la théologie, l'ennui mortel de ses controverses, les batailles atroces et les crimes odieux où elle entraîne les rois et les peuples; dans leur zèle timoré elles se font un scrupule d'une neutralité que devrait leur commander une salutaire ignorance. Elles s'engagent en aveugles, rarement en conciliatrices, trop souvent en aventurières, et quelquefois en furies, dans des débats où la religion semble n'être plus devenue qu'un ministre de la haine; la pitié, leur délicieux attribut, la pitié leur fait peur dès qu'il s'agit de la cause de Dieu. Une foi qu'elles croient persévérante leur tient lieu de chasteté; quand il faut réussir par la fraude, elles apportent un dangereux secours; les spectacles les plus cruels ne leur font plus d'horreur.

J'ai écrit l'histoire des guerres de religion, et
n'ai eu à citer que bien peu de faits honorables
pour les femmes, tandis que dans l'histoire de la
Révolution j'étais sûr de rencontrer au milieu
des plus tragiques horreurs leur tendre et sublime
dévouement.

Il est vrai que les dames de la cour de Catherine de Médicis avaient été savamment perverties
par cette Reine, qui passa du rôle d'une intri-
gante assez habile à celui d'une froide scélérate.
Leur beauté, leurs grâces, leur dangereux esprit
ne servaient plus sous sa direction qu'à stimuler
les fureurs des catholiques, et qu'à dresser des
piéges aux seigneurs protestants jusque dans les
plaisirs de l'amour. Où les trouverons-nous dans
la nuit de saint Barthélemy? sur les escaliers et
dans les cours du Louvre, occupées à d'infâmes
recherches sur des cadavres, et se livrant à une
gaîté aussi atroce que le meurtre même.

Cherchons vite un refuge auprès de Henri IV,
ce glorieux résurrecteur, et ce type agrandi du
caractère français. Remercions Dieu de ce que la
Reine, sa mère, qui fit briller une vertu mâle et
forte dans un siècle de corruption, ne put lui
communiquer le zèle puritain dont elle était dévorée. La galanterie revint au régime de François Ier, sous un Roi qui le surpassait en gran-

deur, en bon sens, en esprit, et l'égalait dans la
fougue inconstante de ses amours. Mais entre ses
maîtresses, il ne fit guère qu'un choix heureux ;
le peuple aima Gabrielle d'Estrées. Son amant la
parait de sa gloire, de sa gaîté, de sa clémence ;
on crut qu'elle l'inspirait. C'était un bel hommage rendu aux femmes. Mais la perfide Henriette d'Entragues et la seconde Médicis rendirent à la cour une couleur sombre, et le poignard
de Ravaillac n'était pas loin.

Sous le cardinal de Richelieu la galanterie fut
pédante, discoureuse, prodigue de métaphores,
de subtilités et de pointes. Rien n'est vrai, même
en amour, dans les temps où règne une terreur
qu'il faut continuellement masquer. La Reine
Anne d'Autriche craignait plus la jalousie du Cardinal que celle de son froid et maussade époux.
Les femmes entraient timidement dans des con-
spirations, on suscitaient des prises d'armes, dont
les lettres de cachet, la Bastille et l'échafaud faisaient une prompte et inexorable justice.

La mort du Cardinal et du Roi, son triste pu-
pille, fit respirer les femmes ; elles se sentirent
reines avec Anne d'Autriche, profitèrent de ses
profusions pour elles, leurs époux ou leurs
amants, puis devinrent exigeantes et ingrates

envers leur bienfaitrice. Les courtisans les mieux
traités se choquèrent du choix du favori, et firent
bientôt chorus avec le parlement, les bourgeois
et le peuple, contre un prélat né dans la patrie
des deux Médicis et de Concini, grand concus-
sionnaire, et qui les trichait au jeu.

On pourrait appeler la guerre civile de la
Fronde la guerre des femmes. Si elles ne l'ont
pas tout à fait suscitée, elles en ont croisé et
brouillé toutes les manœuvres. C'est à leurs passions, et bien plus encore à leurs caprices, que
l'on a dû les incidents, les épisodes et les brusques
péripéties de ce drame héroï-comique, ou plutôt
de cette tragédie galante. C'est à leur voix que
les deux plus grands capitaines de leur siècle se
sont rapetissés, relevés, mesurés avec tous leurs
talents de guerre, en changeant de rôle, de drapeau, et même de patrie, dès qu'ils changeaient
de maîtresse. Le servage du duc de La Rochefou-
cault, le grand frondeur du cœur humain, a
été plus complet et plus misérable encore. Je ne
parle pas des conquêtes plus faciles d'un duc de
Beaufort, d'un duc de Nemours et de tant d'autres qui ne surpassaient guère en finesse, en lumières les anciens preux. Le cardinal de Retz se
vante d'avoir maintes fois conduit ces dames selon

ses vues, mais je ne l'en crois pas sur parole. Il
est vrai qu'il nous présente sa belle maîtresse,
mademoiselle de Chevreuse, comme une sotte;
mais une Agnès de cour en sait toujours assez
pour mener loin un prélat libertin. C'est alors
que les dames frondeuses ont connu ces triomphes de la popularité où leurs charmes ont brillé
d'un éclat nouveau, mais qui doivent coûter
quelque chose à la délicatesse, à la pudeur des
dames. Drapée en héroïne, en Romaine, en Cor-
nélie, mère des Gracques, la duchesse de Longue-
ville a pu brouiller les cervelles des conseillers
de la chambre des enquêtes, et faire pleurer
d'attendrissement de bénévoles échevins et des
bourgeois ébahis. Mais bientôt cette princesse à
la grande prestance et du sang royal ne fut plus
considérée que comme une aventurière. Jamais
on ne vit une plus longue cascade de dupes qui
en faisaient d'autres. Le mensonge, la ruse et les
promesses insidieuses volaient de ruelle en ruelle,
sans en excepter celle de la Reine-mère. Quel fut
le résultat de tant d'intrigues, de tant de réqui-
sitoires et d'arrêts, de tant de cohue parlementaire, du combat si furieusement héroïque du faubourg Saint-Antoine et des scènes tragiques de
Bordeaux? c'est que les dames et leurs amants

tombèrent ou plutôt s'entraînèrent les uns les
autres dans les filets du prélat italien, l'objet de
leur détestation, et que le despotisme longtemps
avili, même sous la main d'un ministre pillard,
se releva plus fier que jamais. Mesdames de Mont-
bazon, de Châtillon, de Chevreuse rentrèrent
dans l'obscurité et n'en sortirent que par quelques éclats de leur vie galante. Madame de Lon-
gueville seule trouva le moyen de rester encore
frondeuse en se faisant janséniste.

Je me reproche de n'avoir point encore parlé
d'une autre impulsion que suivaient les femmes
dans les différents âges que j'ai parcourus, et qui
légitima beaucoup mieux leur empire, je veux
parler de la charité religieuse. Elle est tellement
une loi de leur cœur qu'elles ne désespèrent pas
de la pratiquer dans le temps où le corps social
écartelé par les barbares et mis à la glèbe par
les seigneurs féodaux saignait de toutes parts. Ce
fut une femme, comme on le sait, une descen-
dante chrétienne des Fabius qui fonda le premier
hôpital, institution ignorée du polythéisme. Ce
seul mot d'hôpital rappelle tout de suite à la pensée, des reines, des princesses, de riches veuves
qui les fondent, en étendent la destination par
leurs bienfaits, les visitent, les étudient, et enfin

des femmes qui s'y enferment pour en faire le
théâtre obscur de leur héroïsme. Je sais qu'elles
fondèrent aussi beaucoup de couvents de religieuses, dont l'utilité se présente moins directement à notre humanité philosophique ; mais
dans de tels temps n'était-ce pas de précieux
asiles ouverts aux orphelins, aux veuves des
preux, des croisés, de leurs valeureux et obscurs
compagnons, ouverts soit à la pudeur, soit au
repentir des erreurs, des faiblesses que provo-
quaient des mœurs avanturières, ouvertes à leurs
fondatrices mêmes, désabusées du trône, des gran-
deurs et de l'amour ?

A travers six siècles de ténèbres et d'un jour
douteux, la charité eut des inspirations sublimes
et presque aussi diversifiées que tous les genres
de malheurs l'étaient surtout alors.

Mais tant que durèrent l'ignorance et l'anarchie,
le bien se liait mal au bien ; il restait épars et ne
pouvait guère suivre une marche régulière, raisonnée et progressive. Saint Vincent de Paule
parut, et ce fut l'ange des bonnes œuvres ; des
femmes furent sa sainte milice ; il n'y eut plus un
seul poste de la souffrance où il ne les plaçât, sans
qu'on vit parmi elles une seule désertion. Deux
siècles se sont écoulés, et l'apostrophe qu'il leur

fit, en tenant dans ses bras des enfants nus, en-
gourdis par le froid, résonne encore dans tous
les cœurs des femmes ; l'empire qu'a créé sa
charité fervente et ingénieuse dure plus que le
grand édifice créé par Richelieu, son superbe contemporain. Lequel vous paraît aujourd'hui plus
grand, de Richelieu sur les marches du trône
d'où il offusque son roi, ou de Vincent de Paule
esclave volontaire dans un bagne ; de Richelieu
étalant ses magnificences dans son château de
Ruel, et y faisant répéter, peut-être en présence de Marion de Lorme, ses tristes opéras
dont les sons viennent importuner les captifs qui
gémissent dans les cachots de ce même château ;
ou de saint Vincent de Paule qui se fait ouvrir
ces cachots pour y porter, soit à des nobles, soit
à d'obscurs infortunés, la parole et les consolations
de Dieu ?

J'oppose quelquefois, dans ma pensée, ces dames
de charité pupilles de saint Vincent de Paule, aux
héroïnes de la Fronde ; que de pleurs de dépit
chez les unes, que de pleurs de commisération
chez les autres ! que d'amours ici ! que d'amours
discordants et cruellement folâtres qui tirent
l'épée, s'arment du mousquet, courent gaiment à
l'émeute, à la guerre civile, et vont en répétant

de plates satires et des chansons triviales, ensan-
glanter aux environs de Paris ces bosquets, ces
frais jardins qui tout à l'heure étaient leur plus
doux théâtre! Là un seul amour, mais sublime,
mais divin, d'où découlent tous les purs amours
qui remplissent le cœur de la chaste mère de famille. L'ordre et la paix règnent dans leur maison. Le proscrit y trouve une retraite assurée,
qu'il soit Frondeur ou Mazarin. La haine et la
vengeance n'osent forcer le seuil gardé par des
orphelins et des malades qu'elles ont recueillis.
Leur sourire est doux, leurs joues se teignent
d'un pur incarnat, car la pudeur y réside toujours.
La séduction les assiégerait en vain, elle parle
une langue qui leur est inconnue et dont les accents importunent leur candeur. Elles passent à
côté des méchants sans les voir; leur bouche n'a
jamais proféré rien d'amer, rien de faux; elles
craignent toute espèce de faste, et surtout celui
de la pitié. La leur, toujours active, toujours
patiente, toujours à l'affût du moment heureux,
semblable à la rosée du ciel, tombe sans se faire
voir, mais non sans se faire sentir.

Vous me demanderez, d'après ce portrait, si
j'ai des Mémoires particuliers sur les dames qui
furent tour à tour ou en même temps élèves de

saint François de Sales et de saint Vincent de
Paule, car ils étaient contemporains avec quelque
différence d'âge, et j'aime à unir leurs noms,
comme aujourd'hui nous unissons, malgré l'intervalle d'un siècle, Fénelon et Cheverus. J'ai
mieux fait que de consulter des livres pour me
former cette image des femmes pénétrées du véritable esprit de la religion, et pour donner plus
de naturel à mes couleurs j'ai observé des dames
qu'on pourra reconnaître, et qui, seules, ne se
reconnaîtront pas.

Le jeune Louis XIV a dit enfin : c'est moi qui
règne, et il règne si bien qu'il devient en quelque
sorte l'âme universelle de la France. Les factions
se taisent ou plutôt elles adorent la main habile
et ferme qui les contient. Les femmes renoncent
en riant aux intrigues politiques comme à une
mode qui a vieilli, et à la guerre civile comme à
un jeu qui n'amuse plus, et se consolent ainsi
d'un essai et d'une défaite qui leur permet d'arriver à des conquêtes plus faciles et plus sûres.
Les intrigues galantes reprennent au milieu des
armes et des victoires leur cours à demi paisible;
mais l'amour s'est élevé à son plus haut degré de
puissance et de délicatesse; le cœur de Lavallière
en est le modèle, et Racine en est le peintre. La

religion passe, et dit sans presque détourner la
tête : *Voilà des cœurs qui me reviendront.*

Cependant les arts et les lettres produisent leurs
merveilles avec un ensemble, un concert, une
variété et une simultanéité de génie que le monde
encore n'a connus que trois fois, mais qu'il n'a
jamais vu briller d'un éclat aussi éblouissant.
L'Athènes de Périclès se trouve transportée dans
la plus magnifique des cours et sous le roi le plus
absolu. La religion traverse ce monde profane,
ne lance qu'un blâme prudent, et s'inspire du
génie de l'antiquité. Sion s'ouvre quelques secrètes communications avec le Parnasse, et le fait
servir à sa grandeur. Les femmes passent d'un enchantement à un autre, et sont elles-mêmes les
premières enchanteresses. Tout, jusque dans les
genres les plus élevés, atteste leur influence et leur
empire. Corneille, moins heureux que son jeune
rival à peindre la tendresse de leur cœur, leur
prête à toutes sa sublime fierté; reconnaissantes,
elles s'efforcent de lui rester fidèles; et la femme
qui fit jamais le mieux sentir qu'il n'est pas donné
à notre sexe d'égaler le sien pour la grâce, madame
de Sévigné, le grand poëte épistolaire, se déclare
encore pour Corneille. Voyez comme l'Isaïe du
XVIIe siècle dépose ses foudres quand il pleure et

peint l'aimable duchesse d'Orléans. C'est un aigle
qui caresse de ses ailes la colombe pour la porter
au ciel. Fénelon a commencé par où finit Racine,
c'est-à-dire par l'amour de Dieu ; mais sa prose
et son Eucharis me disent assez que son chaste
cœur ne fut jamais insensible à la voix d'une
femme. A force de se dire que madame Guyon
était une sainte, il oublia sans doute qu'elle était
belle, et ne voulut pas voir que dans ses écrits
elle était quelquefois ennuyeuse. Comme la Bastille ne cessait de s'ouvrir pour cette dame aux extases mystiques, le zèle généreux de Fénelon s'enflamma pour sa défense, et il ne craignit pas de
se livrer à la censure tyrannique de Bossuet et de
Louis XIV, grandes puissances mais qui comman-
dèrent la même censure au pape intimidé.

Mais j'allais entrer trop tôt dans la carrière de
vote de Louis XIV et de madame de Maintenon.
Ne quittons point encore sa carrière galante que
beaucoup de dames regardent aujourd'hui comme
l'âge d'or des femmes. Au lieu de ces tournois,
de ces combats à mort nommés jugements de
Dieu, dont les dames du moyen âge faisaient leurs
délices, je vois dans de magnifiques palais, dans
des jardins somptueux, des bals ouverts par un
monarque jeune, glorieux et passionné, où figure

avec timidité la touchante La Vallière, et trop tôt l'altière Montespan ; la jeune Fontanges dans le premier éclat de ses charmes ; la prudente duchesse de Soubise qui aime mieux profiter des amours passagers du Roi que de faire bruit de son triomphe.

Heureuses les femmes qui, sous des noms et avec des attributs mythologiques, vont partager cet honneur et donner quelques sujets d'inquiétude aux favorites. Les pacifiques carrousels ont succédé aux jeux sanglants ; l'or et les diamants, la soie et les ondoyants panaches ont remplacé pour les chevaliers l'armure de fer, les brassards, les cuissards ; mais ne voyez pas en eux des guerriers efféminés, ils ne reviennent pas de la Syrie hâves, brûlés par le soleil, ou mutilés par le fer des Sarrasins ; plusieurs portent encore des blessures reçues à Rocroi, à Norlingue, à Fribourg, à Lentz, ou dans les lignes d'Arras. Plus tard ils racontent les merveilles fort exagérées du passage du Rhin, ou l'assaut bien plus prodigieux de Valenciennes. On se presse autour des compagnons de Turenne ; chacun s'efforce de comprendre ces prodiges de l'art militaire. Les dames étonnées, éblouies, transportées, dansent avec des courtisans qui disputent les palmes de la guerre aux

Romains, et sont plus disposées peut-être à les
récompenser que ne l'étaient les dames romaines
au temps des Scipion et des Marcellus. Tout s'a-
nime aujourd'hui de l'esprit galant de Benserade,
des grâces du duc de Guiche, ou de l'ardeur passionnée du duc de Lauzun, pour exprimer l'a-
mour ou pour le feindre. Vous n'y croirez que
trop, fière princesse de Montpensier, et vous
toutes, mesdames, que Bussi-Rabutin inscrira dans
son livre scandaleux. Mais l'autorité du monarque
absolu se fait sentir partout ; ce ne sont plus les
dames qui, comme au temps de la chevalerie,
distribuent les écharpes aux vainqueurs ; le monarque s'est substitué à leurs droits, à leur munificence, et fait pleuvoir avec un fin discernement
les rubans et les décorations. La faveur du Roi
passe avant celle des dames. Être disgracié du Roi
est devenu un plus grand supplice que ne l'était
autrefois d'être disgracié de la dame de ses pensées. Le souverain est tout ; l'étiquette est devenue la loi suprême ; il y a de grands courtisans,
et, ce qui est d'un bien autre prix, il y a des grands
hommes mais il n'y a plus de grands seigneurs
Une dame qui serait réduite à vivre comme une
châtelaine dans des domaines moins vastes mais
mieux cultivés et mille fois plus agréables que

ceux de sa bisaïeule, serait la plus malheureuse des femmes. Pour elles et pour leurs maris on ne peut plus vivre hors de l'atmosphère de la cour.

La législation de l'empire galant ne se fait plus en cour d'amour, mais à l'Opéra et sur tous les théâtres. Quinault tient lieu du chapelain qui rédigeait ce code sous la dictée des dames. L'amour rejette bientôt un langage banal et froidement hyperbolique. Racine a su lui donner l'expression la plus vraie, la plus profonde, et souvent la plus sublime. Cette passion se teint de la grandeur du siècle, on dirait qu'elle est son œuvre. Si la tragédie condamne quelquefois l'amour, tout en le peignant dans son charme le plus séducteur, la comédie est toujours prête à le justifier, et malheur aux maris, aux tuteurs, aux jaloux, aux tantes qui le contrarient. Malgré ce tort, qui tout ancien qu'il est n'est pas inhérent à la comédie, elle nous rappelle un grand bienfait que nous devons à ce siècle, ou plutôt à Molière : c'est ce rire franc que le goût prolonge et que la réflexion justifie. Les femmes ne doivent-elles pas trembler que tous leurs secrets ne soient dévoilés par un si puissant observateur? Mais voici leur triomphe; Molière en effet ne se contente pas de peindre leurs ruses les plus familières, celles qui ne coû-

tent rien à leur sexe, et que la plus ignorante
peut inventer tout comme un autre. Il veut pénétrer jusque dans les mystères de la plus habile
coquetterie, de celle qui sait se jouer des esprits
les plus fins, des caractères les plus fiers, les plus
énergiques. Le modèle est placé sous les yeux du
peintre, c'est sa maîtresse, c'est sa femme, c'est
une comédienne, il est vrai, mais la cour n'offre-
t-elle pas de plus grandes comédiennes? Qu'arrive-t-il? c'est que sa passion redouble à mesure
qu'il voit par quel art il est trompé; subjugué,
plus il se débat dans ses chaînes, plus il en ressent
l'étreinte. Il s'emporte, tantôt comme son Alceste, tantôt comme son Arnolphe, et finit par
demander grâce à celle qui le joue.

Les spectacles formaient pour la France une
destinée nouvelle. Au lieu de ces occasions rares
où elles savaient déployer leur magnificence et
assister à des spectacles plus ou moins terribles,
tous les jours elles pouvaient s'offrir aux yeux,
faire assaut entre elles, et même avec des femmes
d'un rang inférieur ou obscur, de grâces, de
beauté, de parure, d'invention dans les modes,
déceler les émotions de leur cœur, s'embellir de
leurs larmes ou d'un gracieux sourire, donner des
lois secrètes au goût, inspirer le génie. Aussi se

conduisirent-elles en reines dans les représenta-
tions dramatiques et se montrèrent-elles fort in-
tolérantes pour tous les sujets qui ne servaient
pas leur empire, c'est-à-dire qui ne parlaient pas
d'amour. Cette loi, à peu d'exceptions près, a
duré jusqu'à la révolution, et encore est-il difficile
de l'enfreindre aujourd'hui.

Tous les beaux-arts, dans leur perfection subite, ne concouraient-ils pas à la gloire des femmes, ne leur créaient-ils pas des jouissances nouvelles? Au lieu des grossières effigies qui les re-
présentaient aux XIIᵉ et XIIIᵉ siècles, non-seulement
leurs traits, mais leurs grâces les plus fines et les
plus touchantes, n'échappaient ni aux pinceaux
de Poussin, de Lebrun, de Lesueur, de Mignard,
de Petitot, ni aux ciseaux de Bouchardon, du
Pujet, des Costoux. Elles n'erraient plus que dans
des palais et des jardins remplis de prestiges.
Chaque jour elles avaient à saluer la naissance de
quelques-unes de ces merveilles qui, après un
siècle et demi, brillent encore aujourd'hui de
jeunesse autant que de grandeur.

Toutes ces scènes de féerie n'avaient pas été,
il est vrai, créées par leurs baguettes, mais elles
étaient les objets et les inspirations de ces enchantements. Elles s'y prêtaient avec tant de complai-

sance que les plus sévères consentaient à être re-
présentées avec des attributs mythologiques. Telle
qui voulait être une sainte Thérèse dans son oratoire, consentait à figurer comme une Hébé, une
Flore, ou du moins une Diane, une Minerve,
dans les jardins de Versailles.

Tout respirait Athènes, dans cette France monarchique; mais plus d'odieux gynécées pour retenir les femmes captives, et point d'exclusion
jalouse des spectacles, des fêtes, des réunions
dont leur présence centuple le charme; point de
privilége exclusif pour les courtisannes.

Madame de Sévigné et sa fille peuvent être
vues, sans scrupule et sans scandale, non loin de
la loge où figure Ninon de Lenclos et mademoiselle de Champmeslé, *ses deux belles filles* comme
elle les nomme plaisamment.

Les femmes écrivirent peu à cette époque,
peut-être parce que Molière, dans l'un de ses
chefs-d'œuvre, les avait trop épouvantées du
titre de *Femmes savantes*, et que l'aimable hôtel
de Rambouillet s'était un peu décrié par l'affec-
tation et par des prédilections injustes et suran-
nées. Mais leur célébrité n'y perdit guère; souvent, à l'éclat de la beauté et même des galantes
aventures elles faisaient succéder l'éclat de leurs

conversions. Contemporaines d'un règne de génie, elles ne pouvaient être oubliées par ceux qu'elles inspiraient ou qu'elles couvraient d'une aimable protection. Ainsi madame de la Sablière nous est chère à jamais par le rôle qu'elle a rempli si fidèlement de tutrice du *bon homme*. Je ne dois pas oublier que nous devons à madame de Lafayette le premier roman où la peinture d'une passion délicate et timorée fut substituée au fracas des aventures prétendues héroïques, et à madame Deshoulières une idylle ou plutôt une allégorie ravissante. Quant à madame de Sévigné, sa place est parmi les hommes de génie, quoiqu'elle fût loin d'y prétendre. Tel est le privilége de l'invention, de la vérité, de la grâce continue dans le style.

Voilà qu'une ancienne amie de Ninon de Lenclos, que la veuve Scarron s'empare, non du poste de madame de Montespan, mais de celui d'une reine de France. Eh bien, sous le règne d'une femme spirituelle, les couleurs gracieuses du tableau s'effacent, s'assombrissent par degrés. Tout prend à la cour un air de contrainte et répond à celle qu'éprouve l'auguste époux près d'une dévote épouse, dans un hymen tout à la fois scrupuleux et clandestin.

Ni la galanterie, ni l'amour, ni la piété n'ont plus d'allure franche; l'ambition les domine tous trois. Sans doute il faut donner des éloges à un roi qui, à l'âge de quarante-deux ans, renonce pour un mariage austère à une passion dont il peut satisfaire et renouveler les jouissances, et qui répare de son mieux les scandales qu'il a donnés à ses sujets. Mais encore aurait-il mieux valu pour leur édification que le lit de la Reine défunte fût occupé par une reine avouée. La dévotion avait pris chez lui un caractère tout royal; pour tout dire, elle était sèche et despotique. Le droit divin lui fournit les moyens de se déifier un peu plus sérieusement que lorsque Benserade, Quinault et l'auteur d'une fameuse médaille, le figuraient sous les traits du soleil.

Delà les dragonnades, la révocation de l'édit de Nantes, mesure inique et barbare, faute énorme dont il rendit en quelque sorte complices la France et les plus beaux génies de cette époque, par les applaudissements qu'on lui prodigua; de là sa fureur d'intervenir dans les affaires de l'Église et dans ses plus épineuses controverses, son zèle amer contre le doux quiétisme de Fénelon; de là ses rigueurs arbitraires contre les jansénistes en vain protégés par la grande mémoire de Pascal et les beaux noms des deux Arnauld et de Nicole; de là, sa soumission aux jésuites, sa docilité inattendue pour passer sous le joug ultramontain, après avoir fait consacrer par son autorité et par Bossuet les libertés de l'Église gallicane; de là, ces lettres de cachet que le père Letellier peut lancer par poignées contre des vieillards obscurs et vénérables qui s'entêtent à disputer sur les mystères de la grâce; de là enfin ce règne de l'hypocrisie dans un siècle qui a produit la comédie du *Tartufe*, sous un roi qui a osé la protéger, même contre les scrupules de Bossuet, de Bourdaloue et du premier président Lamoignon.

Madame de Maintenon, reine anonyme, et, ce qu'il y a de pis, reine sans pouvoir réel, assiste et parait présider du fond de son oratoire à ces mesures qu'elle n'inspire ni ne dirige, mais qu'elle a le triste privilége d'applaudir la première. Elle leur sacrifie les protestants dont son illustre aïeul a partagé les plus cruelles infortunes; et puis madame Guyon qu'elle protégeait, des amis qui font sa gloire et sa consolation, Fénelon et le cardinal de Noailles.

Sa docilité est récompensée par la représentation d'*Esther*, la dernière et la plus touchante

des fêtes qui signalent ce règne. Racine a inventé
cette déclaration délicate du mariage étonnant
du plus fier des rois, et c'est le chœur des vierges
de Saint-Cyr qui sert d'organe à la poésie la plus
mélodieuse. Eh bien, Racine sera sacrifié à son
tour; quelle femme pourrait envier le sort de
madame de Maintenon !

Ceci n'était pas encore la vieillesse de Louis XIV;
mais déjà il a commencé à lasser la fortune par
l'excès de son ambition; cependant elle semble
ne se séparer de lui qu'à regret, et comme en lui
donnant de salutaires avis par ses rigueurs nouvelles. Une seconde race de héros avait succédé
à la première sans l'égaler, mais en la suivant de
près; cette dernière s'épuise à son tour; les
Luxembourg, les Créqui, les Vauban, les Catinat,
les Conti ne seront remplacés que tard par les
Villars, les Berwick, les Vendôme, et Colbert ne
l'est point par de jeunes ministres dont le monarque risque l'éducation. Madame de Maintenon, dont l'ascendant s'accroît avec la vieillesse
du monarque, prépare ou dirige plusieurs choix
malheureux. Comme elle flatte sans cesse, elle
veut être flattée, et ne l'est guère que par les
dévots, les demi-dévots, ou de faux dévots qui
sont courtisans avant tout. Saint-Simon a tracé

avec sa verve satirique, ou sa colère janséniste,
les portraits de plusieurs amies, ou plutôt de
dames suivantes de cette compagne ennuyée d'un
roi qu'elle-même déclare *inamusable*. Oh! que
ces sèches intrigantes paraissent hideuses sous ce
fard de piété qui découle de leur visage flétri,
dès que l'or brille à leurs yeux! Elles étaient plus
supportables sans doute lorsqu'elles n'étaient que
des pécheresses. Les désastres de la guerre de la
succession d'Espagne s'annoncent, s'accélèrent,
s'accumulent. Quelle tristesse dans ce Versailles,
dont la magnificence peut devenir un remords
pour un roi dont les sujets gémissent sous les
triples fléaux du ciel, de la guerre et du fisc! Cachez vos pleurs, nobles dames, qui avez perdu
dans les plaines de Bleinheim de Ramillies ou
de Malplaquet, votre époux, vos fils ou vos
frères; cachez vos pleurs, ce palais n'offre que
trop de sujets de tristesse; cachez vos pleurs,
n'affligez pas le Roi. Non, je ne croirai jamais au
bonheur des femmes sous un règne belliqueux
où pour elles c'est un malheur d'être mères.

CHAPITRE XXV.

On passe rapidement au tableau des mœurs sous le règne des favorites de Louis XV, et particulièrement de madame de Pompadour. — L'opinion exerce chaque jour plus d'empire et suit une nouvelle direction. — Les femmes favorisent la philosophie qui étend à l'excès la liberté des mœurs. — Les femmes de la cour se déclarent contre madame Du Barry, et donnent le signal d'une opposition qui ne cessera plus de prendre des forces, se ralentira un moment sous le règne de Louis XVI, pour exercer bientôt un contrôle plus vaste et plus tranchant. — Les femmes d'un haut rang, qui avaient applaudi aux premiers signes de la Révolution, se déclarent contre elle, et n'influent que trop sur le fatal voyage de Coblentz.

LES FEMMES AU XVIIIᵉ SIÈCLE.

On peut permettre à un historien du XVIIIᵉ siècle d'éviter ici un lieu commun aussi pénible à écrire que celui des mœurs de la Régence. Le scandale de ces mœurs fut plutôt ralenti que terminé pendant l'administration du cardinal de Fleury et la chasteté éphémère de Louis XV. Ce règne devait bientôt se continuer et s'aggraver par la faveur royale dont

furent successivement souillées trois ou quatre
sœurs d'une noble maison, par cette indolence
égoïste qui laissa le monarque déférer à madame
de Pompadour une autorité semblable à celle d'un
maire du palais, par les infamies du parc aux cerfs,
qui transformaient tant de jeunes filles en esclaves
circassiennes, et enfin par le nouveau genre de tyrannie corruptrice qui enjoignait aux dames de la
cour de reconnaître non pour leur compagne, mais
pour leur reine en quelque sorte, une femme sor-
tie de la prostitution, et de la prostitution la plus
roturière. Je n'aime pas le détail des turpitudes,
et il ne pourrait être plus mal placé que dans un
essai consacré aux femmes.

Nous avons vu leur empire se fonder sur les diffi-
cultés nouvelles qu'une religion sévère et sublime
et que leur coquetterie pleine de fierté et d'habiles
artifices mettaient à leur conquête. A l'époque où
nous sommes parvenus, de toutes les armes dé-
fensives il ne leur restait plus guère que la coquetterie. Mais comme l'art de la séduction chez
les hommes avait fait plus de progrès, et que cette
étude remplaçait pour plusieurs celle de la tactique militaire et de la diplomatie, il en résultait
qu'ils avaient généralement pour eux l'avantage
du combat. On honorait moins les femmes, mais

on s'en occupait beaucoup plus. Le culte extérieur n'était pas tout à fait tombé, mais le culte
que rend le fond du cœur conservait peu de chaleur, peu de sincérité. La teinte mystique qui
s'était jusque là mêlée même à des amours coupables, quoique en s'affaiblissant de jour en jour,
n'était point tout à fait effacée sous Louis XIV; il
n'y avait pas moyen qu'elle tînt contre la philosophie nouvelle, la philosophie de l'analyse et de
la sensation. On peut juger à quel point cette
mysticité était tombée, puisque Buffon put énoncer sans un vif scandale cette proposition brutale qui nous ramenait aux forêts : *En amour il
n'y a que le physique de bon ; le moral n'en vaut
rien.*

Il se fit des conventions nouvelles dans les
mœurs, des conventions non avouées par la morale, bien moins encore par la religion, mais qui
recevaient force de loi par l'usage. Les infractions
à la fidélité conjugale n'avaient été que trop mul-
tipliées dans les différents âges que nous avons
parcourus. Le xviiie siècle eut le tort grave de les
consacrer par la mode, par le bon ton, par la
prétention d'unir le libertinage à la philosophie.
C'était entrer fort mal dans la carrière des libertés
dont le xviiie siècle méditait la conquête. Il faut

admettre de nombreuses et honorables exceptions
à cette mauvaise discipline de mœurs, surtout
dans la magistrature, le barreau et le commerce.
Il y en eut même à la cour.

La séduction jouait peu auprès des jeunes personnes. Il est vrai que pour plus de sécurité on
les retenait bien tard au couvent. Les premières
années du mariage étaient généralement respec-
tées par de hautes convenances de famille. D'ailleurs à cette époque les jeunes femmes savent se
défendre d'elles-mêmes. L'infidélité de l'époux
donnait ordinairement le signal de l'attaque, et
ne se faisait pas trop attendre. Cependant la société se fermait souvent aux femmes qui avaient
eu de grands éclats. On les rendait victimes de
quelques accidents que d'autres avaient bravés
avec plus de bonheur ou évités avec plus de prudence. Les femmes devinrent plus que jamais arbitres des procédés et du bon ton. On voulut que
l'amitié, ou du moins les procédés de l'amitié
survécussent à l'amour. On appelait respectable
une union qui s'était paisiblement et longtemps
substituée aux droits de l'hymen. Un homme
devenait à la mode par une grande passion. Il
convenait qu'il se fût empoisonné; quelquefois
une jaunisse passagère réussissait à merveille.

L'époux devait être traité avec beaucoup de
considération; une femme conservait un crédit
tout-puissant sur un ministre dont elle avait été
aimée autrefois; c'est ce qui prolongeait leur
règne au delà de l'âge où la beauté s'efface. Aussi
tous les courtisans prenaient-ils un grand soin
de plaire aux femmes dont les attraits ne pouvaient plus les charmer. Elles marquaient l'avenir d'un jeune homme, distribuaient l'estime,
la gloire, aussi bien que les places et bénéfices.
Jugez si on s'avisait de les négliger. Une jeune
femme ne sait pas commander avec tant d'empire.

Il y avait des mots convenus pour déguiser tout
ce qui tient aux plaisirs de l'amour. La réserve
gagnait dans le langage; c'était là son empire. Je
vois, dans les lettres de la prude madame de
Maintenon, tel mot qu'on n'eût point osé prononcer devant madame de Pompadour. C'étaient
autant d'amendements apportés aux mœurs de la
Régence. L'intempérance, si fort à la mode sous
le Régent, avait été renvoyée au delà du détroit.
Sans doute ces réformes étaient légères et avaient
même l'inconvénient de régulariser le désordre.
Mais je crois avoir prouvé par ce tableau, qui
n'est ni une satire ni une apologie, d'une part,

que les femmes qui s'appelaient *la bonne compagnie* faisaient de leur mieux, non pas pour rentrer dans la ligne du devoir, mais pour s'en rapprocher; et de l'autre, que pour perpétuer leur
empire sous une phase toute nouvelle, elles n'ont
pas plus manqué d'adresse que les dames qui tenaient les cours d'amour. Ma conclusion, c'est
que les femmes perdent en bonheur tout ce qu'elles
gagnent de trop en plaisirs.

Il est temps maintenant d'examiner les dames
du xviiie siècle sous le rapport de la philosophie
qui a régné à cette époque : je crois, et je n'en
suis pas fâché pour elles, qu'elles n'y firent pas de
grands progrès, ou du moins qu'elles ne s'arrê-
tèrent qu'à de certaines limites qu'il était dangereux de passer. Je me figure mal une dame lisant
jusqu'au bout *le Système de la nature*, du baron
d'Holbach, ou l'*Interprétation de la nature*, de
Diderot, et tant d'autres livres où l'athéisme
adorait la nature. Nous y entendons fort peu de
choses, ces dames devaient y entendre encore
moins. Elles ne se résignaient pas à passer par
tant d'ennui pour faire le saut périlleux de l'a-
théisme. Le livre de *l'Esprit*, d'Helvétius, avec ses
historiettes et ses tristes gentillesses, était un poi-
son plus à leur portée; mais je crois être certain

qu'elles n'y prirent aucun goût. Un instinct dit
aux femmes que tout ce qui enlaidit le cœur humain les enlaidit elles-mêmes. Bien maladroites
sont les enchanteresses qui se laissent enlever
leurs baguettes magiques. Je ne sache pas une
femme digne de quelque estime qui n'ait dit, à
chacun des chapitres du livre de *l'Esprit : il
ment*. C'est tout au plus si elles pouvaient reconnaître leurs rivales dans ces portraits.

L'auteur de *Mérope*, de *Zaïre* et de *Tancrède*,
le caustique dictateur, j'allais presque dire le Napoléon du XVIIIe siècle, devait surtout charmer
les femmes; elles le lurent avec d'autant plus
d'avidité que la lecture de plusieurs de ses ouvrages devait être clandestine. Ses plaisanteries
irréligieuses n'étaient déjà que trop connues des
dames qui avaient vu la Régence et avaient pu
assister aux soupers du Prince. Voltaire, assurément, revêtait ces saillies de plus de grâce et d'esprit que le cardinal Dubois. Elles rirent sans être
fortement convaincues, mais c'était déjà beaucoup que d'avoir ri. Elles croyaient avec lui s'en
tenir à un déisme commode, et ne voulaient pas
dépasser cette limite. Mais une religion froide
est aussi peu faite pour le cœur des femmes qu'un
amour froid. Elles n'auraient pas longtemps suivi

Voltaire dans cette direction, s'il n'eût vivement intéressé leur cœur en leur parlant d'humanité.

Ce destructeur de la religion lui empruntait un de ses premiers mobiles, et savait lui donner une extension nouvelle. Que d'abus inhumains ne dévoilait-il pas? quoique la politique pût être difficilement mise en jeu sous un règne absolu ou du moins qui paraissait tel encore, quoique la religion, ou du moins l'Église, frémisse au mot de tolérance, les femmes entrèrent avec zèle dans le redressement des torts, sans se douter qu'il deviendrait un jour le redressement des torts du genre humain, et une révolution terrible. Mais alors c'était une chevalerie commode, plus bienfaisante que celle du moyen âge, et où les femmes, sans se revêtir d'une armure, pouvaient jouer le rôle des Clorinde et des Bradamante. Les lettres de cachet furent soumises à leur révision et à leur droit de grâce. Elles firent si bien, sous le règne de Louis XVI, que la Bastille se trouva presque vide de prisonniers quand on en fit la conquête. Un homme d'État chancelait lorsque après un acte ou un conseil plus ou moins rigoureux, la femme dont il était aimé pouvait lui dire : « Vous me faites horreur. » Leur in-

fluence s'étendait au loin ; elles éteignaient les
bûchers jusque dans Madrid et Lisbonne ; elles
étaient le pouvoir exécutif de la philosophie.

Il n'eût tenu qu'à J.-J. Rousseau de se substituer à l'empire de Voltaire après le succès de *la
Nouvelle Héloïse*, tant les femmes croyaient lui
devoir de reconnaissance pour avoir ressuscité le
règne de la passion, tant elles aimaient à le confondre avec son héros. J'ai rappelé ailleurs ce
qu'il obtint des mères après l'*Émile*. Les femmes
semblaient conspirer avec l'éloquent solitaire
pour le retour des bonnes mœurs et des sentiments profonds. On croit plaire, et en effet on
plaît souvent aux femmes en imitant la mobilité
et les grâces de leur esprit ; on les subjugue plus
sûrement par la véhémence et l'énergie qui leur
manquent, ou du moins qu'elles n'osent exprimer. Mais J.-J. Rousseau ne tarda pas à les fatiguer par ses brusqueries ; son caractère défiant
les blessait. Les femmes vivent de la foi qu'elles
reçoivent et qu'elles commandent à leur tour.

Chez la plupart des femmes du XVIIIe siècle,
l'esprit suppléait à l'instruction, et quelquefois
même à l'instruction élémentaire. En général, il
faut faire cet humble aveu, les femmes françaises
à peu près jusqu'aux jours de Louis XVI, étaient

restées, sous le rapport des connaissances, fort en arrière de celles qui avaient jeté un grand éclat en Europe, telles qu'Isabelle de Castille, Elisabeth d'Angleterre, Marie Stuart, Jeanne Gray, Christine de Suède, et nombre de princesses italiennes du xviie siècle, et de princesses allemandes du xviiie.

Madame Dacier n'avait pu mettre l'érudition en honneur parmi les femmes, parce qu'elle avait manqué des grâces de son sexe. Madame Duchâtelet n'était dans les sciences qu'une écolière bien aidée par ses maîtres, et Voltaire ne trouva pas d'échos pour célébrer avec lui la *sublime Émilie*. Nous avons des lettres de madame Dudeffant et de mademoiselle de Lespinasse, deux femmes, deux rivales renommées par leur esprit. Les unes semblent écrites du cercle polaire, et les autres, des tropiques.

Mademoiselle de Lespinasse était faite pour respirer une autre atmosphère que celle du matérialisme. Tantôt elle paraît passionnée par nature et tantôt par projet. Les deux productions les plus gracieuses, les plus spirituelles et les plus féminines de cette époque, sont les Mémoires de madame de Staal et les romans de madame de Riccoboni. Madame de Genlis, fort supérieure en

instruction et en fertilité d'esprit à toutes ces
dames, montrait beaucoup de grâces, un goût
invariable dans ses cadres étroits, et réussissait
moins dans de plus grandes entreprises.

Les femmes étaient alors d'utiles intermédiaires
entre les hommes de cour et les gens de lettres.
Elles ne laissaient plus subsister que des nuances
délicates entre les protecteurs et les protégés qui
avaient besoin d'un appui réciproque ; car la cour,
au moins sous Louis XVI, était emportée par les
courants divers de l'opinion. La conversation ha-
bilement dirigée, mise en harmonie par les femmes, était embellie par elles du don de l'à-propos
qui survivait à celui de leurs charmes et même
de leur coquetterie. L'esprit lumineux ou saillant
de madame Necker, de la princesse de Beauveau, de
madame d'Houdetot, de madame Charles de Damas
étaient de bien autres puissances que l'esprit épi-
grammatique de mesdames de Coulanges et de
Carnuet n'avait pu l'être dans les beaux jours de
Louis XVI. De cette domination que subsiste-t-il
aujourd'hui? Les cercles se sont dispersés devant
le tumulte ennuyé des routs. La plus froide des
lanternes magiques a pris la place d'un drame plein
d'intérêt, d'agrément et de variété. Les femmes ont
certes aujourd'hui l'esprit bien autrement cultivé

que la plupart ne l'avaient à l'époque dont je rappelle le souvenir. Mais tristement confinées entre elles, ou perdues dans une foule qui semble n'avoir que des yeux et point d'oreilles, elles s'exagèrent, par la peur réciproque qu'elles se font, la futilité de leurs goûts, pour faire de leur parure l'aliment exclusif de leurs propos. La plus spirituelle passe sous le niveau de la plus sotte ; l'esprit se jette aussi furtivement, aussi à la dérobée qu'un tendre regard. Les lettres se ressentent du silence des femmes ; le goût y perd des nuances délicates qui ne font pas le génie sans doute, mais qui prêtent plus d'agrément à l'esprit de chacun, et qui forment enfin en littérature notre physionomie française.

Mais quoi ? me dira-t-on, regrettez-vous ces cercles philosophiques où quelques femmes se rendaient les aveugles missionnaires de toutes ces réformes, de toutes ces distinctions violentes que la Révolution a opérées pour la ruine ou la perte de ces sophistes aventureux, de ces discoureuses dont le bel-esprit les avait provoquées? J'ai décrit dans un autre chapitre la fièvre d'espérance qui régnait alors, et je n'entends pas dire que des femmes d'une imagination exaltée ne ressentissent pas quelques accès de ce délire bien-

veillant; mais toujours elles s'abstinrent d'accélérer par des conseils violents le mouvement
d'une révolution dont les premières scènes ré-
voltèrent tous les sentiments d'humanité. Sages
arbitres de la conversation, elles en avaient déjà
banni, depuis plusieurs années, les saillies irréligieuses. Elles protégaient vivement Bernardin
de Saint-Pierre, qui leur était inconnu, contre
les dédains affectés de plusieurs philosophes leurs
amis. Tout excès populaire déchirait leur cœur.
Combien de fois ne les ai-je pas entendu protester éloquemment contre une répression trop
timide de ces attentats, contre la sévérité inhu-
maine des réformes et des réductions. Mais leur
voix alors était bien peu puissante. Les clubs, ces
grands ennemis des femmes et de la pitié, avaient
pris la place de ces cercles où la pitié faisait toujours entendre sa voix par leur organe.

Il n'était pas encore aisé de prévoir jusqu'à
quel degré de cruauté systématique se porterait
le club des Jacobins; mais dès qu'il se fut fortifié
et surtout perverti par des affiliations redoutables,
dès qu'il se fut révolté contre ses imprudents
fondateurs, qu'il eut triomphé du bon sens de
la nation la plus douce et la plus polie, dès qu'il
n'y eut plus d'autre voix de femme entendue que

celles des furies du 5 octobre, dès que par le
canon du 10 août il eut pulvérisé le trône et jeté
le Roi avec la famille royale dans une prison qui
n'avait plus pour eux d'autre issue que l'échafaud, les femmes n'eurent plus d'autre rôle à
jouer que celui de victimes, pour devenir les
victimes les plus héroïques.

La révolution les avait déjà séparées, non pas
en deux camps, mais en deux partis, ce qui ache-
vait de ruiner leur puissance. La plupart de celles
qui tenaient à la cour et beaucoup d'autres qui
brûlaient de s'y former un accès pour l'avenir,
cédèrent à leur indignation. Elles se sentaient
torturées par le supplice journalier que la Reine
éprouvait dans sa cour, avant de l'éprouver dans sa
prison du Temple. Rien ne leur paraissait plus magnanime que sa protestation dédaigneuse contre
une révolution dont il fallait craindre d'irriter
les fureurs. Elles prodiguaient les épigrammes et
les accusations emportées qu'un reste de prudence
ne permettait pas à la Reine. La religion rentrait
par degrés dans leur cœur, mais n'avait pas encore cette vérité, cette ferveur que lui donnèrent
des malheurs accomplis au delà de toute prévoyance humaine. Elles y rentraient par la porte
du schisme que le fatal serment imposé par les

jansénistes de l'Assemblée constituante venait
d'ouvrir dans l'Église. Celles qui avaient rempli
négligemment ou par de froides convenances les
devoirs du catholicisme, ne demandaient pas
mieux que de franchir des déserts ou de pénétrer
dans des cachots pour y entendre la messe ou recevoir la bénédiction d'un prêtre insermenté.
Elles ne rêvaient plus que chevalerie, que croisades, et se disposaient à courir les aventures des
dames du moyen âge; hélas! il leur était réservé
de les éprouver avec des rigueurs mille fois plus
cruelles; l'honneur exalté les familiarisait avec des
sacrifices d'une tout autre importance que ceux
qui leur étaient imposés par la révolution, et dont
leur orgueil frémissait; plus de calcul; il fallut se
livrer à tout le vertige de l'espérance, aux moyens
de salut les plus ruineux, les plus pénibles pour
le patriotisme inné, s'exagérer la colère et le génie des rois de l'Europe, la puissance de leurs
armées et les merveilles de la tactique allemande,
et s'imaginer qu'on saurait remplir d'une ardeur chevaleresque les automates enrégimentés du
Nord. Quelques journalistes, grands pourvoyeurs
de quolibets pour servir et amuser le dépit des
royalistes, s'établirent les Pierre l'Ermite, les
saint Bernard de cette nouvelle croisade. Leur

voix retentit dans tous les châteaux, dans toutes
les garnisons, et jusque dans les demeures obscures
des gentilshommes les plus étrangers à la cour, et
de quelques plébéiens qui voulaient fonder une
race nouvelle. On eut grand soin, pour copier les
croisades, de répéter l'envoi d'une quenouille à
tous ceux qui ne concevaient pas encore qu'il fallait tout perdre pour tout retrouver. On se porta
sur Coblentz comme sur un point d'appui, comme
sur le puissant levier qui pouvait relever le monde
ébranlé jusque dans ses fondements. Le voyage
se fit à diverses reprises avec une gaîté qui fendait
le cœur. O vanité de la prudence humaine! le
temps devait arriver bientôt où plusieurs de ceux
qui, soit par patriotisme, soit par intérêt personnel, avaient condamné ce voyage, furent forcés
d'envier l'exil, la dispersion et jusqu'à la misère
qui frappa les émigrés partis comme en triomphe.
Mais ceux-ci, dans leur aveugle confiance, dans
leur fièvre de désintéressement, dans leur fanatisme d'honneur, n'avaient-ils pas compromis
leurs pères, leurs enfants, leurs proches, leurs
amis, toute leur caste, et enfin ce Roi, cette
Reine même, qu'ils brûlaient de venger? N'é-
tait-il pas trop aisé de prévoir que la défiance
s'attacherait plus cruellement à tous leurs pas et

s'obstinerait à voir en eux des complices et des instigateurs d'une émigration qui allait s'appuyer des baïonnettes allemandes? Je ne réveille de si déchirants souvenirs que pour prouver, par ce nouvel exemple, combien il importe aux femmes, dans les grandes luttes civiles, de ne pas céder à l'effervescence qui les entoure, de se prévaloir de leur inexpérience politique pour combattre et faire tomber des conseils violents, des espérances présomptueuses, de ne céder qu'à des devoirs bien connus, bien déterminés ; ce qui leur convient c'est de rester, autant que l'honneur le permet, les anges gardiens de la famille, et de réserver pour sa défense tout ce que la tendresse leur suggère de moyens ingénieux, et tout ce que peut leur inspirer l'amour conjugal et l'héroïsme maternel. J'aurais voulu qu'il y eût parmi les femmes, à cette redoutable époque, beaucoup de Blanches de Castille, pour détourner leurs fils ou leurs époux d'une croisade bien autrement fatale que celle du saint Roi, et qu'elles eussent été plus heureuses dans leurs conseils que sa prudente mère. Les femmes, ministres de la pitié, doivent être aussi ministres de conciliation. La nature les y invite par les grâces qu'elle leur a départies, par la douceur qu'elle a donnée à leur voix et la

délicatesse dont elle a doué leur esprit. Elles ne
manqueront pas de courage pour secourir les victimes du combat. Il importe encore plus qu'elles
aient courage, vigilance et dextérité pour interdire le champ de bataille. Les hommes se sont
réservé la guerre; eux seuls y sont propres et par
là ils ont pris l'empire de la politique et de la législation, et même l'empire domestique. Les femmes
semblent plus propres et certainement sont plus
intéressées à la paix; mais étrangères au gouvernement et loin du théâtre de la guerre, elles ne peuvent exercer sur la paix extérieure qu'une influence
indirecte, occulte, presque insensible. Quant
aux dissensions intestines, aux guerres civiles,
il leur est beaucoup plus facile et beaucoup plus
prescrit d'user de l'ascendant qu'elles exercent sur
tous ceux dont elles sont aimées et honorées. Que
de moyens n'ont-elles pas pour amortir des passions furieuses, y fournir des diversions, faire
prévoir les malheurs qui en seront la suite et qui
se peignent plus fortement à leur imagination
craintive, à leur cœur qui aura tant à souffrir!
c'est à elles de tonner contre les crimes, de parler
un langage véhément, inspiré, prophétique,
d'être enfin les druidesses de la paix. En remplis-
sant un tel emploi, elles seraient plus justement,

plus saintement honorées que leurs aïeules ne le
furent des Germains et des Gaulois, lorsque, pour
attirer la faveur des dieux, elles promenaient un
couteau sanglant sur la gorge des captifs, ou
qu'elles montaient sur les chariots de la guerre
pour menacer ou frapper de leurs faux leurs
maris, leurs enfants, dès qu'ils prenaient la
fuite.

CHAPITRE XXVI.

La Terreur, l'époque la plus horrible de nos annales, est
celle de la plus grande gloire qu'aient méritée les femmes.
— Le courage s'est surtout réfugié dans leur cœur. —
Les exemples qu'on en cite ici donneraient trop d'étendue
à un sommaire.

DE L'HÉROÏSME DES FEMMES PENDANT LA TERREUR.

Les femmes conduites à l'échafaud en ont fait
un trône de gloire pour leur sexe. C'était une
effroyable nouveauté pour l'histoire. Les femmes,
jusque dans les peuplades cannibales, ne paient
point tribut au tomawack ni au bûcher. Si le
polythéisme, dans les convulsions de sa terrible
agonie, égorgea quelques jeunes filles ou matrones
chrétiennes sur des autels qui tombaient de vé-
tusté, ou plutôt qui succombaient sous l'infamie
de leurs dieux anciens, et surtout de leurs dieux
nouveaux, ce ne fut du moins qu'à de rares in-
tervalles, et non par groupes nombreux. L'histoire de l'Église rejette sur ce point les récits
grossièrement exagérés des légendes. Les guerres

de religion, a commencer par celle des Albigeois, ont fourni des exemples de ces atrocités exercées contre les femmes ; mais c'était dans le sac des villes et non judiciairement. Peu de femmes furent égorgées dans la journée de la Saint-Barthélemy. Le fanatisme politique s'est donc montré plus intolérant et plus barbare que le fanatisme religieux dans ses plus épouvantables excès. Ce qu'il poursuivait dans les femmes, c'était la pitié, une pitié active, qui parvenait à lui soustraire encore plus de victimes qu'il n'en frappait. Pour la régénération révolutionnaire, il fallait que la pitié fût éteinte. L'Assemblée constituante régnait encore et suspendait, par sa grandeur plutôt que par une autorité sévère, le cours de barbarie trop tôt commencé, lorsque la rage populaire, dirigée par des clubistes, opprobre et fléau de la philosophie qu'ils invoquaient, se porta sur les Sœurs de la charité. Ces chastes filles de saint Vincent de Paule furent flagellées publiquement ; et par qui ? par des vagabonds et des vagabondes dont leurs mains avaient plus d'une fois soigné les maladies et pansé les ulcères. En outrageant si cruellement la pudeur, on leur avait laissé la vie ; ce n'était qu'un coup d'essai, qu'un premier pas de la férocité.

Il y avait loin de là encore au massacre des
prêtres dans l'église des Carmes, à l'épouvantable
supplice de l'aimable princesse de Lamballe, qui
ne put consentir à se racheter des horreurs dont
elle voyait les apprêts, en proférant une parole
de blâme ou de mépris pour la Reine dont elle
avait possédé l'amitié. A chaque coup qui lui était
porté, les barbares croyaient frapper par anticipation la Reine, objet d'une haine aussi atroce
qu'imméritée, et réservaient à l'auguste prisonnière du Temple le spectacle de la tête sanglante
de son amie. C'est quand les membres de la princesse sont dépecés et sa tête portée en triomphe,
c'est à travers de longs ruisseaux de sang, c'est
sous une voûte de sabres, de piques et de haches,
qui ne cessent de frapper, que deux jeunes filles,
mesdemoiselles de Sombreuil et Cazotte, osent
se présenter pour sauver leur père du massacre.
La première est soumise à une épreuve telle que
Phalaris eût pu seul l'inventer : boire un verre
du sang qui vient d'être versé. Elles triomphent
toutes deux, et leur père est sauvé. L'intrépidité
humaine ne peut aller plus loin que ce sublime
effort de la piété filiale.

Tandis que le sang coule par torrents dans
Paris et dans quelques autres villes, qui osera re-

cueillir et cacher pour longtemps les innombra-
bles proscrits du 10 août, et s'associer à leur
sort? Cette hospitalité, regardée comme le privilége des mœurs antiques et patriarcales, devient
une vertu familière en France, dès que la mort
en est le prix. Mais que les femmes en reçoivent
le principal honneur! Nous pouvons lutter avec
elles de constance et de résolution, mais leur
cœur est plus tôt déterminé que le nôtre : souvent
elles ont déjà ouvert la porte hospitalière quand
leur mari délibère encore. Leur esprit est plus
vigilant et plus inventif en précautions, en expé-
dients, en piéges, qui défient l'art des inquisi-
teurs; elles savent mieux, dans une visite domi-
ciliaire, feindre la sécurité, l'indifférence, se
plaindre avec fierté de l'importunité qu'on leur
cause, démêler d'un coup d'œil, dans une troupe
de sicaires, ceux qui sont susceptibles de quelque
émotion, et s'en faire des appuis secrets. Jamais
une femme n'est plus éloquente ou plus belle que
lorsqu'elle accomplit une bonne et grande action.

Voyez madame de Staël veiller, depuis le 10 août
jusqu'aux jours de septembre, sur les illustres
vaincus du 10 août, tels que les Narbonne, les
Mathieu de Montmorency, les Jaucourt et plusieurs autres. Tout son génie, comme toute sa

fortune, est maintenant consacré au service de
l'amitié et de la pitié. A la manière dont elle fait
sonner, dans les moments les plus périlleux, son
titre d'ambassadrice, vous croiriez que son mari
représente le potentat le plus puissant de l'Europe, et le plus ami de la France. Jusque dans le
château de Copet, tout peuplé des amis qu'elle a
sauvés, elle veille encore sur ceux qui sont restés
dans le gouffre. Elle connaît des asiles qu'elle leur a
procurés, et leur envoie des guides pour leur faire
traverser la France, au milieu de la ligne continue
des comités révolutionnaires. Celle qui devait
s'élever à une hauteur de métaphysique connue
de peu d'hommes, n'étudiait plus qu'un seul art,
celui de faire, contre le crime, la plus noble et
la plus salutaire des contrebandes. Copet est devenu l'hospice commun des émigrés volontaires
ou involontaires. Ni elle, ni son père, ne s'infor-
ment des opinions en présence du malheur.

Ah! l'histoire n'est pas assez large pour consacrer tant de dévouements hospitaliers. Souvent
ils furent accomplis par des femmes de charge,
par des fruitières, qui renonçaient tout à coup
et pour longtemps à la sécurité que leur pauvreté
leur donnait, et, ce qui est plus héroïque encore,
par des mères de famille, qui enveloppaient dans

leurs dangers, et leur mari et leurs fils et leurs
filles. L'histoire, dans sa cruelle rapidité, est condamnée à des omissions ingrates de mille faits qui
jetteraient un beau jour sur le cœur humain, et
couvriraient de confusion ses détracteurs. Oh!
quel concert s'établissait entre une mère et ses
filles, lorsqu'elles prenaient ensemble la tutelle
d'un proscrit, qui souvent leur était presque inconnu la veille! Que de consolations habiles ajou-
tées à leurs soins courageux, par une conversation pleine d'intérêt et de charme, par les accords
de leur harpe et les sons de leurs voix mélodieuses,
par des lectures attachantes qui souvent leur servaient de texte pour ranimer le courage et les
espérances du proscrit!

Lorsque après le 9 thermidor nous nous sommes
revus, tout étonnés de survivre, il semblait que
nous eussions tous à raconter une même histoire
de notre salut. C'était un chœur de bénédictions
pour les femmes. L'amour en avait inspiré plusieurs, et l'on sait de quel héroïsme cette passion
est capable; mais le plus grand nombre avait obéi
aux sentiments de famille ou aux élans d'une pitié
subite et sublime. Jusque dans l'héroïsme, la pudeur gardait ses droits.

Ce fut une femme, madame Rolland, qui, après

les journées de septembre, se plaça, en quelque
sorte, sous les roues du char ensanglanté de la
révolution, pour en arrêter l'exécrable course,
et qui réussit au moins à la modérer, à la suspen-
dre pendant huit mois, sauf la grande et cruelle
immolation du 21 janvier. Elle était l'âme, non-
seulement de son mari, ministre alors et collègue
du terrible Danton, mais de tout le parti de la
Gironde, si fécond en orateurs brillants ou ingénieux, et en hommes d'État inexpérimentés et
présomptueux. Elle ne le cédait qu'à Vergniaud
en éloquence; et qui sait jusqu'où l'aurait élevée
la tribune, s'il lui avait été permis d'y monter?
Une seule fois elle parut à la barre de la Convention, et en accusée; chacune de ses paroles, dans
l'interrogatoire qu'on lui fit subir, était une flèche
lancée contre des tyrans de la Montagne : Danton,
Robespierre et Marat semblaient subir le supplice
de la question. Ils se sentaient perdus, si cette
journée triomphante avait eu un lendemain. Le
talent aussi bien que les grâces et la beauté ne
semblaient que des qualités secondaires dans madame Rolland, tant son caractère dominait tout.
C'était une Romaine, mais une Romaine élève
du Portique, que Caton eût consultée, et qui eût
défié l'ambition et la fortune de César, aussi bien

que les crimes de Clodius et de Catilina. A cette
époque où l'on ne parlait que d'énergie, on voyait
beaucoup de caractères sombres, violents, les uns
fanatiques, les autres odieusement calculateurs;
d'un autre côté, on voyait beaucoup de caractères
plus honorables, fidèles à leurs principes, et mar-
chandant peu leur vie quand le devoir ou l'honneur parlait. Mais un grand caractère, c'est-à-dire
une volonté forte et permanente, était un phé-
nomène. Il semblait que le XVIIIᵉ siècle eût épuisé
ce qui lui restait de vigueur pour former l'âme
de madame Rolland. Ses Mémoires, écrits sous
les guichets de la Conciergerie, et dans lesquels
on ne peut trop admirer la pureté, la fraîcheur
de ses souvenirs de jeunesse et les libres explosions
de sa haine contre les bourreaux de ses amis, sa
défense devant le tribunal révolutionnaire, aussi
altière, aussi éloquente que sa défense devant la
Convention, sa sérénité, je dirai presque sa gaité
stoïque en marchant à l'échafaud, semblent au-
dessus des forces, non-seulement de son sexe,
mais de l'humanité.

Il y eut en France deux Romaines, tandis que
nous ne comptions pas un Romain parmi ceux
qui prenaient ce titre et qui étaient dignes seulement de figurer parmi ces sicaires que Cicéron

appelait *la lie de Romulus*. Cette seconde Romaine, c'est Charlotte Corday. Sans doute, la
plume du moraliste et de l'historien doit s'arrêter
avec effroi devant son magnanime attentat; mais
pouvait-elle voir un homme dans cet atroce et
ignoble décimateur de l'espèce humaine qui n'écri-
vait pas une ligne et n'ouvrait pas la bouche sans
demander la tête de 500,000 Français? Trop remplie de l'idée qu'il ne pouvait exister en France
et sur le globe qu'un seul monstre de cette espèce,
elle croit, en le frappant, délivrer sa patrie.
Mais elle ne veut le frapper qu'en se dévouant au
supplice. Ce n'est pas l'action, c'est la fuite qui lui
ferait horreur. C'est ainsi qu'elle renonce à une
vie paisible, aux soins domestiques qu'elle remplit
avec un cœur si pur, aux hommages enivrants
que lui promettent sa jeunesse, sa rare beauté et
sa parole éloquente. C'est la seule victime que
j'aie voulu voir conduire au supplice, et c'est là
que j'ai jamais le mieux reçu l'impression du sublime. Tout cet appareil d'ignominie dont on
avait voulu la couvrir prêtait un nouveau lustre
à ses charmes et à sa grande action. Jamais de plus
baux yeux ne s'élevèrent au ciel ni avec une expression plus divine. Le signe du parricide, la
chemise rouge, ajoutait une pourpre éclatante à ses

couleurs virginales. La malédiction s'arrêtait dans
la bouche des plus vils, des plus fervents adorateurs du dieu de sang qui allait infecter le Panthéon. Du haut de cette charrette, qui était devenue pour elle un char de triomphe, elle jetait ses
regards sur la foule comme une reine qui jouit
en son cœur d'avoir délivré son peuple.

Eh bien, Charlotte Corday, par son aveugle
dévouement, n'a fait que précipiter et multiplier
à l'infini les coups du terrible tranchant. Chacun
des tyrans du jour voit une Charlotte Corday dans
toute femme, dans toute jeune fille qui doit à son
éducation, à son rang, des principes d'honneur,
d'humanité, de religion. Aucun acte politique
ne peut leur être reproché. Elles sont suspectes
de pitié, suspectes d'amour pour leurs parents,
pour leurs frères. Elles peuplent les prisons de
suspects. En y entrant, elles font luire comme
un rayon du jour dans les fatales demeures qui
seront bientôt autant de vestibules de la mort.

Ce n'est pas seulement leur malheur, c'est leur
sérénité courageuse qui ajoute à leurs charmes.
Chacun porte plus légèrement le poids de ses
souffrances, de ses alarmes, de ses terreurs. Il y
aurait de l'abjection à se montrer pusillanime,
lorsqu'on les voit sourire; la vieille France revit

sous de jeunes attraits et ose encore reproduire
dans les prisons sa politesse, sa galanterie, j'ai
presque dit son enjouement. Plusieurs, avec une
persuasion touchante, y sèment la parole de Dieu
et font lire l'Évangile à des philosophes qui ne
peuvent plus prendre goût aux gaîtés incrédules.
D'un autre côté, l'amour dans une prison prend des
teintes plus profondes. Le plus souvent on l'écarte
pour ne plus se préparer des regrets trop déchirants, ou pour ne pas mêler le repentir et des
reproches mérités aux malheurs trop réels d'une
telle vie, aux malheurs qui s'annoncent plus terribles. Avec quel saint respect n'y voit-on pas
l'héroïne de la piété filiale, mademoiselle de Sombreuil? Chaque femme s'en approche pour se
teindre de sa vertu, de son héroïque courage.
Comme on jouit du charme pur de ses regards et
de sa conversation, tantôt naïve et tantôt éloquente! Pourquoi l'a-t-on enfermée? Ah! le
voici : c'est pour frapper plus sûrement son père
qu'elle a sauvé au 2 septembre; car les décemvirs
n'ont point ratifié la clémence de ces juges de
sang, et déjà le tribunal révolutionnaire s'est hâté
d'immoler le père octogénaire d'Élisabeth Cazotte, vieillard si agréablement enjoué et dont la
raison s'était affaiblie. Ah! ces juges-ci sont trop

aguerris pour céder à l'intervention de la beauté,
à l'héroïsme de l'amour filial. La jeune et charmante madame de Custine n'a pu que les tenir
quelque temps en balance, en s'établissant en
quelque sorte le défenseur officieux du général,
son beau-père. Prisonnière maintenant, elle ne
pourra servir d'égide à son jeune et digne époux.

En voyant dans une prison les jeunes filles de
Verdun, leurs grâces naïves, leur sécurité, leurs
doux jeux, chacun croit respirer encore la fraîcheur du printemps. Quel est leur crime, en
effet? c'est d'avoir dansé dans un bal donné par
les Prussiens. Personne ne peut le croire sérieux.
Quel jour d'horreur que celui où l'on apprend
qu'elles n'ont pu trouver grâce devant les tigres
du tribunal, et qu'ils n'ont pas été fléchis en les
voyant s'occuper, non de leur propre défense,
mais de celle de leurs compagnes, de leurs sœurs,
et prendre pour elles seules le crime d'avoir
dansé!

Les jours néfastes se succèdent et ne forment
plus qu'une nuit sombre, qu'une nuit de dix mois
qui n'est plus éclairée que par la couleur du sang.
Une reine de France longtemps adorée, et parvenue à peine à l'âge mûr, dont les malheurs devaient surpasser ceux de la vieillesse d'Hécube,

a vainement surpris , pour quelques minutes , l'intérêt des mégères mêmes du tribunal, par la réponse aussi noble que pathétique qu'elle a faite à la plus atroce et la plus cynique accusation : *J'en appelle aux mères qui m'entendent!* Elle est conduite à l'échafaud avec de nouvelles et vaines recherches d'ignominie. Mais il reste encore un plus grand crime à commettre, le martyre de madame Élisabeth, la sainte du XVIIIe siècle. Robespierre a reculé, pour la première et dernière fois, devant un tel attentat. Il voudrait, et, malgré sa toute-puissance, il n'ose et ne peut la sauver. L'empire est à qui montrera la férocité la plus aguerrie. La princesse ne peut désavouer, devant le tribunal révolutionnaire, le crime qui lui était reproché, celui d'avoir envoyé ses diamants à son frère le comte d'Artois, tombé dans les détresses de l'émigration. Elle fut conduite à l'échafaud avec une élite de nobles victimes , d'opinions fort diverses, qui toutes semblaient fières et consolées de lui servir d'escorte, ne voyaient plus que ce grand crime, et croyaient, sous sa protection , marcher vers le ciel. Madame Élisabeth avait voulu se dévouer pour la Reine, lorsque, dans l'invasion ignoble et furieuse du palais des Tuileries, elle s'est gardée de dissiper l'erreur de ceux qui, la prenant pour Marie-Antoinette, semblaient disposés à l'égorger; et voilà la seule dissimulation que se soit permise cette âme sublime! Un crime, non moins odieux, avait précédé de quelques jours le supplice de madame Élisabeth, c'était celui de Malesherbes. Madame de Rosambeau y accompagne son père. Qui ne connaît ces nobles paroles qu'elle adressa en partant à mademoiselle de Sombreuil : « Vous avez eu la gloire et le bonheur de sauver votre père, mais j'ai du moins la consolation d'accompagner le mien. »

Les mains me tombent, les forces me manquent en parcourant de la pensée cet effroyable martyrologe. Il semble que les tyrans se soient dit : « A force d'horreurs, nous tarirons les sources de la pitié. Personne n'osera lire ces pages de notre règne; on refusera de croire, on calomniera nos victimes pour se dispenser de les plaindre. On accusera tout au moins d'imprudence celles dont l'héroïsme nous a étonnés, sans faire chanceler notre glaive. »

J'avais fait vœu de leur arracher cette espérance, et voilà ce qui m'a rendu historien. Moraliste aujourd'hui, si j'ai le regret de ne pouvoir acquitter tant de tributs funèbres et de ne pou-

voir consacrer nombre de faits également beaux
et touchants qui pourraient reposer l'historien,
mais encombrer l'histoire, je m'en fais les armes
les plus nobles et les plus sûres pour terrasser
l'égoïsme, la philosophie de la sensation et la
doctrine de l'intérêt personnel bien entendu. Il
me semble que les femmes, par une telle conduite,
ont abattu plus d'une tête de l'hydre matérialiste
et percé de nouvelles flèches le Python qui s'obstine à nous entraîner dans sa fange. Voyez donc
ce que la sensation commandait ici à madame Élisabeth, à mademoiselle de Sombreuil et à toutes
leurs compagnes de gloire ou de martyre ; la sensation était supprimée chez elles comme elle l'était
chez Léonidas et ses trois cents, chez Décius et
Régulus, chez tous les héros de la patrie ; et encore
pour ceux-ci, si j'en excepte Régulus, il n'y avait
qu'une mort à subir dans tout l'enivrement du courage. Mais pour nos contemporains et contemporaines, quelle longue succession de tortures ! L'intérêt bien entendu dans le sens matérialiste, disait
à chacun : « Plie sous la force, même lorsqu'elle
est le crime. Fuis ou cache-toi ; cache du moins
tes larmes et ton indignation ; refuse et ta porte
et tes secours au malheur qui te supplie ou de
près ou de loin ; vis en paix avec la tyrannie ou

tâche d'en être oublié. Tu n'as qu'un moyen
d'échapper à l'égoïsme furieux, c'est de lui opposer un égoïsme tranquille, sournois et flatteur. »
Il y a dans le cœur et dans la conscience humaine une protestation si habituelle et si véhémente contre de si lâches maximes, que la plupart
des philosophes matérialistes les ont démenties au
moins par le fait, et ont réfuté leur doctrine par
leur conduite. Souvenez-vous de tout ce que j'ai
dit de la fin de Condorcet, des deux vers que l'indignation lui inspira, et du noble mot qui lui fut
adressé par une dame de laquelle il avait reçu la
plus courageuse hospitalité : *Vous êtes hors la
loi, mais vous n'êtes pas hors l'humanité.*

Mais l'esprit n'abandonne pas facilement des
maximes hautement professées. Saint-Lambert
était un des ennemis les plus opiniâtres de la révolution. Peu de temps après la cessation des plus
grands fléaux, il lisait devant des dames fort distinguées son déplorable catéchisme de morale,
et surtout un chapitre où il soumettait les femmes à la plus desséchante analyse. Chacune de s'é-
crier; c'était à qui lui rapporterait des faits d'un
dévouement admirable. Le philosophe semblait à
la torture. *Eh bien, mesdames,* dit-il en pinçant
ses lèvres d'une façon voltairienne, *j'ajouterai*

*à ce chapitre que les femmes se sont dévouées
quand c'était la mode!* Voilà donc à quel point
l'esprit dégradé par le sophisme peut profaner
tout ce qui remplit le cœur d'admiration et les
yeux de larmes; la mode!... Sans doute aux jours
de Dioclétien et de Galère, les vierges de Rome,
de Lyon, d'Antioche et de Carthage qui bravaient
le martyre, sacrifiaient aussi à la mode!

Le tribunal révolutionnaire vient de prononcer l'arrêt de mort d'un vieux militaire, M. de
La Vergne. On entend retentir dans l'enceinte
le cri de *vive le Roi!* Quel étonnement! quelle
épouvante! quel frisson court dans toutes les
veines! Chacun tremble d'être pris pour le coupable. Le même cri se répète, et une jeune femme
de l'aspect le plus noble se présente, se dénonce;
ses vœux sont bientôt exaucés; elle reçoit son
arrêt de mort.

Vous êtes ému, transporté, soyez-le encore
davantage. Madame de La Vergne, jeune femme
d'un vieux mari, et douée, m'a-t-on dit, d'une
beauté éclatante, après avoir signalé l'amour conjugal, n'oublie point l'amour maternel. Elle tenait dans ses bras une jeune fille de six mois
destinée à fléchir les juges les plus inflexibles. « Y
a-t-il, s'écria-t-elle, dans cet auditoire, une mère

qui veuille se charger du sort de mon enfant?
—Moi!» répond une femme du peuple. Heureusement celle-ci ne fut pas condamnée pour cet acte
de pitié; elle remplit sa promesse, et la fille de
madame de La Vergne existe et se montre digne
d'une telle mère. L'héroïne accompagne son mari
au supplice; elle pourra lui dire comme Arrie,
en se présentant la première au couteau : *Tiens,
Pœtus, il ne fait pas de mal.* Quelques jours
après, la sœur du libraire Gastey pousse le même
cri, après avoir entendu la condamnation de son
frère, et meurt avec lui tranquille et fière.

Si je fuis les murs sanglants de Paris, je me
trouve arrêté par de plus grandes horreurs, par
de plus effroyables supplices sous les murs de
l'héroïque Lyon et de Toulon. Quoi! des femmes
ont été posées en but avec leurs pères, leurs fils,
leurs frères, leurs époux, aux décharges de l'artil-
lerie! La mitraille a déchiré leurs flancs de mère!
Blessées ou mutilées par une première, par une
seconde décharge, elles ne sont arrivées à la mort
que de blessure en blessure, et qu'au milieu des
cris de leurs enfants, et pendant ces épouvantables exécutions, d'autres femmes cachaient dans
leurs maisons ou guidaient, à travers champs,
sous la faux de paysans inhumains, deux ou trois

mille proscrits, reste de ces glorieux et infortunés combattants. Et une si barbare invention peut encore être surpassée sur les rives de la Loire !

Invention, ai-je dit : non, l'idée première en était empruntée au bateau du parricide Néron. Mais quels effroyables accessoires ! et que le tyran de Rome est vaincu en cruauté ! Voici sans doute ce qui avait stimulé la férocité du proconsul. Vingt-neuf femmes ou nobles ou religieuses avaient été exécutées sur la place publique de Nantes. A leur tête marchait un ange de beauté et de bonté, madame la comtesse de La Rochefoucauld. Pendant la longue durée du supplice (car le bourreau lui-même frémissait et semblait ne pouvoir plus continuer sa tâche), les saintes victimes entonnèrent une hymne à la Vierge, et celles qui restaient chantaient encore pendant que le martyre des autres se consommait. On peut croire que c'est le récit de plusieurs scènes semblables qui a inspiré à l'auteur des *Templiers* ce mot devenu un proverbe sublime de notre langue : *Les chants avaient cessé*. La multitude avait été trop vivement émue de ce spectacle pour qu'on pût le lui offrir encore. Des filles, des veuves des héros nobles ou paysans, et parmi elles des sœurs de la charité, sont lentement balancées sur les flots avec de longs éclats de rire, jusqu'à ce que s'ouvre la perfide soupape. On les a liées deux à deux, mais non avec des personnes de leur sexe ; et cette union forcée, impudique, on l'appelle *mariage républicain*. La soupape s'ouvre et le gouffre les reçoit.

Eh bien, la perspective d'un tel supplice n'arrête pas de nobles fermières qui reçoivent dans leurs maisons, cachent pendant six mois, un an, dans leurs étables, ou dans le creux des chênes, les admirables compagnes et maintenant les veuves des chevaliers vendéens. Parmi elles se trouvent mesdames de Lescure et de Bonchamp, à qui nous devons les Mémoires les plus intéressants de notre âge et peut-être de notre langue. Elles avaient suivi leurs époux dans ces courses guerrières, dans cette longue série de victoires brillantes et stériles, suivies de l'épouvantable désastre du Mans. Elles partagent avec ces généreux chevaliers la gloire d'avoir soustrait vingt ou trente mille soldats républicains prisonniers à des représailles qu'une guerre civile de cette nature devait faire craindre.

Cependant l'horreur des tyrans pour les femmes ne cessait de s'accroître : ils étaient des mau-

dits qui frissonnaient à l'aspect de ces anges mortels. Dans chacun de leurs regards ils croyaient
lire le mépris altier de madame Rolland. Si le cri
de *vive le Roi!* avait deux fois retenti sous les
voûtes du tribunal révolutionnaire, ne pouvait-il
pas être proféré à leur chevet par une femme armée d'un poignard? Une jeune fille, Sophie Re-
naud, que l'indignation dévore, a cédé à la fatale envie de regarder Robespierre en face et de
jouir un moment de sa terreur. Arrêtée sur le
seuil de sa porte, elle est livrée à la vengeance
du tyran qu'elle n'a pas même vu. Quelle vengeance! « Les femmes, s'est dit Robespierre,
sont arrivées à un mépris de la mort qui les rend
maîtresses de nos jours. Il faut multiplier leur
supplice par celui de tout ce qui leur est cher,
de toute leur famille. C'est les frapper vingt fois
au cœur. » Tous les parents de la jeune fille sont
arrêtés et condamnés. Il y manque ses deux jeunes
frères qui combattent sur la frontière. On les
arrache de l'armée, et c'est le bourreau qui les
punit du crime d'avoir une sœur.

Les ordonnateurs en chef de ces massacres ne se
voyaient plus guère entre eux sans se dire : c'est
une femme qui renversera notre ouvrage en vain
cimenté par le sang. Aussi se hâtaient-ils d'en-

voyer à la mort ceux même des hommes de la
Montagne, ceux de leurs complices qui avaient
pu s'attendrir aux pleurs d'une femme, ceux sur
qui la beauté exerçait un subit empire, et qu'elle
pouvait faire chanceler dans leur foi révolutionnaire, c'est-à-dire dans le crime. Leurs pressen-
timents étaient justes. Une femme en effet fut
l'inspiration du 9 thermidor : une femme résolut
le problème si difficile de faire cesser une tyrannie
à cent mille têtes par la chute de quelques-uns
des tyrans.

La mort nous a ravi depuis peu cette belle princesse de Chimay, qui porta auparavant le nom
de madame Tallien, que notre reconnaissance a
consacré. Elle n'est plus; un silence ingrat a
régné et pèse encore, comme la plus froide pierre,
sur la tombe d'une femme qui fut adorée d'un
peuple entier, ressuscité par elle. Est-ce notre
futilité oublieuse, est-ce un rigorisme ombrageux
qu'il faut accuser de ce silence? Certes ce rigorisme
serait armé de tout ce que le chêne et l'airain ont
de plus dur, s'il pouvait faire oublier l'immensité
du bienfait, la constance, l'art prodigieux et le
courage avec lesquels une femme fit de la chute
d'un tyran la chute d'une tyrannie encore repré-
sentée par tous ses fondateurs, moins trois hom-

mes, et par cinq cent mille formidables suppôts.
Tout lui appartient dans les six mois qui virent
se prolonger et renaître presque chaque jour le
combat contre l'hydre révolutionnaire. Une bonté
et un discernement également admirables ont remplacé ici la force d'Hercule. Ah! si des faiblesses
ont pu se mêler ou survivre à ces jours de gloire,
le ciel sans doute aura été miséricordieux; elle
n'aura manqué ni d'escorte ni d'intercesseurs
auprès du trône céleste. Vous lui en aurez servi,
jeunes filles qui maintenant êtes entrées dans le
chœur des anges, vous qu'elle arracha au sort
des vierges de Verdun et de madame Élisabeth.
Vous lui en aurez servi, vous-même, Élisabeth,
et vous aurez dit : « C'est elle qui sauva la fille
de Louis XVI, à l'âge où l'échafaud de son père,
de sa mère, et le mien, allaient la réclamer. »

Est-ce que la bonté, dans son activité la plus
secourable, la plus intrépide, n'est pas la voie la
plus assurée pour arriver peut-être par divers degrés, peut-être encore par de nouvelles épreuves,
jusqu'à Dieu, qui a de grands desseins sur la société humaine, puisqu'il nous commande sa con-
servation, et que de siècle en siècle il nous fait
voir et seconde sa perfectibilité? est-ce qu'elle
n'est pas une communication anticipée avec Dieu?

Madame Tallien eut la gloire de rendre à l'humanité des hommes trop enivrés du fanatisme
révolutionnaire, et leur fit oublier le sang qu'ils
avaient fait ou laissé verser, en les altérant du
plaisir de délivrer beaucoup plus de victimes qu'ils
n'en avaient pu condamner. Elle était éloquente
avec tout son esprit et son cœur de femme; elle
avait de ces mots qui entrent subitement au cœur:
sans paraître avoir un but, elle y marchait toujours. On pouvait, jusque dans ses caprices les
plus gais, reconnaître en elle une missionnaire
d'humanité. Sa coquetterie tenait de l'inspiration.
Il me semblait alors que sa beauté, la plus parfaite et la plus séduisante que mes yeux aient rencontrée, était un moyen providentiel. A l'âge où
la jeunesse s'avance vers l'âge mûr, lorsque je
revenais des camps, où je m'étais réfugié pendant
la Terreur, et qui m'affranchirent du sort d'André
Chénier et de tant d'autres amis dont j'ai secondé
la voix, j'ai écrit sous l'inspiration de madame
Tallien, j'ai combattu sous cet oriflamme qu'elle
agitait pour le salut de la France et de la société
humaine. Les dangers étaient grands encore, car
il fallait repousser l'effort furieux des faubourgs
vainqueurs au 10 août, et qui, depuis le 9 thermidor, s'étaient rendus deux fois maîtres de la Con-

vention. Elle savait à la fois exciter et retenir
notre ardeur. Jamais, à Paris, le véritable siége
du combat, ce que l'on appelle la réaction, et ce
que j'appelle la résurrection, n'eut à se reprocher
un meurtre, tandis que la vengeance, dans le
Midi, exerçait d'atroces représailles, contre lesquelles nous tonnions vainement. Manquait-elle
du courage d'action, la femme qui, la première,
ferma ce club des jacobins, trop vainement menacé par le général Lafayette lui-même, la femme
qui en emporta les clefs, en disant : *Vous voyez
que cela n'était pas difficile.*

Oh! que je la vis éloquente un jour où, dans
un petit comité, un membre de la Convention,
qui n'était pas son mari, en parlant du fils de
Louis XVI, qui languissait encore au Temple,
prononça ces horribles paroles : *Il est bien malheureux que Robespierre nous ait laissé ce crime à
commettre!* Je ne crois pas que madame de Staël
elle-même eût trouvé des accents plus énergiques
pour combattre cette pensée dont elle obtint un
désaveu qui lui parut sincère.

Du reste, le député se trompait, le comité de
salut public n'avait pas manqué d'une prévoyance
homicide : il n'existait plus du fils de Louis XVI
qu'un spectre, qu'un enfant torturé, mutilé par

les coups de son geôlier, de son bourreau, le cordonnier Simon, un enfant empoisonné par l'eau-de-vie, dont on l'avait forcé de faire son breuvage. On était alors savant dans le crime. Je me souviens d'un jour où Tallien avait parlé assez éloquemment pour faire restituer aux familles les biens des condamnés. Au sortir de la séance je m'avançai vers madame Tallien, dans les longs et sombres corridors du palais des Tuileries, où la Convention siégeait encore : *Laissez-moi respirer,* me dit-elle, *je suis ivre de gloire et de bonheur.* Il me sembla que tout s'illuminait autour d'elle, et que chacun était ébloui par les éclairs de ses regards.

Elle avait quelquefois à combattre, dans les thermidoriens, des remords bien différents de ceux qui devaient les travailler. Je fus témoin d'une convulsion presque épileptique qu'éprouva son mari à la suite d'un dîner. Il ne prononçait pas un mot qui ne parût un regret sur la carrière nouvelle où il était entré ; je distinguai ceux-ci : « Danton, en marchant à l'échafaud, a dit : J'entraîne Robespierre ; et maintenant c'est Robespierre qui m'entraîne à son tour ; le voyez-vous, comme il tord sa bouche livide ! que son sourire est affreux ! et j'entends qu'il me dit : Mes amis

ont aussi des poignards ! » Un jour elle nous lut
en petit comité la correspondance que, du fond
du cachot où elle attendait la mort, elle avait su
entretenir avec Tallien. Toute la pensée du 9 thermidor est écrite dans ces lettres ardentes.

J'ai vu les triomphes de Bonaparte, à différents
théâtres, lorsqu'il revenait de quelqu'une de ses
victoires de géant ; j'avais vu dans les mêmes lieux
les triomphes de madame Tallien, lorsqu'elle revenait de faire ouvrir les portes d'une prison, ou
qu'elle avait fait rendre un décret bienfaisant !
Ah ! quelle différence d'émotion ! Il est vrai que
les premiers hommages pouvaient paraître d'abord
s'adresser à sa beauté, à l'élégance de son costume
grec si favorable à ses charmes ; mais bientôt un
profond attendrissement remplissait toutes les
âmes. Le jeune homme disait en versant des
pleurs : « Je lui dois la liberté, le salut de toute
ma famille. » Chacun, en l'applaudissant, s'ac-
quittait d'une dette personnelle.

Après le spectacle, on se réunissait dans divers
cercles (car on soupait encore). Madame Tallien
y paraissait plus attendrie qu'enivrée du triomphe
qu'elle venait de recevoir, et se hâtait de le faire
oublier par une grâce familière. Si elle était pré-
occupée, c'était du bien qu'il y avait à faire pour

les jours suivants. Que de prières, quels récits
déchirants il lui fallait écouter dans les mêmes
soirées qui paraissaient consacrées au plaisir !
Toute grande et solennelle infortune la guettait
au passage. Parmi les conviés, on avait toujours
soin de placer des femmes qui avaient une grâce
difficile à demander. Nulle reine ne fut jamais
plus implorée, et ne se montra plus active, plus
gracieuse, plus persévérante dans le bienfait. Il
est vrai qu'elle était admirablement secondée par
plusieurs femmes qui se vouaient à la même tâche,
et parmi lesquelles je nommerai la veuve de l'aimable et infortuné général Beauharnais, depuis
l'impératrice Joséphine. Celle-ci paraissait heureuse et fière de tenir le second rang ; c'était à sa
bonté et à sa grâce qu'elle le devait. Qui de nous
se fût douté qu'elle marchait vers le plus beau
trône de l'univers ! Ah ! si ce trône de femme eût
été électif, une voix unanime l'eût alors décerné
à madame Tallien.

N'est-il pas juste que l'histoire et les lettres dé-
posent aujourd'hui une couronne civique sur la
tombe d'une femme qui, par une pitié intrépide
et de bienfaisantes séductions, contribua tant à
sauver ce qui restait de l'élite de la France ?

CHAPITRE XXVII.

Pourquoi l'influence des femmes a-t-elle diminué depuis l'ouverture du xixe siècle? — Ce qu'elles ont été sous le Consulat, sous l'Empire, sous la Restauration. — Ce qu'elles sont aujourd'hui. — Malgré les nombreux échecs qu'a subis leur influence, ont-elles quelques raisons de regretter l'un des âges précédents? — L'auteur cherche à les réconcilier avec le gouvernement représentatif. — Bienfaits qu'elles ont reçus de nos lois nouvelles, et surtout du Code civil. — Récompenses auxquelles elles pourraient être appelées dans les lettres et dans les beaux-arts. — Douce domination qu'elles exercent dans leur famille. — C'est par la conversation qu'elles pourraient régner encore, adoucir nos mœurs, leur rendre de la grâce et surtout de la bienveillance.

DE LA CONDITION ACTUELLE DES FEMMES EN FRANCE.

Depuis la Révolution, les femmes ont acquis beaucoup de gloire et perdu de leur empire, au moins de leur empire apparent. Il semble que cette contradiction nous accuse, mais le tort en est bien plus aux événements. Les femmes, depuis l'ouverture de ce siècle, se sont trouvées successivement en présence de deux systèmes peu favo-

rables à leur influence, le système de conquête
et de monarchie universelle, et ensuite le système
représentatif, qui leur donne de l'ennui, sans
leur laisser beaucoup de repos.

Je voudrais noter ici les causes du déclin qu'a
subi l'influence des femmes depuis l'ouverture de
ce siècle; il s'agit pour nous d'un danger grave,
celui de la perte de nos qualités les plus aimables
et les plus généreuses, et pour tout dire enfin, de
notre caractère français.

Parlons d'abord du gouvernement consulaire,
et distinguons-le du gouvernement impérial.

Le retour de l'ordre dut enchanter les femmes
qui ne couraient plus le risque d'être sacrifiées
au minotaure de la révolution; elles en jouissaient
encore plus pour leur époux, pour leurs fils que
pour elles-mêmes. Pour la renaissance de la religion, elles avaient précédé l'édit du dictateur. Nul
sentiment ne s'était montré plus vivace au fond
de leur cœur, c'était leur commun ralliement.
Elles reprenaient sans bruit, sans faste et sans
persécution, l'œuvre des premières chrétiennes.
Sans s'être concertées, et même sous des ban-
nières différentes, elles abordaient à ce port de
l'innocence et ce refuge du repentir. Ce n'étaient
pas des saintes, ce n'étaient pas des dévotes;

beaucoup de séductions agissaient encore sur elles.
Mais elles avaient un égal besoin de croire et de
remonter à la source la plus pure et la plus féconde de l'amour. La religion brillait de son pur
éclat, parce qu'il ne s'y mêlait pas un grain de
politique.

C'est à dater de l'époque du Consulat que se
fit la réforme la plus importante dans les mœurs,
réforme bien réelle, mais non bien complète.
La législation révolutionnaire avait remplacé, ou
plutôt consacré l'adultère par le divorce pour
incompatibilité d'humeur. Elle en avait même fait
une nécessité pour les femmes des émigrés, des
proscrits. Cette facilité du divorce était devenue
révoltante. L'état de famille allait disparaître;
les rigueurs de l'opinion précédèrent celles de la
loi. La fidélité conjugale fut plus respectée et
cessa d'être ouvertement bravée comme elle le
fut par les conventions de la mode au xviiie siècle.
Les bons ménages furent honorés et se multi-
plièrent. Le sigisbéisme français fut frappé de ridicule, ce qui était le plus sûr moyen d'amener
sa réprobation. L'art du séducteur ne fut plus
guère pratiqué que par les vétérans d'une fatuité
et d'une corruption plus ou moins élégante.
Pouvait-on se vanter beaucoup de la conquête

de trois ou quatre femmes dont la capitulation s'était peu fait attendre, auprès de ces grands capitaines qui venaient de soumettre des provinces ou des royaumes?

Lequel des deux sexes eut le plus de part à cette réforme, dont je ne veux pas pourtant exagérer l'étendue, et qui souffrit encore de flagrantes exceptions? En bonne équité, oserions-nous disputer aux femmes le mérite de cette amélioration? Par la bizarrerie tyrannique de nos conventions, ce qui est péché mortel pour les femmes est traité comme un péché véniel pour nous; disons plus, pour elles c'est un crime, et le séducteur est pardonné dès qu'il n'y porte ni trop de scélératesse ni trop d'impudence. Et cependant est-il un contrat qui devrait le plus reposer sur la réciprocité des engagements?

Bonaparte n'était que par sa gloire et les bienfaits de son consulat un héros selon le cœur des femmes. Il était rarement aimable pour elles. Tous ses talents de séduction semblaient l'abandonner quand il s'adressait à une femme, et il ne faisait guère parler que sa gloire et sa puissance. Jusqu'à son mariage avec une princesse qu'on appelait la fille des Césars, il jetait le mouchoir avec la fierté d'un sultan, ou la rudesse d'un soldat.

Sous le Consulat, les fêtes de la paix s'entre-
mêlèrent à celles de la victoire. Paix avec le con-
tinent, paix avec l'Angleterre, paix avec l'Église
et son chef, paix avec la Vendée et les bandes
de chouans qui pouvaient faire de la France ce
qu'est l'Espagne depuis tant d'années, et ce qu'elle
menace d'être encore longtemps; retour des émigrés, retour de la justice civile, et création d'une
justice uniforme, d'une administration puissante.
Jugez si l'allégresse manquait aux fêtes consu-
laires encore dépourvues de faste, mais parées
d'élégance, de jeunesse et de gloire. La plupart
des généraux les plus renommés surpassaient à
peine l'âge du premier Consul. Les femmes, par
le courage qu'elles avaient montré, entraient en
quelque sorte en rivalité de gloire avec eux. A
tant de lauriers, ces libératrices de proscrits pouvaient entremêler des couronnes civiques; mais
elles ne songeaient plus à ces belles actions; il
fallait y songer pour elles. Les lettres reprenaient
leur honneur, et le goût honteux de ses écarts
semblait s'imposer la tâche de réédifier la langue
française qui avait paru emportée dans la ruine
commune; les jeux folâtres qui n'avaient guère
trouvé accès à Versailles, entraient sans bruit et
sans licence à Malmaison, auprès de la bonne et

aimable Joséphine. On y menait une vie de château et non une vie de palais; les réunions par-
ticulières offraient une cordialité touchante. Il
n'y avait point assez de luxe pour bannir la
gaité, point assez de foule pour exclure la conversation, point assez de diamants pour éclipser
ou remplacer la grâce et la fraicheur. Comme on
avait payé un ample tribut aux alarmes, au désespoir, on ne se piquait point de cette mélancolie d'apparat qui veut usurper l'intérêt et n'est
qu'un ennui contagieux, mais on ne manquait ni
de sensibilité, ni de soins ingénieux pour les
grandes infortunes qui cherchaient la retraite. Le
malheur avait porté ses fruits pour les émigrés
et leurs compagnes. Ils ne reprenaient point, en
rentrant sur le sol de France, cette superbe qu'ils
avaient déposée sur le sol de l'étranger. Il y avait
entre eux et nous un échange de récits attachants.
Leurs yeux se mouillaient de larmes en écoutant
la terrible histoire de nos malheurs. Ils montraient une vive reconnaissance pour ceux qui
avaient osé solliciter leur retour, ou défendre
leurs parents. De notre côté, nous apprenions
avec intérêt et surprise comment des hommes et
des femmes, habitués au faste, à la mollesse,
avaient supporté les rudes conditions d'un exil

volontaire, imprévoyant, un exil de dix années.
C'était avec force d'âme que plusieurs étaient de-
venus des industriels, des artistes. Ils avaient la
bonne grâce de ne pas rougir des ressources que
leur avaient procurées des talents légers.

Oh! le bon temps que celui où la vanité som-
meille, n'est pas stimulée par mille appâts factices,
et où les hommes s'estiment suivant leur mérite
intrinsèque et sérieux! Ce bon temps ne dura
guère.

La dernière année du Consulat fut sombre et
nous précipita sous le régime impérial, où rien
ne fut plus à sa place. Ce fut le règne des méta-
tamorphoses. Pas une chrysalide qui ne voulût
prendre des ailes, et pas d'oiseau qui ne voulût
devenir aigle. Les républicains, et même les plus
fougueux amis de l'égalité révolutionnaire, montraient une complaisance inattendue pour recevoir des rubans, des titres et des dotations. Jamais
jeu ne fut joué plus sérieusement; mais il ne restait plus guère de spectateurs qui pussent s'amuser
de ce drame à la fois comique et solennel; tout le
monde était entré en scène. Et puis on ne rit
guère d'un jeu qui se joue à coups de canon. Il
pleuvait des couronnes de duc, de prince, et
même quelques couronnes royales; mais c'était

à la pointe de l'épée qu'il fallait les ramasser, à
moins qu'on ne fût de la famille impériale. L'ordre
civil y entrait pour quelque part, mais il fallait
joindre quelques talents à beaucoup de complaisance.

On avait craint un moment que Bonaparte,
par son titre d'empereur, ne dérogeât à son titre
de grand homme; il s'y maintint par des conquêtes. Les conquérants se sont réservé presque
exclusivement ce titre, parce qu'ils ont jusqu'à
présent asservi même l'histoire. Pour moi, mon
choix est fait, et j'élève de beaucoup le général et
le premier consul Bonaparte au-dessus de l'empereur Napoléon.

Le silence régnait sur la politique intérieure,
et le mutisme imposé au Corps législatif par des
sénatus-consultes ironiques, était à peu près devenu le silence universel. Mais les problèmes de
stratégie remplaçaient ceux de la tactique parlementaire ou révolutionnaire. Les femmes s'y en-
tendaient encore moins; leur était-il donné de
pénétrer dans les secrets de cette politique de
conquérant, où un seul homme portait plus de
génie, aussi peu de scrupules et bien moins de
prudence que le sénat romain? Car pour lui, il
s'agissait d'accomplir, en vingt ou trente ans,

l'entreprise qui avait coûté cinq siècles à Rome.
Que pouvaient les femmes sur une France qui se
portait toute au dehors? La victoire était encore
fidèle à sa consigne; mais l'admiration est un sentiment qui s'engourdit par l'habitude, et puis elle
est pénible au cœur à mesure que le nombre des
morts va se multipliant sur des champs de bataille
dont la mémoire la plus sûre sait assez mal le
compte. Il lui faut du lointain.

L'Empereur adjugeait les riches héritières
comme des fiefs à ses généraux et quelquefois à
ses courtisans. Beaucoup de magnificence et les
noms de leurs maris inscrits aux bulletins de la
Grande Armée, les payaient de leur docilité ou
de leur sacrifice, si leur cœur avait fait un autre
choix.

Mais voici se lever d'autres jours. Le déclin
d'une si haute fortune se fait pressentir et les
flammes sinistres de Moscou annoncent aux rois
et aux peuples, et surtout aux professeurs et aux
élèves de l'université allemande, que l'heure est
venue d'accabler à leur tour celui qui les a si
longtemps tenus dans la stupeur et l'effroi. La
France se couvre de veuves et d'orphelins, les
déserts du Nord de Français épars et captifs, et
les femmes tremblent pour ceux de leurs fils qui

vont être appelés à réparer un si grand désastre
pour s'engloutir dans un désastre nouveau. Parmi
les causes qui concoururent à la chute de Napoléon, comptez surtout le cri des mères.

Il n'y avait eu qu'une France pendant les belles
années de Bonaparte; il y en eut deux sous la
Restauration. Il y eut deux régimes en guerre,
celui du système représentatif, qui voulait s'établir plus sérieusement qu'il n'avait été accordé
peut-être, et celui d'une cour qui ne concevait
une monarchie qu'avec les habitudes de Versailles.
En vain Louis XVIII, dans sa prudence et son fin
discernement, voulait concilier les vieux courtisans de son exil, parés de leurs malheurs, avec les
maréchaux et les généraux de l'Empire, parés de
leurs victoires et de leurs blessures, ce qui avait
réussi sous l'absolu Napoléon se présentait assez
mal sous un roi constitutionnel, et encore
Louis XVIII était moins maître de sa cour que
son frère le comte d'Artois. Par malheur les
femmes entrèrent dans ce débat; les duchesses de
la vieille cour s'accordèrent mal avec les duchesses
de l'Empire, et l'étiquette fournit abondamment
des sujets de guerre aux vanités féminines. Le
bruit de ces rivalités parvint à l'île d'Elbe, et
Napoléon se dit : *L'armée et la France sont encore*

a moi. C'est ainsi que madame de Staël explique la catastrophe des Cent jours. Je serais tenté de douter de l'importance de cette cause ; mais madame de Staël connaissait mieux que moi son sexe.

Je me garderai bien d'arrêter vos regards sur une seconde invasion plus déplorable et plus onéreuse que la première, sur les vengeances et même les massacres qui suivirent une amnistie boiteuse. J'aime mieux vous parler d'une nouvelle héroïne, et de l'amour conjugal de madame de Lavalette. La voyez-vous qui s'offre seule aux regards du geôlier stupéfait, au lieu de son mari qui, le lendemain, devait être conduit au supplice, et qui a pu franchir le seuil de la prison sous les habits de sa femme! L'histoire, chez nous, a réalisé, a surpassé les inventions du roman ou du drame. Il faut des femmes, il faut les belles inspirations de leur âme, leur vigilance sur tous les détails qui peuvent produire une illusion; il faut le respect que dans la douleur elles commandent aux cœurs les plus endurcis pour le succès de ces magnanimes artifices. L'émotion que produisent ce bienfait et le dévouement de deux Anglais qui achevèrent le salut de M. de Lavalette déconcertèrent l'esprit de vengeance. On ne frappe plus quand on pleure.

Mais la querelle des Cent jours était plus irritée
que calmée par le genre de répression qui lui
avait été opposé. Heureusement le système représentatif offrit aux passions un nouveau champ de
bataille moins funeste que Waterloo. Dès qu'il
est régularisé, appuyé sur des bases solides, et
qu'il est entré dans les mœurs d'une nation, les
passions s'y rendent avec toutes leurs menaces,
et finissent le plus souvent par s'y écouler, non
sans bruit, mais sans violence. Représentez-vous
tout ce que deux invasions faites chacune par
un million d'hommes, ce qu'une rançon énorme,
insupportable à l'orgueil de ceux qui en avaient
imposé à toutes les capitales de l'Europe, enfin
tout ce que des vengeances récentes exercées sur
quelques illustres victimes, sur des noms glorieux, tout ce que les massacres de Nîmes, qui
semblaient essayer de loin le tocsin de la Saint-
Barthélemy, devaient ajouter de fiel à des haines
qu'un demi-siècle était loin d'avoir assoupies,
et qui n'avaient paru sommeiller quelque temps,
que parce que Bonaparte leur imposait silence
la foudre à la main. Représentez-vous deux
Frances qui n'avaient presque cessé de se me-
surer par les armes; tantôt sur les bords de la
Moselle, du Rhin et du Necker; tantôt, et avec

plus de furie, sur les rives de la Vendée, de la
Loire et dans les landes de la Bretagne; voyez
encore notre sol coupé en tout sens par deux
genres de propriétés et de propriétaires ennemis;
la lutte ardente de la religion et de la philosophie
du XVIIIe siècle, sans compter les vieilles haines
des protestants et des catholiques, vous n'aurez
plus dans l'esprit que des guerres civiles qui s'en-
gendrent les unes les autres, et vous ne croirez
plus voir qu'un chaos aussi terrible, aussi per-
manent que celui de l'anarchie féodale. Le système représentatif, malgré les orages de la tribune et les déchaînements de la presse, a plus fait
que Louis XIV, aidé de Richelieu, n'aurait pu
faire dans une telle crise. Louis XVIII et ses ministres surent trouver leur point d'appui dans
cette barrière; l'esprit des clubs et celui de Coblentz y trouvèrent une digue. Je sais que le
système représentatif ne sonne point agréablement aux oreilles des dames. Les plus sensées, les
plus modestes lui reprochent d'être passablement
ennuyeux dans son calme, et fort alarmant dans
ses agitations. Elles lui reprochent aussi de les
exclure de la scène, d'ôter tout charme, tout
piquant à la conversation, toute fleur à la galanterie; enfin elles pourraient se plaindre tout bas

que l'esprit positif et contentieux qui en est la
suite, ôte beaucoup d'illusions à l'amour. Pourtant, sans l'aimer, plusieurs y tiennent en faveur
de ses résultats et de l'éclat qu'il donne ou peut
donner à leurs époux, à leurs enfants. Elles y
tiennent encore par la crainte de commotions plus
vives; celles qui ont été nourries dans des idées de
liberté, et c'est le plus grand nombre, se trouveraient fort mal à l'aise sous un gouvernement
absolu; elles savent, d'un autre côté, qu'un
gouvernement populaire les rendrait à toute l'horreur de leur sort sous la Terreur.

Il n'en est pas ainsi des dames qui ont été élevées dans des principes contraires. Le système
représentatif ne diffère presque en rien pour elles
de la Révolution. Il leur en paraît l'enfant triste,
hargneux et sombre, et qui menace toujours de
recourir à sa mère; il leur paraît encore irréli-
gieux, athée, comme petit-fils de la philosophie
du XVIIIe siècle. Tout leur semble beau dans le
passé; elles le parent des couleurs les plus poétiques. Elles en ont si bien arrangé le roman
qu'elles en ont oublié l'histoire; on croirait, à
les entendre, que la cour, sous Louis XV, était
peuplée d'Amadis, ou tout au moins de Bayards.

Les dames, sous la Restauration (je parle de

celles qu'elle avait ramenées triomphantes), n'ont joué qu'un rôle assez obscur et fort peu historique. Leur influence a été presque toujours subordonnée et fort inférieure à celle des jésuites. Elles se piquent d'être fines : les jésuites sont encore plus fins et surtout savent mieux sanctifier leurs intrigues. Mais il ne faut pas qu'aucune prévention de parti les prive d'éloges qui leur sont dus. Leur conduite, en général, a été noble, décente, salutaire pour les bonnes mœurs. Elles ont donné une plus vive impulsion à la charité chrétienne, et se sont montrées dignes auxiliaires de madame la duchesse d'Angoulême, en qui l'on a cru voir une seconde madame Élisabeth, avec un peu plus de sévérité dans les manières et dans le langage. C'est par l'économie et les soins vigilants du domaine champêtre, qu'elles avaient, sous l'Empire, restauré la fortune de leurs familles.

Dès qu'il s'agit d'économie, le premier éloge est toujours dû aux femmes. Après avoir connu les bienfaits de l'esprit d'ordre, elles se sont bien gardées d'y renoncer, soit dans une meilleure, soit dans une plus humble fortune. Les plus jeunes surtout ont pris un grand soin de cultiver leur esprit et n'en ont que modestement fait sentir les

avantages. L'étude qu'elles ont faite des beaux-
arts et des lettres, en occupant leurs loisirs, les
a plutôt soustraites qu'exposées aux séductions.
Quelques-unes, dit-on, y ont succombé, mais les
éclats ont été rares et peu retentissants.

Avec tant de qualités, il semble que ces dames
auraient dû être les anges gardiens de la Restauration; il n'en a pas été ainsi. Je suis loin de dire
qu'elles en aient amené la chute, mais elles ne l'ont
pas sauvée. L'esprit de parti est plus vivace chez
les femmes que chez les hommes; elles y font
entrer quelque chose de leur sentiment religieux;
ce qui fait qu'elles gardent religieusement leurs
préventions les plus injustes. Je crois à leur fidélité en amour, au moins comparée à la nôtre;
mais il est certain qu'elles en ont moins que de
fidélité à leur parti. Sur ce point leurs idées sont
toutes faites, vingt Montesquieu de suite ne les
changeraient pas. Cependant la religion ne peut
que s'altérer dans leur cœur par les rivalités et
les haines dont se nourrit la politique dans ses
chagrins. Telle femme qui, dans sa charité chrétienne, a horreur de la médisance, prête une
oreille assez indulgente à une accusation cruelle
qui *sert la bonne cause* et qu'elle croit vraie, lors
même qu'elle n'est nullement vraisemblable. Sur-

tout elles se plaisent à manier l'arme du ridicule; mais la pointe en est émoussée, ébréchée, depuis nos violentes agitations.

Les dames ont fait, des deux quartiers brillants ou somptueux de Paris, Rome et Carthage. Heureusement, dans cette guerre punique, il s'agit surtout de la prééminence des manières, du luxe, du bon ton et de l'élégance des modes. De temps en temps un mariage de la noblesse et de l'opulence adoucit les débats, mais ce n'est encore qu'une trêve. Ces mariages, en se répétant, amèneront peut-être la paix. D'ailleurs, les hommes émigrent avec moins de scrupule du faubourg Saint-Germain pour les fêtes magnifiques de la Chaussée-d'Antin. Toutes les maisons d'un grand et merveilleux éclat sont des terres neutres où il est convenu qu'on peut se rencontrer.

La même démarcation existe dans presque toutes les villes de France et avec beaucoup plus de rigidité, à mesure que l'importance des villes diminue. Il semble que le démon de l'ennui ait suggéré cette division et qu'il ait inventé l'art de s'ennuyer noblement. Les jeunes personnes en murmurent; c'est à l'amour et à l'hymen à profiter de cette disposition. Nous ne sommes pas encore, Dieu merci, des Capulet et des Mon-

taigu, et Roméo peut, sans grand danger, soupirer pour Juliette, surtout si Roméo est un
riche héritier ou un brillant colonel.

Mais voyons si les femmes ont beaucoup à se
plaindre de leur condition actuelle. J'accorde que
la voie qui les a conduites a été longtemps funeste
pour elles, comme pour nous; ne voyons que le
résultat. C'est surtout en fait de bonheur qu'il
faut juger d'une manière relative. Rien ne se repousse plus que le mot *bonheur* et le mot *absolu*,
surtout s'il s'agit de celui des femmes. Je leur
donne le choix entre les différents âges que je
viens de rappeler et dont j'ai plutôt adouci que
chargé le tableau. J'entre dans le positif pour
repousser toutes les illusions romanesques, et je
triomphe le code civil à la main. Sont-elles encore
sacrifiées, comme elles l'étaient jusque dans les
meilleurs temps de l'ancien régime, à l'orgueil
de la famille, et réduites à une légitime qui les
relevait à peine de la pauvreté, les forçait souvent
à chercher l'abri du cloître et à prononcer des
vœux tyranniques imposés par l'ambition impla-
cable de leurs parents? L'égalité des partages n'a-
t-elle pas introduit plus de concorde, plus d'amour
dans la famille? N'est-il pas avantageux aux mères
d'être armées par la loi même contre de secrètes

préférences de leur cœur, qui pourraient devenir pour elles un sujet d'injustice et par conséquent de remords? Ne leur est-il pas doux de pouvoir épancher sur tous leurs enfants les trésors de leur tendresse maternelle?

Si une telle loi venait de Trajan ou de Marc-Aurèle, de Saint-Louis ou de Henri IV, combien ne la bénirait-on pas! Ah! pardonnez-lui son origine, puisqu'elle assure à la fois votre bien-être, la paix de votre cœur, et qu'elle vous rend vos devoirs et plus faciles et plus chers. Cette loi, toute évangélique par son principe, n'est-elle pas digne d'un pays que l'on appelait, par anticipation, le paradis des femmes? Le code civil cesse-t-il de veiller sur les intérêts et les droits des femmes, comme épouses, comme veuves ou comme pupilles? Ont-elles à se plaindre de la violence ou des outrages de leurs maris? Elles ne gémissent pas sous un malheur sans appel; un recours aux tribunaux leur est ouvert; il est pénible et incertain sans doute, mais cela vaut mieux que d'être enfermée dans un donjon, abaissée à la condition d'une chambrière, ou peut-être étranglée sans bruit, comme telle duchesse et telle baronne du bon vieux temps.

Mais quoi! sont-elles exclues de la politique?
Vous voyez que cela n'a pas empêché la politique
dès le temps de l'Assemblée constituante, de les
protéger avec assez d'amour, ou du moins d'équité
Elles en sont exclues! Mais qui peut empêcher ou
borner leur influence indirecte? A coup sûr elles
n'en exerçaient pas d'autre dans les temps les
plus vantés de leur domination. On a pu voir
dans les tableaux précédents que cette influence
n'avait pas été fort heureuse sous Isabeau de Bavière, ni sous Catherine de Médicis, ni sous la
Ligue, ni sous la seconde Médicis et Henriette
d'Entragues, ni sous la Fronde, ni sous madame
de Pompadour, ni sous madame Du Barry. Ne
peuvent-elles l'exercer que par des intrigues de
cour, ou par les éclats de leur galanterie, et par
la prostitution même? Non, certes, les femmes
ne regrettent pas des époques où l'honneur français, aussi bien que le leur, fut en souffrance.

Que si la politique, l'ennui qu'elle traîne trop
souvent à sa suite et qui fait place à de subits
orages, épouvantent encore les femmes; que si
elles craignent, par une délicatesse qui doit être
plus ombrageuse que la nôtre, les sarcasmes injurieux ou diffamants de l'esprit de parti, elles
peuvent avec beaucoup moins de périls ranimer

cet amour des lettres que la politique jalouse attiédit et quelquefois dédaigne. Le goût implore aujourd'hui ses protectrices naturelles. En se dévouant à sa cause elles serviront celle même des mœurs. Elles repoliront le caractère national qui prend un peu trop d'aspérité.

Pourquoi se résigneraient-elles à faire un secret ou à rougir de l'instruction qu'elles ont acquise, d'un talent qu'elles cultivent, d'une noble passion pour le beau; pour ce beau qu'on ne peut ni atteindre ni sentir, si on ne le lie au beau moral? Ah! ce n'est pas nous qui les forçons à ce silence, à cette réserve qui nous glace. Les femmes n'ont point de tyrans plus insupportables que les femmes : je m'explique. Les sottes se sont arrogé l'office de censeur à perpétuité dans cette république. Il faut que tout s'abaisse sous leur niveau; malheureusement elles ont souvent pour complices de jeunes et jolies femmes à qui d'autres moyens de plaire paraissent plus faciles et plus sûrs. Tant que les femmes vivront sous une telle police, elles ne doivent pas songer à beaucoup d'influence. Si l'on me dit que c'est là un moyen d'éviter des fautes et des éclats, je répondrai que rien n'y conduit plus sûrement que l'ennui et qu'une contrainte perpétuelle.

Chose singulière, on ne s'est jamais mis plus en
garde contre les séductions que depuis qu'il n'y
a plus de séducteurs !

Que maudit soit le premier qui a pu persuader aux femmes et aux jeunes filles qu'elles nous
charmaient en imitant les grâces, les caprices et
la mobilité de l'enfance. C'est de là qu'est né le
fléau de la minauderie. Telle femme qui prend
ce travers à vingt ans, le conserve encore à
soixante. On prend au mot les femmes qui veulent,
hors d'âge, paraître enfants; plus d'un mari sait
user et abuser de cette fiction sans y croire.

Je vois venir le moment où les femmes distinguées sauront secouer le joug des petites femmes. Leur éducation littéraire marche presque
de pair avec la nôtre, et jamais elles n'ont pris
une part plus active et plus intelligente dans celle
même de leurs fils. Elles ont sur leurs maris
l'avantage de pouvoir continuer des études et des
goûts auxquels ceux-ci renoncent prématurément pour les soins de l'ambition et des affaires,
pour les travaux des sciences. Elles peuvent errer encore, mais avec discrétion, dans le domaine
de l'idéal, tandis qu'ils s'enferment dans les régions souvent obscures du positif. Prenons-y
garde, les femmes sont tout près de nous sup-

planter; il n'y a que leur occupation favorite,
la lecture des romans, qui nous sauve. Mais voici
qui est plus grave : plusieurs dames, même du
faubourg Saint-Germain, des femmes jeunes et
jolies lisent Laromiguière, Jouffroy, Reid et Du-
gald Stewart; il n'y a plus guère que Kant qui
leur fasse peur. J'ai entendu madame de Staël regretter qu'il n'y eût pas trois ou quatre fauteuils
réservés aux femmes dans l'Académie française,
et je lisais dans ses yeux que si elle eût obtenu
cet honneur, faible encore pour son génie, elle
n'eût plus envié le triomphe que sa *Corinne* obtint au Capitole. Si le ciel ne nous l'eût ravie
prématurément, doute-t-on qu'elle n'eût réussi
à faire cette importante conquête pour son sexe?
et qui de nous eût osé la contester à cette femme
éloquente, dont la parole improvisée aurait fait
le plus grand charme de nos séances publiques,
et aurait répandu un souffle inspirateur dans nos
entretiens littéraires? J'ose prédire qu'un jour, et
bientôt peut-être, ce vœu s'accomplira pour les
femmes qui honorent à la fois leur sexe et notre
littérature.

Est-ce par une prétention maussade et factice
à la rigidité des mœurs, aux scrupules des convenances, que nous repousserions les femmes

d'une enceinte que nous disons dans notre vieux langage consacrée aux Muses? Hélas! pour la plupart d'entre nous l'âge ne nous a mis que trop à l'abri des séductions involontaires qu'elles pourraient exercer, et puis elles-mêmes ne parviendraient peut-être à cet honneur qu'à l'âge où leur beauté compromettrait le moins notre repos.

Il faut d'aimables tutrices à de jeunes talents qui s'annoncent dans leur sexe, et qui souvent ont reçu pour première et pour noble inspiration le bonheur de soutenir leur famille frappée d'une subite disgrâce. Ah! voyez-les avec faveur se créer une dot, ou plutôt en ménager une pour celles de leurs jeunes sœurs qui n'oseraient ou ne pourraient user de cette difficile ressource.

Les beaux-arts offrent aux jeunes demoiselles des ressources plus faciles, plus générales, quoiqu'elles ne soient pas exemptes de dangers et quoique leur sexe y rencontre souvent les jalousies du nôtre. Des talents supérieurs ne pourraient-ils leur faire obtenir le même genre de récompense que j'indique ici pour les lettres? Je n'exclurais aucun genre d'étude, et pas même les travaux érudits et scientifiques pour lesquels elles ne peuvent avoir qu'un attrait médiocre. Ma-

dame Dacier aurait-elle paru déplacée près du
fauteuil de son époux?

Je voudrais en un mot que notre libéralité re-
connaissante envers des femmes distinguées, envers les épouses d'hommes illustres et les orphe-
lines qu'ils ont pu laisser, ne se bornât pas à
quelque bureau de poste ou de timbre, ou à
quelque modique pension sèchement contestée
ou rognée avec avarice par des législateurs éco-
nomes qui sont de pauvres économistes. Mais ce
sujet me conduirait trop loin et demanderait
un écrit particulier. Puisque j'écris ici mon testament, je lègue cette tâche à M. de Lamartine.

Ces goûts sérieux, elles les unissent souvent à
l'amour des beaux-arts, et je crois qu'ils ont besoin d'être tempérés l'un par l'autre. S'ils sont
placés sous la protection d'une religion qui vit
plus d'amour et d'espérance que de terreur, de
superstition et surtout de politique, je les vois
bien protégées contre le vide de l'esprit et du
cœur, qui conduit, soit à de grands écarts, soit
à l'humeur aigre et morose. Je fais ici, sans
qu'elles s'en doutent, le portrait de plusieurs
jeunes dames, qui mourraient de peur si on les
appelait des femmes distinguées. La société est

bien loin de connaître tous les trésors d'esprit et
de sens qu'elle renferme.

Mais la conversation veut un bon chef d'or-
chestre qui distribue les partitions avec intelligence, finesse et bonté, qui gouverne vingt esprits à la fois, note les tons faux, les rectifie ou
les dissimule. Le trône d'une maîtresse de maison
est vacant presque partout.

Il semble que toutes les femmes se soient dit :
Je suis trop jeune pour l'occuper. Cette modestie
suspecte entretient l'indolence, et l'ennui n'a
plus qu'un bruit confus pour se dissimuler. Je
ne sors guère d'un salon sans évoquer l'ombre
de madame de Sévigné. Oh ! qu'elle renaîtrait à
propos ! C'est la fraîcheur, le brillant coloris de
l'imagination, ce sont les grâces du cœur qui
perpétuent la jeunesse. Madame de Sévigné ne
vous paraît-elle pas plus jeune que sa fille, même
quand vous vous figurez celle-ci dans toute la
perfection de sa beauté?

Il n'est donné qu'aux femmes d'acquérir la
connaissance du monde, sans chagrin, sans amertume; savez-vous pourquoi? c'est qu'elles s'y sont
appliquées de bonne heure, et que telle jeune
fille avec ses yeux baissés fait ses études sur les
caractères avec une finesse de tact que je pour-

rais envier, moi qui suis tout à la fois un vieux
moraliste et un novice observateur. Comme nous
nous donnons du temps pour rêver le monde
suivant notre fantaisie et nos plus brillantes espérances, dès que nous y voyons plus clair nous
prenons de l'humeur. Autrefois les observateurs
fatigués de leurs découvertes, aussi peu réelles
souvent que leurs illusions, s'annonçaient comme
blasés ; maintenant ils se font misanthropes, non
à la manière d'Alceste, mais à celle de lord Byron.
Les femmes ont un plus grand fonds d'indulgence.
Cette vertu est une de leurs plus aimables parures. Il faut plus d'esprit pour l'exercer que
pour médire. Les défauts sautent aux yeux. Les
bonnes qualités demandent une observation plus
fine et moins vulgaire, et pour les faire ressortir
dans tout leur lustre, pour triompher de l'indifférence ou de l'humeur d'un cercle à qui toute
odeur de panégyrique monte à la tête, il faut
souvent aller jusqu'à l'éloquence. Un caractère
aimable, une pure vertu appuierait à merveille
cette charité éloquente.

Vous voyez qu'il est barbare de circonscrire
la vie d'une femme dans l'âge des amours. Je suis
loin de leur souhaiter, je le répète, un empire
direct, une coopération saint - simonienne au

mouvement politique, car ce serait aux dépens
de leur bonheur, de leurs plus doux penchants,
de leurs devoirs les plus saints, du vœu de la
nature, et pour nous ce serait aux dépens de
l'honneur, de l'énergie de notre caractère, aux
dépens des plus douces illusions qui charment
notre vie. Les bons saint-simoniens n'ont pas
compris qu'émanciper les femmes de la manière
qu'ils le proposent, c'était nous émanciper de
l'amour, c'est-à-dire nous condamner à la plus af-
freuse stérilité du cœur. Elles succomberaient
bientôt dans une rivalité où la force reprendrait
ses droits barbares. Ce que je souhaite, et pour
elles et pour nous, c'est que leur influence pé-
nètre plus doucement nos mœurs, rende plus de
délicatesse et de pureté à notre goût, un plus
aimable coloris à notre imagination, qu'elle at-
ténue nos aigres préventions, amortisse nos passions haineuses. Je voudrais aussi pour elles que
cette influence appartînt à la vertu, à l'esprit, au
génie, aux grâces, autant qu'à la jeunesse et à la
beauté, dont le succès est assuré sous tous les
régimes, mais dont le pouvoir est éphémère, capricieux, et peut se ressentir du trouble de la
passion. Ce dont il faudrait surtout corriger les
hommes, c'est d'honorer froidement les femmes

qu'ils n'adorent pas. Je viens de me servir par distraction du vieux mot *adorer*. Il ne figure plus guère que dans la poésie; c'est une vieillerie dans le style galant, et j'ai peu de regret qu'il soit tombé en désuétude. Quel fonds faire sur une hyperbole banale? Ce n'est pas que je croie que l'amour puisse exister sans une teinte profonde du sentiment religieux. Mais rien n'est plus froid qu'une idolâtrie aveugle, simulée, où Dieu disparaît devant son œuvre la plus aimable, où l'on ne semble jouir du bienfait qu'en oubliant le bienfaiteur. L'amour, mais surtout l'amour conjugal, est après la religion la plus divine harmonie qui règne dans l'univers. Quel triomphe pour le cœur de voir celle qu'on aime surpasser comme mère, surpasser dans son dévouement conjugal, dans l'art de plaire modestement à tous, dans la prudence de ses conseils, dans la vigilance et le profond discernement de ses bienfaits, dans ses tendres soins et de fille et de sœur et d'amie, tout ce que l'on attendait d'elle dans la première ivresse de la passion! Quelle sécurité pour toutes les épreuves nouvelles qui vous attendent, que le souvenir de celles que votre compagne vous a aidé à supporter, en vous cachant ses souffrances, et souvent en prenant pour

elle la plus lourde partie du fardeau! L'esprit
n'a plus à se débattre contre les froides et ténébreuses objections du matérialisme, quand on
a près de soi un être dont les regards, les paroles,
les vertus les réfutent.

Laissons faire les femmes, ou plutôt laissons-
les s'entendre entre elles si elles le peuvent, et il
faut convenir que c'est un secret que nous-mêmes
nous ne possédons guère. Chacune de nos crises
ministérielles en est un déplorable témoignage.
Fions-nous du moins à la sagacité de leur esprit
et aux douces inspirations de leur cœur, elles
sauront bien se passer de nos sollicitudes et de
nos projets législatifs en leur faveur, pour recouvrer une influence moins vaste, mais plus salutaire et moins périlleuse pour elles qu'elle ne le
fut autrefois; elles comprendront que leur empire
se perd dans la foule, que leur beauté y est exposée à d'injurieux parallèles, soumise à des regards froidement ou impudemment analytiques;
que leur toilette la plus fraîche y est indignement froissée, que leurs grâces, don qui en console
plusieurs d'une beauté médiocre, ne peuvent être
observées dans un flux et reflux incommode et
quelquefois profanateur; que leur esprit peut à
peine s'y faire jour au milieu d'un verbiage

étourdissant, ou d'une taciturnité anglaise. Il
leur faut un cercle rétréci où l'enjouement circule, où la raison s'apprivoise et prenne quelque
parure élégante, où la pudeur soit sûre de n'être
jamais effarouchée, où l'on fasse bonne guerre à
la mélancolie d'apparat, au ton dogmatique, aux
airs prétentieux, où le jeune auteur s'enrichisse de
mots heureux, de réflexions piquantes, de nobles
inspirations, où il trouve le témoignage le plus
flatteur d'un succès, où l'homme d'État se dé-
gage de ses soucis et l'orateur de son éloquence
parlementaire, où l'esprit de conciliation soit
secondé par une douce voix, par des regards pé-
nétrants, et par tout ce que l'horreur de l'anarchie et des passions révolutionnaires peut inspirer à des épouses, à des mères et des sœurs.

Je ne me suis point dissimulé qu'en prêchant
le retour de la bienveillance sociale, je contrariais
fort bien des préventions et des passions nouvelles que j'ai vu, avec un profond regret,
obscurcir et troubler notre système représentatif. On est fort indépendant quand on approche
de la tombe. Je joins ici des Épîtres et des Discours
en vers dans lesquels on retrouvera tous les sentiments qui m'ont inspiré dans cet ouvrage. Peut-

être me pardonnera-t-on quelques redites en
faveur de la variété des cadres. Je remplis ici
l'objet principal de ce que j'appelle mon *Testament philosophique,* c'est de payer un tribut de
reconnaissance à plusieurs de ceux qui ont guidé
et embelli ma vie.

POÉSIES.

EPÎTRE

A MA FEMME.

Belair. 1826.

Après un jour brûlant dont l'éclat azuré
A réjoui ma vigne aux dépens de mon pré,
Quand j'entends le retour de nos brebis bêlantes,
Quand nos jeunes enfants, gardiens des jeunes plantes,
Mêlant leur doux babil à tous les chants du soir,
Sur les fleurs à longs flots épanchent l'arrosoir,
Sous ce berceau de myrte où tremble la rosée,
Viens, ange de mes jours, charme de ma pensée,
Et que puissent mes vers, enfants de mon bonheur,
Aussi doux que ta voix, aussi purs que ton cœur,
Sans tout le vain fracas d'une ivresse jouée,
Embellir la raison d'une teinte enjouée.

Je te chante en des lieux divinisés par toi :
L'amour m'y rend poète, un jardin m'y fait roi.
Possesseur indolent d'un champêtre domaine,
Citadin réformé, chaque été me ramène
Vers ces bords où la Saône avec plaisir s'épand,
Et reçoit de Bacchus un souris caressant

Le courroux de la nymphe est celui d'une mère,
Son limon nourricier féconde au loin la terre :
Sans rechercher, sans craindre un hymen fastueux,
Elle approche sans bruit du Rhône impétueux,
Et, pour apprivoiser cet enfant des montagnes,
Lui porte les tributs de ses riches campagnes.

Mais pardonne, Honorine, un penser incertain,
Qui, sans être un remords, a des traits du chagrin :
Ce tendre souvenir et ce retour fidèle
Je les avais promis aux bords de la Moselle.
« Heureux, disais-je, heureux qui près de son berceau
« Vient planter sur le soir l'arbre de son tombeau,
« Et dans les faibles sons d'une brise légère
« Croit reconnaître encor les accents de sa mère ! »
Mais un jour, tu le sais, te pressant sur mon cœur,
Je t'adressai ces mots : « Ange de mon bonheur,
« Mes désirs sont les tiens, ta patrie est la mienne ;
« De ce que tu chéris rien qui ne m'appartienne ;
« Je vais, de longs chagrins dégagé par l'amour,
« Recommencer ma vie où tu reçus le jour. »

Vers le soir d'un beau jour, que j'aime à te redire
Avec un doux transport qui n'est plus un délire :
« L'Hymen n'est pas trompeur, l'Amour n'a point menti,
« Ce dieu de ses bontés ne s'est point repenti !

« Le Temps lui sert d'escorte et n'éteint pas sa flamme;

« De tes douces vertus il enrichit mon âme. »

Dans les pensers confus que je viens te conter,

Le passé, le présent courent se confronter.

Ainsi sur un ruisseau d'un cours pur et limpide

Vole du promeneur la nacelle rapide,

Et suivant de son cours les replis enchanteurs

Ou montant vers sa source il ne voit que des fleurs.

Simplesse et loyauté, c'étaient là mes symboles.

D'un amour qui jadis édifia les Gaules

Je fus toujours l'apôtre et souvent le martyr.

Mais l'âge me donna le signal de partir.

Enivré des plaisirs d'une sévère étude,

J'oubliai que la gloire a son ingratitude;

Elle obtint tous mes vœux. Plus d'amour : cet enfant

A le cœur assez bon, s'il a l'esprit méchant.

Pour me récompenser il formait Honorine,

Dessinait les contours de sa taille divine,

D'une grâce attrayante il parait sa beauté;

Il mettait en son cœur tendresse et vérité,

Et d'un esprit aimable à la raison docile

Lui-même il dirigeait la culture facile.

Par Fontanes chargé du plus doux des emplois,

Je voyais accourir la jeunesse à ma voix;

Troupe aimable, des arts pour un moment l'élève,
En attendant que Mars vint l'armer de son glaive,
Aux murs du vieux Plessis de mousse revêtu,
Me livrant aux hasards d'un esprit impromptu
Qu'aidait le sentiment et qu'ornait ma mémoire,
Je brodais les récits du père de l'histoire.
Et voilà qu'un essaim de naissantes beautés,
Sous les yeux vigilants de parents respectés,
Illuminent ces murs d'une clarté divine.
Honorine était là ; je ne vis qu'Honorine.
Pour plaire innocemment à ce cœur ingénu,
N'osant peindre l'amour, je peignais la vertu.
Sur ses traits enchanteurs j'en retrouvais l'image,
Un sentiment plus tendre animait mon langage ;
Mes tableaux sans efforts venaient se dérouler.
Je m'enivrais des pleurs que je faisais couler [1].

Mais des vieux professeurs les ombres s'indignèrent,
Leur robe s'agita, leurs rabats se plissèrent ;
Jansénius en feu sur nos bancs reparut.
Même le bon Rollin trembla pour mon salut [2].

[1] Vers imité de Racine avec une application toute différente.
[2] Certes on ne peut accuser d'un rigorisme ombrageux ni
M. de Fontanes, ni son éloquent successeur M. Royer-Collard,
ni aucun des ministres qui se sont trop rapidement succédé
dans l'instruction publique ; et cependant l'entrée des différents
cours de la Faculté des Lettres reste depuis près de trente ans

Maint jaloux frémissait : pour la paix de nos âmes,

D'un asile aussi pur on exila les femmes,

Et l'arrêt fut signé dans ces termes précis :

Défense à la beauté de paraître au Plessis.

De la foudre frappé, sur ma chaire déserte,

En proie aux longs regrets, je déplorais la perte

De ces illusions, de ces rêves charmants

Qu'éveille la beauté dans son plus doux printemps.

L'Amour qu'on outrageait sur moi veillait encore :

Il t'offrit à mes yeux au temple où Terpsichore

Reproduit dans ses jeux Télémaque ou Pâris ;

Et Mentor subjugué trembla près d'Eucharis [1].

Mais près de tes parents voilant mon front timide,

De l'austère Clio je revêtis l'égide,

interdite aux femmes. Je ne cesserai de réclamer contre cette
défense qui me paraît excessivement timorée, et qui après tout
est inique. Je demande d'abord si on a le droit de priver les
femmes d'un genre d'instruction attrayant et utile dont elles
peuvent faire usage dans l'instruction de leurs enfants, ou qui
peut seconder l'attrait qui les porte vers divers genres de litté
rature sérieuse. Pour plusieurs, cette instruction peut devenir
une ressource qu'on n'a pas le droit de leur refuser. Il faut
remarquer que cette défense n'a jamais existé pour les cours du
Collège de France qui roulent sur les mêmes objets. Fort heureusement on ne l'a pas étendue aux facultés des lettres que
l'on a établies dans des villes importantes. Ce sont des femmes
qui à Lyon ont fait le prompt et important succès de plusieurs
cours déjà célèbres, tels que ceux de MM. Quinet et François

[1] On donnait alors le joli ballet de *Télémaque*

Par les soins de l'Amour, ou plutôt de sa sœur,
Confiance, amitié germèrent dans leur cœur.
Bientôt s'ouvrit pour moi, sous de flatteurs auspices,
L'asile fortuné dont tu fais les délices,
Où la sagesse aimable et les soins complaisants
Révèlent de l'hymen tous les dons bienfaisants.
Là, te parlant de Rome et de la Grèce ancienne,
Je mûris ta raison aux dépens de la mienne.
De neuf lustres chargé, Saint-Preux sur le retour,
Je combattais l'espoir sans combattre l'amour.
Jamais on ne me vit d'une bouche perfide
Aux leçons de Rollin mêler celles d'Ovide.
Mon art auprès de toi fut de n'en point avoir
Un cœur vrai suppléait au défaut du savoir.
Rêveuse quelquefois, plus souvent attentive,
Tu te plaignais tout bas de l'heure fugitive.
Un je ne sais quel trouble attendrissait ta voix,
Et semblait précurseur du plus glorieux choix.
Et déjà tes parents, avec même indulgence,
De mes vœux confiés secondaient l'espérance.
C'est toi qu'ils consultaient. D'un fragile burin
Je n'apportais pour dot que l'espoir incertain :
Et toi tu souriais à l'aimable pensée
De ma tranquille aisance avec toi commencée.

Mais élancé du nord, un orage vengeur

Dont les feux de Moscou grossissaient la vapeur,
Dans nos murs envahis par sa noire étendue
Nous rendait la terreur par nos mains répandue.
Dans ce riant séjour promis à notre hymen
Logeait un noir essaim d'enfants du Niémen.
Mais Louis sur nos bords ramena l'espérance,
Et mon bonheur data du repos de la France.
Fêtes des premiers jours, fêtes d'un heureux mois,
A quoi bon réveiller vos fifres, vos hautbois,
Quand sur chacun des jours de ma douce carrière
Vient s'épancher le miel de la lune première?
Moi seul du temps jaloux j'ai ressenti l'affront,
Et l'éclat printanier brille encor sur ton front.
Nos enfants dont l'amour doucement t'environne,
T'apportent de bleuets une triple couronne.

Oh! quels trésors par vous je trouve en mon jardin!
Je sais que les vergers et les murs du voisin,
Me présentant trop tôt leur barrière importune,
Trahissent le secret de mon humble fortune.
Ma citerne, mon puits, ma pompe sans repos
D'une naïade absente imitent mal les flots.
Mais si le dieu des vers avec moi se promène,
Je sais l'art d'agrandir le plus étroit domaine.
Je peux, dans un obscur et maussade réduit
Où du noir forgeron le marteau me poursuit,

Créer subitement une demeure agreste
Offrez-moi deux tilleuls, *je rêverai le reste*

Ainsi lorsque en des jours de tristesse et d'effroi,
Atteint et convaincu de regrets pour mon Roi,
Reclus sans repentir, solitaire par force,
J'habitais tristement à l'hôtel de la Force,
Quelques fleurs dont mes mains tapissaient mes barreaux
Me figuraient parfois de gracieux berceaux :
Au chant de deux oiseaux captifs dans une cage
Je croyais méditer à l'ombre du bocage,
Et soignant nuit et jour mes petits prisonniers,
A quelque humanité j'instruisais mes geôliers.

Va, Plutus ne peut rien quand le cœur est aride
Je laisse ce banquier à la mine livide,
Dans un parc somptueux enfermer à grands frais
Les gazons les plus verts, les berceaux les plus frais
Que le dieu des jardins a dessinés lui-même,
Pour en faire un comptoir et rêver à Barème.

Sans les secours ingrats d'un art dispendieux,
Tout ici vient aider mes goûts capricieux,
Encelade nouveau, je jette une montagne

On sait que cet hémistiche est emprunté à Colardeau ou
plutôt à Pope

Qui de quarante pieds domine la campagne,
Et des Alpes au loin m'offrant le vaste flanc,
Peut dire avec orgueil : *mon cousin le Mont-Blanc!*
Après ce coup d'essai, je me crois un Le Nôtre :
J'unis, au nom de Flore, un hémisphère à l'autre.
Mes arbres étrangers, fiers d'un grand nom latin
Qu'estropie en jurant mon pauvre Mathurin,
Et dont le vers maudit la pesanteur baroque,
Fussent-ils descendus des bords de l'Orénoque,
Et fussent-ils parents du riche cocotier,
Admettent pour voisin l'or de l'abricotier.
J'applaudis en triomphe à leurs formes légères,
Mais sans rougir du chou qu'ont vénéré nos pères.

Ma main a renversé, dans un juste courroux,
La prison de ce mur dédaigneux et jaloux
Qui semblait reléguer dans un triste esclavage
Les pois retentissants, ce trésor du ménage :
Des débris de ce mur qui venait les braver
J'ai formé le canal qui doit les abreuver.
J'ai fait mieux: de Bacchus serviteur trop indigne,
Sur le bord des gazons j'ai promené la vigne;
La vigne, de ces lieux l'espoir et le soutien,
Et de tout Bourguignon le fécond entretien,
Qui vaut tous les trésors d'une Flore étrangère.
Puisses-tu, ma charmante et douce ménagère,

Tandis que je m'échauffe en l'honneur de Màcon,
Étendre un peu les flancs de l'avare flacon
Que réserve à ma soif ta tendresse discrète !
Hygie a de Belair planté l'humble retraite ;
Et sous tes douces lois, par des goûts studieux,
J'ai remplacé l'essor des soins ambitieux.
De la gaîté sans bruit un souffle me caresse ;
Mon facile travail a l'air de la paresse.

Dans mes vœux patients, mais fermes, résolus,
J'évoque tour-à-tour les siècles révolus.
Puis, à des chants nouveaux gaîment je m'étudie :
Il faut au sentiment un peu de mélodie.
Tu veux que j'entremêle à de graves sujets
Et de plus frais tableaux et de plus doux objets.
Va, mon âme attendrie avec tes vœux conspire :
J'entre à l'heure du soir au poétique empire.
Que craindrais-je aujourd'hui ? Dans ma jeune saison,
Quand un vague délire emportait ma raison,
Par de mâles travaux, par une étude austère
J'ai lesté prudemment ma barque trop légère.
D'ailleurs les aquilons, dans leur choc furieux,
Réprimaient rudement mes goûts capricieux.
Aux plaisirs nonchalants un vent plus frais m'engage
Je puis auprès du port alléger mon bagage,
Et voguant libre et fier sur l'abîme des flots

Mêler un chant joyeux aux cris des matelots.

Les vers du bon Hymen sont décriés sans doute ;

Le bonheur qu'on poursuit, Apollon le redoute :

Erato de soupirs veut noter tous ses chants ;

Et tes soins, et les jeux de nos jolis enfants,

Leurs caresses, que suit une douce folie,

Me ferment les trésors de la mélancolie.

Je ne veux point non plus, déplorant mon déclin,

Le peindre nébuleux, quand tout le rend serein.

Que m'importe un vain nom ? l'oiseau sous la charmille

Chante pour sa compagne et sa jeune famille :

Dès qu'il cesse d'aimer, il demeure sans voix.

Mais cesse-t-on d'aimer quand on vit sous tes lois ?

ÉPÎTRE

A MON AMI CAMPENON,

PENDANT QU'IL PRENAIT LES BAINS DE MER A TRÉPORT, 1827

———

Ami tendre et parfait, qui dans une belle âme
Vous montrez des beaux vers la douce et pure flamme !
Que de fois mon jardin retentit de ton nom !
Je redoutais pour toi l'inquiète saison,
Où le chien lumineux, dans sa brûlante rage,
Atteint le dieu du jour et le mord au passage.
Voilà Phébus qui règne [1] en tyran dans les cieux,
Et réveille en ton sang un feu séditieux.
Mais il veut réparer son aveugle furie :
A ses bains, chez Thétis, lui-même il te convie.
Ses coursiers, dételés par les nymphes des mers,
Ont déjà de leurs pieds battu les flots amers.

---

[1] On voit que dans cette pièce et dans les précédentes, je n'ai point rejeté le secours poétique de la mythologie ; je n'ai point rougi de l'exemple des grands poëtes du siècle de Louis XIV et du dix-huitième siècle. Depuis, me conformant au style de mon temps, j'en ai été beaucoup plus sobre.

Le liquide palais résonne de sa lyre
Et du luth d'Erato qui sous tes doigts soupire.
Mais bientôt, à la voix de ce dieu médecin,
Des filles de Nérée un gracieux essaim
T'environne, te presse, et leur main bienfaisante
Vient lancer contre toi la vague bondissante
Qui te fait frissonner sous un globe d'azur
Et réjouit ton sang par un sel vif et pur.
Je les vois... Mais sortons de l'empire des fables;
Laissons dormir en paix ces nymphes respectables,
Et de leurs pieds d'argent et de leurs cheveux verts
Et de leurs vieux attraits affranchissons mes vers.
N'as-tu pas, pour charmer les ennuis du voyage
Et de l'obscur Tréport enchanter le rivage,
Celle qu'un long amour unit à tes destins,
Qui, dès ses premiers ans, à de cruels chagrins
Opposa les vertus d'une âme douce et fière,
Et porte dans l'hymen le cœur de La Vallière?
N'as-tu pas pour second Auger qui nous apprit
Que la vérité seule est mère de l'esprit,
Qui traçant avec goût l'histoire du Parnasse,
Auprès de ses héros a su prendre une place.
Et fidèle à l'amour, autant qu'à l'amitié,
Vient pour toi, vient encor pour sa jeune moitié.
Près d'elle consulter, dans sa grotte sonore.
Esculape étonné de voir qu'Hébé l'implore.

Pourquoi ne puis-je, ami, prendre part à leurs soins!
Je te soulagerais, je le croirais du moins.

Une admirable amie[1] en qui je vis ma mère,
En eut aussi pour toi le touchant caractère.
Nous la vîmes braver des destins ennemis;
Rivaux de soins pieux nous devînmes amis.
Nous nous sommes trouvés au milieu de la route ;
Jusqu'à cet heureux jour, nous nous cherchions sans doute.
Tout entre nous se mêle, et plaisirs et douleurs ;
Sur les mêmes tombeaux nous répandons des pleurs.
Roger scelle entre nous la quadruple alliance
Qui des temps orageux surmonta l'inclémence.
Un même honneur nous guide en nos travaux divers;
Si je touche ton luth au milieu des hivers,
C'est pour m'unir à toi d'une autre sympathie,
Et ma maison des champs ta muse l'a bâtie.
De ton heureux ménage et de mon doux séjour
Nos lustres avancés n'ont point banni l'amour.
Près de nous qui du temps portons un peu les traces,
On cherche des Baucis, et l'on trouve les Grâces ;
Comme entre deux tilleuls qui perdent leurs couleurs,
Deux myrtes de Vénus éternisent les fleurs.
Mais j'oubliais, rempli du feu qui me possède,

[1] Madame Le Sénéchal.

Que d'un lustre complet mon âge te précède
Sans plier sous le poids de mes étés nombreux
Je marche sur le bord d'un chemin ténébreux
Où des infirmités la cruelle cascade
Avertit que la mort se tient en embuscade.
Il est vrai que d'Hygie un souffle complaisant
M'a prêté jusqu'ici son appui bienfaisant :
Bonheur trop incomplet, si tu ne le partages !
Mais l'hiver marche-t-il sans de cruels ravages ?
De novembre égayé les jours tièdes encor
Empêchent-ils Borée, en son terrible essor,
De venir, tout chargé de glaçons et de neige,
Dans mon riant jardin transporter la Norwége ?
Contre les maux prescrits au déclin de nos jours
La raison, en jouant, me fournit un secours ;
L'imagination me prête encor son prisme :
Écoute raisonner mon pieux optimisme.

Lorsque l'acier cruel, baigné dans notre sang
A d'une large plaie entr'ouvert notre flanc,
Un suc réparateur se forme, se révèle
Et vient couvrir la brèche où Dupuytren l'appelle.
Mais plus active encor dans ses secours ardents,
L'âme vient réparer les pertes de nos sens,
En modérant leur jeu prolonge leurs services,
Et despote inflexible en ses sages caprices

Charge les yeux d'entendre et les doigts de parler;
Aux yeux éteints du sage elle fait tout briller,
Des houppes du palais ménagé la souplesse,
Et d'un air de plaisir pare encor la sagesse.
Voit-elle ses sujets lui manquer à la fois,
Sur elle-même encore elle garde ses droits,
D'un empire aboli voit en paix les ruines
Et ne veut plus s'unir qu'aux lumières divines;
A l'escorte infidèle elle fait ses adieux,
Et libre et solitaire elle part pour les cieux.
Cependant sous l'abri de mon humble ermitage,
Avec plaisir encor je suspends le voyage :
Ici ma femme est reine et je suis presque roi.
Je dis de mes enfants : c'est moi, c'est encor moi,
Et plus heureux encor je me dis : c'est leur mère,
Voilà ses traits, son cœur, voilà son don de plaire.
Par un échange heureux, par un nouveau bienfait,
Le temps les enrichit des larcins qu'il me fait.
Tendres et chers objets d'une douce culture,
L'étude aux fruits féconds pour eux est sans torture.
Quand je suis de nos jours les fastes orageux,
Mon plus sombre travail s'adoucit par leurs jeux.
Ah! Dieu rend à mon culte un fortuné salaire!
Sans me mettre à la mode avec un scapulaire,
Du séjour où je suis, rêvant l'autre séjour,
Mon cantique s'élève avec les feux du jour.

Ne crois pas cependant que de la solitude
Loin de toi je me forme une ingrate habitude.
Par de purs souvenirs mon cœur s'est ennobli.
J'abhorre un Élysée où l'on connaît l'oubli.
Montrez-moi le Léthé, bientôt je déménage.
Il est vrai que Paris, charme de mon jeune âge,
Me fatigue aujourd'hui par ses bruits discordants
Et la sotte gaîté de ses caquets mordants;
Mais ses murs, ses palais, l'amitié les décore,
A mes yeux enchantés c'est elle qui les dore.
Comme un rayon brillant d'un soleil qui s'éteint,
Sur un château pompeux en traits de feu se peint.
Aussi, lorsque l'automne, abandonnant la place,
Fera frémir mes pieds sous la première glace,
Quand l'oranger frileux, à l'abri des autans,
Dans sa maison d'hiver attendra le printemps,
Le fouet du postillon, résonnant à ma porte,
Annoncera Paris à ma jeune cohorte.
Et moi, faisant voler la roulante cloison,
Je me dirai ces mots : Paris et Campenon !
O doux embrassements! fraternelle allégresse!
Le flux des questions et se croise et se presse.
Mais pourquoi trop ému de ces pensers charmants,
D'un babil éternel prévenir ces moments?
Reçois, cher Campenon, et lis sous la feuillée
Ce tribut d'une muse un peu tard éveillée.

Du pauvre Francaleu je crains fort le destin ;
Mais je me berce encor d'un espoir incertain.
Quelquefois un soir pur épanouit, colore
La fleur longtemps rebelle aux rayons de l'aurore ;
Souvent, dans nos jardins, la poire au suc pierreux
Vient tromper de la dent l'effort malencontreux ;
Mais si pour le fruitier Mathurin l'a choisie,
Tranquille elle mûrit sa tardive ambroisie,
Aux tables de l'hiver paraît avec orgueil
Et vient nous consoler de la nature en deuil.

A M. VILLEMAIN.

Belair, 1829.

Je reçois, au milieu du fracas des vendanges,
Et ton aimable épître et tes douces louanges.
Je les savoure trop, le nectar bourguignon
Offre moins de périls à ma faible raison.
Mais combien je gémis que des larves sans nombre
Sur tes yeux fatigués tracent encor leur ombre !
La lyre entre tes mains calme tes sens aigris,
La mienne veut encore affermir tes esprits.
Quand le héros troyen, dans les mornes royaumes,
Se voyait assiégé par d'effrayants fantômes,
Il tirait son épée et les spectres peureux
Fuyaient devant des coups peu terribles pour eux.
C'est un même secours que ton malheur réclame,
Il est un glaive sûr dans la force de l'âme.
Le don d'un cœur serein demande quelque effort ;
Le mal dompte le faible, il éprouve le fort.
Quand Phébus radieux resplendit sur nos têtes,
Il a pendant six mois combattu les tempêtes.
Le cristal de tes yeux, déjà moins offensé,

T'avertit de poursuivre un effort commencé.

Aussi bien sur ce ton je perds bientôt haleine.

J'imite mal Sénèque, armé comme Silène.

Ami, que tes regards, bornant leur horizon,

Sous de frais peupliers glissent sur le gazon,

Et que Phébé, roulant dans sa tranquille sphère,

Répare les fureurs de son injuste frère.

Que la pure clarté de ses tendres rayons

Amuse tes esprits de douces visions.

Tu t'es fait des amis jusque dans l'Empirée,

Je vois venir vers toi leur cohorte sacrée;

Montagne et Montesquieu, de ton zèle ravis,

Descendent les premiers et te nomment leur fils.

Fénelon te remplit de la plus douce flamme;

Cicéron vient t'ouvrir les secrets de son âme

Comme à son Atticus; l'aigle de Port-Royal,

Armé pour ses amis d'un stylet jovial,

Pascal vient t'honorer de secrètes visites.....

Mais il remonte au ciel, il a vu des jésuites[1].

Des Hellènes chéris j'entends les doux concerts.

Je vois le Labarum qui flotte dans les airs.

Conduit auprès de toi par la reconnaissance,

---

[1] Allusion à différents éloges ou articles que M. Villemain venait de consacrer à tous ces hommes célèbres. Nous étions, en 1829, fort obsédés de la crainte du règne des jésuites.

Lascaris, échappé des flammes de Byzance,
Veut de ta bouche encore entendre ces accents
Qui préservent son nom des naufrages du temps.
Mais on ne peut toujours causer avec des ombres,
Le plus charmant fantôme a des traits un peu sombres.
Par d'autres entretiens tu charmes tes loisirs.
Le gazon peut encore offrir d'autres plaisirs...
Chut... je suis aujourd'hui partisan du Portique.

Retournons à la gloire, et vois le dôme antique
Où l'Église à grand bruit forgeait ses boucliers:
Sous l'ombre de ces murs vois fleurir tes lauriers :
On t'annonce, et déjà la jeunesse enflammée
De disciples ravis te présente une armée;
La passion du beau, quand tu prescris ses lois,
Sur les fronts, dans les cœurs, se répand à la fois.
On ne voit point chez toi l'immense période
Étourdir l'auditeur d'un fracas incommode,
De pénibles contours traîner la pesanteur,
Et dans tous les périls de sa morne lenteur,
Des synonymes froids appeler la famille,
Ou de l'adverbe oiseux emprunter la béquille.
Chez toi, libre en son cours, facile, inaperçu,
Elle s'allume aux feux du talent impromptu.

¹ La Sorbonne.

Mêle aux trésors du sens la grâce familière.

Fait pétiller l'esprit, fait jaillir la lumière.

Se nourrit d'harmonie, et sans trahir l'effort,

Comme un rapide esquif elle entre dans le port.

Des siècles lumineux tu rajeunis la gloire,

Tu poursuis l'éloquence aux déserts de l'histoire.

Chrysostôme a tonné sur les murs byzantins,

Mais taisons-nous, voici des accents plus divins :

Bossuet, de Condé vient honorer la cendre,

Ce n'est plus lui qui parle, on croit encor l'entendre.

Dans l'éclat varié de tes nombreux succès,

De la tribune encor qui te ferme l'accès !

Ah ! c'est que de nos lois la sévère prudence

Redoute l'âge heureux où fleurit l'éloquence.

En attendant, poursuis des travaux éclatants,

Et frappe tes écrits sur l'enclume du temps ;

Que la pitié toujours et t'échauffe et t'éclaire.

Des froides cruautés sois le noble adversaire.

Inspiré par le ciel, depuis qu'un bon Germain,

Confiant la pensée à des signes d'airain,

En grava les trésors sur le débris des toiles.

Que l'aimant et Colomb, le commerce et ses voiles

Ont uni par des nœuds aujourd'hui fortunés

Deux mondes rajeunis l'un de l'autre étonnés,

Et que l'opinion a soumis instruite docile,

Ne se contente plus d'un empire futile,

Et porte ses regards sur le secret des rois,

Le trône lui demande un sage contre-poids;

Comme un roc qui surgit aux plaines de Neptune,

Sur les flots apaisés s'élève la tribune.

Sans combats, sans tournois, l'éloquent écrivain

Succède au noble cœur du brillant paladin.

Je sais qu'on en a vu, d'une humeur furibonde,

Courir la torche en main pour éclairer le monde.

Accusé par nos maux leur empire est brisé.

Heureux qui par son cœur sagement maîtrisé,

En filets bienfaisants épanche la lumière!

De nos vieux chevaliers il garde la bannière;

Mais sans porter le joug des préjugés cruels,

Il éteint les bûchers, affermit les autels,

Et sauve dans la Grèce un peuple de victimes;

Ainsi tu poursuivras les erreurs et les crimes.

Cher Villemain, pour moi, dans des jours ténébreux

J'ai passé jeune encor sous des écueils nombreux.

Quand le crime régnait auprès de la folie,

L'ardente humanité me tint lieu de génie.

Ma jeunesse a connu de courageux travaux,

Voilà mon consulat, ma pourpre, mes faisceaux:

Ce feu m'anime encore, et la loi d'être utile

Affermit le burin sous une main débile.

De ces purs souvenirs le cortége serein
Décore ma retraite, embellit mon jardin :
L'amour, même l'amour n'a point quitté mon gîte.
Mais l'amitié, sa sœur, me doit une visite.

DISCOURS

EN VERS

SUR LES FAUX CHAGRINS.

———

Paris, 1835.

Où fuir de vos accords les ennuis solennels,
Fanfarons de chagrins et pleureurs éternels?
Quel vent nous a soufflé dans des lieux pleins de charmes
Un nuage de spleen chargé de grosses larmes,
Comme, sur un drap noir qui tapisse le chœur,
L'église nous les peint dans leur mate blancheur.
On grimace partout la douleur étouffée,
On en fait une mode, on en fait un trophée;
Les rires et les jeux, dans nos mornes travers,
Sont bannis de nos fronts ainsi que de nos vers,
Comme si du malheur la marche était trop lente;
À l'âge où tout sourit, on le cherche, on l'invente.
On lui donne les traits de défunt Apollon;
Le val de Josaphat est le sacré vallon.
Plus d'un jeune rêveur courtise l'insomnie,
Dans le lourd cauchemar sent l'éveil du génie,
Et son luth douloureux demande au noir séjour

Un objet adoré... qui n'a point vu le jour :
Ou peut-être plus sombre, il travaille, il s'escrime
A forger du nouveau dans l'empire du crime.
D'un lugubre appareil toujours enveloppés,
Ces Timon de vingt ans, ces mortels détrompés,
Sitôt qu'ils ont franchi le seuil de Sainte-Barbe,
Semblent des revenants qui n'ont point fait leur barbe
Et d'un lugubre pas, sans paroles, sans bruit,
Viennent vous apparaître à l'heure de minuit.
Mais essuyez vos pleurs et cachez votre trouble,
Un bal brillant s'annonce... Ah! mon ennui redouble
Quand de pénitents noirs une procession
Marche la contredanse avec componction,
Et, ternissant l'éclat d'un riant luminaire,
Me présente l'aspect d'un convoi funéraire ;
Et pourtant sur vos traits doucement colorés,
Qui pourraient prêter l'aile à des songes dorés,
La gaîté devrait luire ainsi que la jeunesse :
Vous les assassinez d'une fausse tristesse.
Je crois voir le printemps qui contrefait l'hiver.
Aux sons mélodieux de Rossini, d'Auber,
Les naissantes beautés dont vous suivez la trace
Dansent en conscience et sautent avec grâce,
Entremêlent leurs pas, nuancent leurs couleurs,
Et semblent à mes yeux un méandre de fleurs
Dont un zéphyr léger fait onduler la tige.

Sur mes cheveux blanchis l'illusion voltige,

Et je dis aux danseurs d'un si grave maintien :

Cédez-moi vos vingt ans si vous n'en faites rien.

Si vous êtes remplis d'un beau feu poétique,

Votre danse, messieurs, est par trop prosaïque.

Mais je ris de me voir lancer cet interdit,

Moi que dans mon printemps Vestris aurait maudit :

Je crie insolemment : sacrifiez aux grâces,

Quand l'âge a sur mon front marqué de longues traces.

Tandis que l'amour voit flétrir ses attributs,

Qu'on lui paie en grondant quelques mornes tributs,

Du vil dieu de Lampsaque on rétablit le trône.

Jérusalem en pleurs émigre à Babylone ;

Du misanthrope anglais l'astre sombre nous luit,

Childe Harold le matin est Don Juan la nuit.

L'orgie au rire faux, à la gaîté lubrique,

Emprunte aux Africains une danse impudique,

Pour prix des jeunes ans qui lui sont prodigués

Verse à long flots le spleen dans des sens fatigués.

Du doute abrutissant vous entr'ouvre l'abîme,

Trop heureux si sa main ne vous conduit au crime.

Sybarites charmants, vous reculez d'horreur ;

Mais il la connaîtra cette sombre fureur.

L'artisan que la faim corruptrice de l'âme

Va poursuivre au réveil d'une débauche infâme.

Mais rentrons au plus tôt dans le ton familier
Un Juvénal barbon et pourtant écolier,
Assez neuf dans la rime et dans l'art de médire,
Fait accuser son cœur dans sa froide satire.

O vous qui dans l'ardeur des penchants studieux
Fuyez le vain fracas des goûts licencieux,
Disciples au front gai d'une sévère école,
Irai-je vous flétrir d'une amère hyperbole ?
Vous charmez la famille en un doux entretien,
Vous en êtes l'honneur et souvent le soutien,
Vous aimez à songer dans une docte veille
A la dot d'une sœur, du moins à sa corbeille,
Au modeste jardin qui, sans bruit acheté,
Va du seuil paternel charmer l'austérité.
Mais devant vos efforts si le succès recule,
Combattez le malheur avec des bras d'Hercule :
Cet utile ennemi veut être défié,
Il vous laisse en partant un cœur fortifié :
Dans un nouvel assaut on craint moins la défaite.
Quand on a pris vers Dieu sa sublime retraite :
Si le malheur révolte un cœur séditieux,
C'est pour le cœur fidèle un envoyé des cieux.
Ne lui demandez pas cette écharpe éclatante,
Qui d'un arc lumineux couvrant l'arche flottante
Parut dire à Noé d'un long effroi glacé

Espère, du Seigneur le courroux s'est lassé ;
C'est un arc où la foudre a signalé sa rage
Qui dit : Montez au ciel en traversant l'orage.
Toutefois n'allez pas, d'un aveugle signal,
Évoquer le malheur pour être original,
Ainsi qu'une Médée ouvrant les noirs royaumes,
Peuple un riant bosquet de livides fantômes.

Mais je viens vous prêcher un peu hors de saison.
Pour nous, vils prosateurs, routiniers de raison,
C'est un siècle de fer que l'âge du génie,
Notre langue gémit sous cette tyrannie,
Le bon sens est banal, l'esprit est roturier,
Vous accorder l'esprit c'est vous injurier.
Aux sources du génie on boit à pleine coupe,
Nos Dante, nos Milton ne marchent plus qu'en troupe ;
Ils mêlent leurs accords, et d'un bras fraternel
S'inondent des vapeurs d'un encens éternel.
Les chefs sont triomphants ; mais à travers la foule,
Dans l'abîme d'oubli si quelqu'un tombe et roule,
Il couve sourdement des pensers furieux,
Pour punir les dédains d'un siècle injurieux,
Couché près d'un brasier sous des poutres obscures,
Il aspire la mort au milieu des tortures.

D'un succès subalterne assidu courtisan,

Si le sifflet vengeur échappe à l'artisan,
Ne reste pas plongé dans ta douleur amère.
Ah! réserve tes pleurs au trépas d'une mère.
Réserve-les aussi tes pleurs et tes remords
A ces crimes nombreux, à ces sinistres morts,
Dont il faut t'accuser quand tes sombres maximes
Font du gai boulevard une école de crimes.
Je maudis vos romans quand vous nous déroulez
L'érotique fatras des transports ampoulés;
L'amour n'est plus pour vous qu'un frère des furies.
Votre Cythère à vous c'est un lieu de furies.
Quand vous lasserez-vous de ces doubles trépas,
Où meurt la pauvre amante, où l'amant ne meurt pas!
Tout à l'heure indigné d'insuffisants salaires,
Il accepte des jours flétris par les galères.
Purifiez le temple et lavez ses parvis.
De myrrhe et d'aloès parfumez ses lambris.
Chassez les noirs chagrins de votre doux empire.
Muses, réunissez et la harpe et la lyre,
J'en attends les accords : quand un faible vieillard
Ose les provoquer de son hautbois criard,
Ne le rebutez pas. Je dis avec Horace :
Assez nous avons vu de frimas et de glace,
Assez et trop longtemps sur nos champs inondés
A couru la fureur des fleuves débordés;
Assez sur nos palais et nos temples en poudre

Jupiter a lancé les carreaux de la foudre.
Oh ! maîtrisant enfin un aveugle transport,
Fiez-vous aux zéphyrs pour vous conduire au port.
Par des coups d'aviron lorsque les vents se taisent,
N'allez pas irriter les vagues qui s'apaisent :
Déchirer votre voile et d'un accent plaintif
Usurper l'intérêt d'un naufrage fictif,
Usurper les malheurs qu'ont essuyés vos pères,
Puisque luisent sur vous des destins plus prospères.
Pourquoi nous fatiguer de pleurs et de sanglots,
Vous qui de la tempête avons bravé les flots ?
De factices tourments je n'ai pas la manie,
S'il me rend triste et sombre, au diable le génie !
Non, je ne veux pas voir dans des lieux fortunés,
Errer autour de moi vingt cercles de damnés ;
Ni sous l'ombrage ami de mes pins, de mes chênes,
Voir se tordre des bras chargés de lourdes chaînes.
De mon âge attristé, réformateur gaulois,
Je viens des vieilles mœurs lui rappeler les lois.

Je hais du persifleur le jargon ironique,
Et du méchant profond le rire sardonique :
C'est d'un siècle blasé le vain raffinement :
La cruauté n'est pas mon divertissement.
Parlez-moi d'un bon rire où toute une famille
Au soir d'un gai refrain, de l'Aï qui pétille,

De deux jeunes époux agace le bonheur,
Et sans lui faire outrage, effleure la pudeur.
Voyez ces deux amis courir dans les campagnes
Ainsi que le chamois qui, du haut des montagnes
Franchit d'un bond léger les rochers menaçants.
Doucement égarés dans des rêves charmants,
Ils franchissent l'obstacle, et dans leur vive joie,
Lancent au loin des cris que l'écho leur envoie.
J'aime ce joli rire où la jeune beauté
Fait pétiller l'esprit à travers la gaîté ;
Et faisant bonne guerre au chagrin qu'elle efface,
Couvre le sentiment du voile de la grâce.
Tout s'anime, tout rit, tout prend cet air serein
Que répand sur nos traits l'aspect d'un beau matin
Moi, qui du temps jaloux mesure le passage,
J'aime cet enjouement, la parure du sage
Qui, combattant l'erreur, sourit au repentir,
Et jusque dans les fers ne peut se démentir ;
Ce calme gracieux, sublime et non superbe,
Qui rappelle deux noms : Socrate et Malesherbe

ENVOI A MA FEMME.

Charme de mes vieux jours, reçois ce faible chant,
Honorine, c'est toi qui dores mon couchant ;
A mon sort, humble et doux, gaîment je me confie
Vingt-cinq ans de bonheur font ma philosophie.

Je dois au sentiment qui brille dans tes yeux
L'ineffable trésor d'un cœur religieux :
Il chasse loin de moi toute image funeste.
Il entretient mon cœur de la bonté céleste,
Et d'un œil assuré j'affronte le trépas,
Si mon dernier soupir s'exhale dans tes bras.

DISCOURS

EN VERS

SUR L'INSPIRATION.

———

A M. DE LAMARTINE.

Belair, septembre 1838.

QUELQUEFOIS le Génie a visité ces lieux,
Et je l'aspire en vain d'un souffle ambitieux :
A ses bois favoris, à son barde fidèle,
Il fuit, et vers Saint-Point revole à tire-d'aile.
Ne pourrai-je connaître un jour, un seul moment,
Cette extase qui suit un long recueillement,
Et la facilité qui, dans son cours limpide,
Redouble de vigueur pour un vol intrépide !
Comme on voit la colombe au plumage argenté
Qui s'arrache aux plaisirs d'un bosquet enchanté,
Et d'abord avec bruit s'élance de la terre
Pour nager sans effort au-dessus du tonnerre ?
A sa témérité sourit le Séraphin,
Dieu lui-même en a fait un emblème divin.

Je trouverais fort doux qu'une Muse inspirée,
M'ouvrît de temps en temps l'accès de l'Empyrée :

Parfois, pour m'élever, je gonfle mon ballon,
Et flotte quelque temps au gré de l'Aquilon.
Icare intimidé, bientôt tout me rebute.
Heureux si la raison me sert de parachute.
Mais je ne poursuis point d'un regard envieux,
Ces chantres inspirés, ces favoris des cieux.
Lorsque mon cœur ému d'un attrait sympathique,
S'enflamme des tributs de leur verve électrique.
De ce présent du ciel nul n'est déshérité,
S'il n'a rompu le sceau de la Divinité.
Ainsi du feu sacré circule l'étincelle ;
En filets doux et purs souvent elle ruisselle ;
Elle part, elle vole, et dans son cours heureux,
Souffle un noble transport à des cœurs généreux.

Je vous entends d'ici, professeurs d'analyse,
Traiter ce feu divin d'emphatique sottise.
Du fleuve des plaisirs empoisonnant les eaux,
Pas une fleur n'échappe à vos cruels ciseaux.
Dans vos creusets trompeurs tout se réduit en poudre
Vous découpez toujours sans songer à recoudre.
Vous entassez calculs, sophismes effilés,
Pour être, à force d'art, des hommes inutiles.
Suivant à pas de plomb sa route mensongère,
L'erreur vient remplacer l'illusion légère.
Machine pneumatique où meurt l'oiseau du ciel,

Et qu'on n'ouvre jamais sans tristesse et sans fiel.
Pour monter jusqu'à Dieu que l'univers célèbre,
Ah! je n'implore point le secours de l'algèbre;
Que devient ce grand Être en chiffres défini,
Intelligence, amour, voilà son infini.
Vous qui voyez des cieux la magnifique fête,
Astronomes, parlez comme le roi prophète:
Cédez au sentiment qui gronde en sa prison:
Cédez, sans déroger, aux transports de Newton,
S'il découvre les lois des mondes qui s'attirent,
Et vers un point central en courbe se retirent,
Sa voix sert d'interprète à l'univers muet,
Il monte, il monte encor, mais comme Bossuet.

Il est de ces moments où du Dieu qu'elle adore,
L'âme reçoit tout bas le secours qu'elle implore,
Et d'un trouble inconnu s'est senti tressaillir,
Ou brûle sourdement du feu qui va jaillir.
Ce n'est point il est vrai cet effort du génie
Qui chez toi va produire un fleuve d'harmonie:
Sans être consumé de ce feu dévorant,
Chacun peut quelquefois boire à l'eau du torrent:
Des mortels ignorés, des âmes ingénues,
Parfois peuvent briller de clartés inconnues,
Et confondre l'esprit par un savoir soudain.

Tels ces élus de Dieu, ces pêcheurs du Jourdain,
Reçurent à Sion, dans leur zèle candide,
Du Paraclet divin la visite splendide,
Et parlèrent entre eux et d'eux-mêmes surpris,
Vingt langages divers qu'ils n'avaient point appris.

De l'inspiration toute source est divine;
Elle coule à longs flots d'Orphée à Lamartine.
Dieu se communiquant par cent rayons divers,
D'une pensée immense éclaire l'univers,
Céleste réservoir d'où les fleuves descendent,
Océan lumineux où les fleuves se rendent;
C'est ainsi que le sang, en canaux tortueux,
Part du cœur, y revient dans son cours sinueux
Dieu, pour nous appeler au pouvoir du miracle,
Créa la foi, l'amour, et la gloire et l'obstacle.
Il place le triomphe à côté du cercueil.
De vagues et d'éclairs il entoure l'écueil;
Mais l'éclair quelquefois, en sillonnant la nue,
Montre sur le rocher une voie inconnue.
Tantôt on le gravit, haletant sous l'effort,
Et tantôt pour l'atteindre il suffit d'un transport,
Dieu vous voit, vous poursuit, vous presse, vous enflamme
Par la voix d'un prophète ou la voix d'une femme
Votre sein oppressé d'un immortel soupir.

Succombe sous un poids qu'il voudrait retenir.
Et comme la Pythie ardente, échevelée,
Vous répétez ce cri sous la voûte ébranlée,
C'est Dieu, voici le Dieu! pourtant malheur à vous
Si votre aveugle orgueil allume son courroux!
Ne laissez pas tomber l'écume sur la lyre.
La sagesse qui tonne est encor du délire;
Le Seigneur se dérobe au mortel triomphant,
Il aime à visiter le cœur humble et souffrant.
Si de l'amour en vous s'éteint l'idolâtrie,
Si vous portez les fers d'une ingrate patrie,
A votre espoir sublime il reste un autre lieu.
On n'est jamais plus haut qu'en retombant vers Dieu.

C'est ainsi qu'écoutant ta divine harmonie,
Je marche à pas tardifs sur les pas du génie.
L'hymne sort de mon cœur inspiré par le tien,
Embrasé par l'amour, l'amour, mon dernier bien.
Feu qui semble caché sous les glaces de l'âge
Et gronde au sein des flots pour s'ouvrir un passage,
Pour scintiller encor dans les airs épandu,
Et remonter au ciel dont il est descendu;
Et de fruits et de fleurs la saison me couronne,
Je goûte le bienfait d'une brume d'automne
Qui donne moins d'éclat, mais un doux voile au jour.

La médiocrité parfume mon séjour.

Près d'une source pure, à l'ombre d'un vieux chêne.

De mes jours écoulés je remonte la chaîne :

Souvent à leurs anneaux j'attache un repentir

Qui n'est point le remords, et j'aime à le sentir

Quand il dit : « Hâte-toi, l'heure où l'on devient sage

« Par un dernier rayon doit marquer son passage.

« D'un chant qui va mourir salue encor les cieux.

« Que ton couchant soit pur s'il n'est pas radieux. »

Je ne sais quel transport agite ma pensée :

D'une terre infertile et tard ensemencée

Je voudrais obtenir d'ondoyantes moissons.

Je voudrais de ta lyre emprunter quelques sons.

Comme un écho lointain qu'affaiblit la distance

O poëte, arme-toi, frappe encor de ta lance

Cette école au teint blême, aux sinistres propos.

Qui va toujours s'armant du ciseau d'Atropos :

Ce troupeau philosophe, incliné vers la terre.

Qui veut tout rabaisser sous sa fatale équerre :

Des sens qu'elle flétrit, ministre adulateur.

Des pâles voluptés, livide adorateur.

Qui de crânes chargeant un vaste amphithéâtre.

Va disséquant l'esprit pour le réduire en plâtre.

Vers de M. de Lamartine

En un ciel azuré tu changes le tombeau,
Et la lanterne sourde en un divin flambeau :
C'est là ta mission, il faut que tu l'achèves.
La gloire, la vertu, la sagesse ont leurs rêves :
Oui, comme le soleil au feu resplendissant,
La vérité permet un prisme éblouissant.
Pour féconder la terre et pour féconder l'âme,
Nous devons appeler le secours de la flamme :
Ainsi Chateaubriand, en sa jeune saison,
D'un siècle à son aurore entr'ouvrant l'horizon,
Lançant les premiers feux, sur la voûte éthérée,
Paré de doux éclairs, sur la terre altérée,
Et palpitante encor d'un long et morne effroi,
Épancha les trésors de l'urne de la foi.
Dans nos champs desséchés mille fleurs reparurent,
Sous un saint étendard les zéphyrs accoururent.

Assez d'autres pourront, d'un vol audacieux,
Lancer un char ailé dans l'abîme des cieux ;
Ou sans quitter le sol, sans franchir l'onde amère,
Nous faire voyager comme les dieux d'Homère :
Ou renfermant le gaz dans de savants conduits,
Fabriquer des soleils pour éclairer nos nuits,
Désarmer par un fil les foudres égarées,
Tirer de la vapeur cent mille Briarées

Qui n'iront point des dieux affronter le courroux,

Mais dont un homme seul dirigera les coups,

Pour dresser un colosse ou soulever le fleuve

Dont le pompeux Versaille et triomphe et s'abreuve.

J'admire, je ressens un transport orgueilleux

Et je dis : « l'homme est grand ; » mais ne vaut-il pas mieux

Soulager notre cœur, en combler tous les vides,

Dans l'univers moral bâtir des pyramides,

Dans des cœurs desséchés par le savoir du jour,

Transporter d'un seul jet tout un fleuve d'amour ;

Des haines au long cours, des fureurs politiques.

Voir mourir à ses pieds les foudres fanatiques,

Ou passer libre et fier sous le lit du torrent,

Ainsi que Londres va, par un travail savant.

Cheminer sous le lit du fleuve dont les ondes

Versent à son orgueil les tributs des deux mondes.

C'est là ton vœu, ta loi, ton prestige secret.

Ton courroux est encor charitable et discret.

Chez toi de la pitié, vigilant interprète,

L'orateur accomplit les rêves du poete.

Le malheureux écoute ; à ton faible client

Il ne faut devant toi qu'un regard suppliant.

Tout se tait, tout s'émeut, la tribune charmée,

D'injures et de fiel semble être désarmée,

Et de la chaire enfin, sans emprunter le ton

Elle s'enorgueillit d'avoir son Fénelon.

J'aime cette parole élevée et limpide,

Ce cœur compatissant et ce front intrépide.

Le poëte y paraît, mais pour nous faire voir

Le sage en son éclat, l'homme en tout son pouvoir.

Quand tu combats l'erreur et son morne délire,

Ton arc retentissant frappe aux sons de la lyre.

EPÎTRE

A MADAME RÉCAMIER.

———

Belair, octobre 1838.

Vous qui de l'amitié la prêtresse et l'exemple
Dans l'Abbaye-aux-Bois lui réservez un temple,
Vous que l'amour dota de charmes ravissants
Qu'avec un saint respect ont effleurés les ans;
Vous qui n'avez trouvé qu'une seule infidèle :
La Fortune..... en montrant comme on se passe d'elle.
Je viens vous saluer d'une débile voix
Qu'à peine avez-vous pu distinguer autrefois.
Législateur barbon, fort oublié des dames,
Je formais des projets pour l'empire des femmes;
Votre nom s'est offert à mon esprit distrait :
Je méditais un code et je trace un portrait.
Je dis à votre sexe, en offrant votre image,
Apprenez à régner, à régner à tout âge.
Mais vous peindre!... Qui? moi! suis-je donc Raphaël,
Ai-je de votre ami le burin immortel.
Et pourtant avec feu s'offrent à ma mémoire
Ces jours où la beauté, votre première gloire,
Brillait à nos regards par la foudre offusqués

Et par de noirs brigands sur nos pas embusqués.
Vous paraissiez l'Aurore aux portes d'un ciel sombre
De ses roses lançant le doux éclat sur l'ombre.
De vos seize ans chacun respirait la fraîcheur.
Après le règne affreux des longs jours de terreur
Les plaisirs renaissaient; une pompe ennuyeuse
N'arrêtait point l'essor de leur troupe joyeuse.
Je vois ce Tivoli paré de mille feux
Qui semblait encor plus resplendir de vos yeux.
Je vois, je vois encor cette foule empressée
Qui courait sur vos pas; cette tête baissée
Qui refusait l'éclat d'un triomphe innocent.
De vos simples atours le goût et l'agrément.
Et de nos jeunes gens l'allégresse ingénue
Qui s'écriait en chœur : « La voilà, je l'ai vue »

Bientôt à votre seuil vint frapper le malheur.
Vous reçûtes ses coups sans trouble et sans humeur
Vos amis vous restaient; de l'escorte fidèle.
Vous vîtes s'augmenter le respect et le zèle;
Chez vous brillait toujours, dans sa sérénité.
Le meilleur des esprits, l'esprit de la bonté.
De la bonté touchante, autre mère des grâces
Et du malheur partout vous recherchiez les traces
Le secours arrivait imploré par vos yeux
Quand de votre sein l'accent mélodieux

Corinne gémissait, vous fûtes son amie ;

L'on vit toujours en vous un aimant du génie ;

De son âme de feu vous modériez l'essor,

Et des conseils prudents lui versiez le trésor.

Nul n'osait de Copet atteindre la limite,

Vous franchîtes d'un trait la barrière interdite ;

La cour en tressaillit, le Jupiter des rois

De la tendre amitié punit les saintes lois :

Sa foudre s'égara, dans son délire extrême,

Sur l'oiseau de Vénus, sur Vénus elle-même.

Bannir en même temps la vertu, la beauté !

Tout notre sang français en frémit révolté.

Mais un arrêt cruel porte longtemps sa peine ;

Votre exil a troublé l'exil de Sainte-Hélène.

De rigueurs qui semblaient tenir de l'étranger,

Un autre astre du siècle a bien su vous venger ;

Une sainte amitié que respecte l'envie,

A de l'aigle breton calmé, charmé la vie.

L'idéal qu'il cherchait il ne l'a vu qu'en vous ;

Par vous il sait du sort supporter le courroux,

Et les nobles tourments d'une âme indépendante,

Qui s'obstine à laisser sa fortune flottante.

Le génie a besoin de l'ingénuité.

Il veut en s'abaissant jouer en liberté.

Il descend à l'esprit dans un facile échange,

S'il a peint les enfers, il veut retrouver l'ange

Près d'un asile austère, un modeste salon
Se change sous vos lois en un sacré vallon.
Des noms depuis longtemps consacrés par l'histoire
Des adeptes fervents, des vétérans de gloire
Aiment à réclamer ce rendez-vous heureux,
Et pourtant jusqu'ici le cercle est peu nombreux.
Des rivaux du matin que le hasard rassemble,
S'étonnent quelquefois de se trouver ensemble.
D'abord un salut froid trahit leur embarras,
Et le dépit haineux qui menace tout bas.
Vous arrêtez le mot qui promet une lutte,
Et vous parlez au cœur tandis que l'on discute.
Vous savez rappeler des jours bien différents,
Où leurs cœurs échangeaient d'aimables sentiments
A ces frais souvenirs de tendresses passées,
Qui viennent doucement caresser leurs pensées.
Chacun d'eux à la fois s'est senti tressaillir,
On embrasse l'ami qu'on avait cru haïr;
D'un organe enchanteur, d'une bouche jolie,
Doit toujours s'échapper le mot qui concilie.
O femmes! acceptez cet emploi glorieux;
Que votre aspect soit doux comme l'azur des cieux
Terminez nos discords d'une voix souveraine;
Femmes, Dieu vous créa pour désarmer la haine

Mais qu'est-il devenu ce servage charmant

De nos mœurs d'autrefois le plus doux ornement,

Qui semblait nous offrir non sans un peu de fable,

Un sexe généreux aux pieds d'un sexe aimable?

Ah! nous nous redressons avec trop de roideur,

L'enfer de la beauté n'est-il pas la froideur?

Le raisonner chez nous a des formes hautaines,

Le sceptique revêt des façons puritaines.

Dans nos cercles guindés et vides d'intérêt,

Un entretien de mode accroche le budget :

« Je ne vous flatte point, dit la tendre Eugénie,

« Mais votre couturière a vraiment du génie.

« Il en faut pour orner à la fois tant d'appas : »

On peut y suppléer, pense-t-elle tout bas.

— « Moi je viens visiter ce pauvre ministère,

« Et je suivrai demain son convoi funéraire, »

Dit un ami fidèle, habile à succéder.

Voilà l'esprit du jour; mais faut-il aborder

Ce raout odieux importé d'Angleterre,

Sur un ballot d'ennuis avec le spleen son frère;

Ce tumulte sans joie, encombré d'embarras,

Mortel s'il est décent, honteux s'il ne l'est pas,

Où la beauté frémit sous des regards profanes,

Quand le flot vient fouler des robes diaphanes.

Bataille sans fureur qu'on se livre en bâillant,

Où le grossier reçoit le prix du plus vaillant.

Quand il entend crier · On m'étouffe, on me tue.

Le maître du logis jouit de la cohue.
On veut de ses amis former des bataillons.
Tout jusqu'en amitié se compte par millions.
Le choix du cœur n'est rien, le bonheur c'est la foule.
Dans chaque main qu'on serre on caresse une boule.
L'esprit reste captif, le sentiment se tait,
Et la beauté n'obtient qu'un hommage distrait.
Si ce n'est par les lois, du moins par les usages,
Nous avons décrété l'égalité des âges;
Nos modes en font foi, plus d'un père éventé
Craint de messieurs ses fils l'austère gravité.
La rose, doux éclat d'une robe légère,
Seule aide à distinguer la fille de la mère.
Encore assure-t-on que de ce préjugé,
Notre esprit raisonneur s'est enfin dégagé.

    Ainsi que le poète en son vol téméraire,
O femmes, écartez le profane vulgaire;
Du charme social qui régnait autrefois,
Retrouvez le secret, rétablissez les lois;
D'un rayon pur et doux éclairez les collines.
C'est par là qu'on remonte à des sources divines.
Ne descendez pas trop, que vos pieds délicats,
Dans un terrain fangeux ne s'embarrassent pas.
Pénétrer notre cœur, voilà votre partage;
Mais c'est par la bonté qu'on s'ouvre ce passage

De voiles ténébreux n'allez pas vous couvrir :
Un nuage pourpré vous fait mieux resplendir ;
Sous la duplicité la sottise se cache,
Il faut qu'on vous devine et non pas qu'on vous sache.
Par des mots plus touchants, des soins plus délicats,
Embellissez votre âge et ne le cachez pas.
Quand des amours légers l'essaim vous abandonne,
L'esprit, le sentiment vous offrent leur couronne :
Celle que Sévigné tressa de mille fleurs,
Dont rien n'a pu ternir les suaves couleurs.
Quand de nobles pensers fermentent dans votre âme,
En êtres inspirés vous en versez la flamme.
Loin du terme fatal de l'ardente saison,
Votre touchant empire étend son horizon.
Puisque adoucir nos maux est votre emploi suprême,
Il est illimité comme le malheur même.
Malgré le vain orgueil de nos législateurs,
Les lois ne sont jamais que les filles des mœurs,
Vous les représentez, vous en portez les chaînes,
A force de vertus, méritez d'être reines.

Il est temps d'arrêter mes vers sentencieux :
Je crains d'être nommé pédagogue ennuyeux ;
Un nom que tout bénit sert d'excuse à mon zèle :
Pardonnez au précepte en faveur du modèle.

ÉPÎTRE

À M. DE CHATEAUBRIAND

SUR LA GLOIRE.

Un tribut excédant de missives rimées
Est le commun fardeau de grandes renommées.
Souvent un téméraire et naïf écolier
Aborde le génie en style familier;
Ainsi qu'un roitelet qui dans son vol espiègle
Pour atteindre le ciel va se perchant sur l'aigle,
Et d'un étroit gosier tirant quelques doux sons,
Flatte le roi des airs et le paie en chansons;
Mais de ces régions l'air trop vif le suffoque;
On est souvent puni d'un honneur qu'on escroque;
On s'accroche au géant, on monte, mais hélas!
Un nain paraît plus nain sur l'épaule d'Atlas.
Moi, sans ambition, j'approche de ta tente;
Ma vieillesse s'anime à ta vieillesse ardente,
Ainsi qu'un invalide orné de cheveux blancs
Vient au soleil du soir réchauffer ses vieux ans,
Et de l'histoire ouvrant une modeste école,
Raconte ses exploits de Fleurus et d'Arcole.

Ne mentons pas pourtant par trop d'humilité :
Dans mon prudent essor je me sens arrêté
A ce point d'où l'on voit, en bénissant la vie,
Ceux d'en bas sans dédain, ceux d'en haut sans envie.
Soixante-douze hivers sur ma tête ont passé,
Et je ne sens encore en moi rien de glacé.
Le ciel, compatissant à mon insuffisance,
D'aimer et d'admirer m'a donné la puissance :
Ce don maintient en moi quelque reste d'ardeur,
Et mes roses d'hiver ont encor de l'odeur.

J'aime et j'admire en toi le repos de la gloire,
Ce calme qui n'a point l'orgueil de la victoire.
Tout ce que dit ta bouche est du cœur avoué :
Ton commerce est facile et souvent enjoué ;
Et quoique ta fierté, sève de l'Armorique,
Se soit épanouie au ciel de l'Amérique,
Quand soustrait au chaos du vieux monde en éclats,
L'indépendant René s'unit au fier Chactas,
Tes mœurs sont de cet âge où l'on songeait à plaire.
Surtout la vie intime est ton bien nécessaire :
Chez toi rien d'apprêté. Sans avoir le flanc ceint
Du manteau de Zénon, de la haire du saint,
Tu nous rends le parfum de la sagesse antique ;
Et la foi pour renaître attendait ton cantique.
Quand la haine en nos cœurs verse à flots son ferment

Fier et resté debout sur l'autel du serment.
Par ton silence altier tu condamnes l'intrigue.
Toute ligue te cherche et tu fuis toute ligue.
Mais contre ces pensers, mon esprit assombri
Vient à ton noble cœur demander un abri.

On voit souvent la gloire, infidèle maîtresse,
Avertir ses amants de son humeur traîtresse,
Sans faveur, sans pitié traiter les cheveux blancs,
Et joindre son injure à l'injure des ans.
On la fatigue en vain d'une plainte importune.
En elle on reconnaît la sœur de la fortune.
Avec un tact plus sûr, avec de meilleurs yeux,
Elle en garde pourtant les goûts capricieux.
Tel héros l'injurie à son heure suprême,
Et contre la vertu lance un sombre anathème.
Mais que n'accuse-t-il l'impétueux reflux
Des sombres passions qu'il appelle vertus?
Ou si de Malesherbe il souffre le martyre,
Ne sent-il pas que Dieu vers son trône l'attire.
Vertu, gloire, génie, auguste trinité,
Faisceau formé des mains de la Divinité,
Vous êtes des humains et le lustre et la force,
Mais quand vous vous rompez, par un fatal divorce,
Quand la haine et l'orgueil, dans leur sédition,
D'une fausse grandeur ornent l'ambition.

Le vulgaire ébahi la craint et la renomme,
Et meurtri sous ses coups, bat des mains au grand homme.
Pour toi, Chateaubriand, plus sage, plus heureux,
Les orages du cœur te laissent généreux;
Le pouvoir envié ne te rend point esclave,
Tout charme se détruit où tu vois une entrave.
Que d'emplois abdiqués par tes dédains puissants!
Ta gloire s'agrandit de tes honneurs absents.
D'un âge qui naissait et le guide et l'idole,
Tu fis jusqu'au Parnasse arriver le Pactole.
Chez toi l'homme d'État, ministre, ambassadeur,
A dissipé tout l'or qui coulait pour l'auteur.
Toi seul sais nous offrir une rare merveille:
L'ambition qui dort et la gloire qui veille,
Veille pour un autre âge, et, cachant son flambeau,
Enferme ses trésors sous la clef du tombeau.

Que ne puis-je arracher son secret à la Parque!
Qu'un faible historien voudrait être Plutarque!
Je tracerais ta vie enchaînée à l'honneur,
Où la gloire au hasard fait les frais du bonheur
Sans te parer à faux d'une sagesse austère,
Je saisirais l'élan d'un noble caractère,
Qui, résistant aux flots de son siècle agité,
Sans garder le repos garde son unité.
Ta jeunesse croissait sous les ailes d'un sage,

D'un magistrat, Socrate, ornement de son âge [1].
Mais bientôt tu subis les leçons du malheur;
Son élève robuste est souvent son vainqueur.
Il le trouva toujours lutteur opiniâtre.
Orphelin et proscrit, tu changeas de théâtre;
Un monde jeune encor s'offrit à ton ardeur;
Tu cherchas, en rival d'un grand navigateur,
Si quelque fleuve obscur, dans des lieux pittoresques,
Unit de l'Océan les deux bras gigantesques.
Ton bâton voyageur ne put, dans ces forêts,
Ouvrir à nos vaisseaux un merveilleux accès.
Mais ta muse, y levant des tribus magnifiques,
Dora notre Hélicon du soleil des tropiques;
Le Permesse épuisé, séchant dans ses roseaux,
Des grands fleuves reçut les mugissantes eaux.

Mais déjà s'allumait ta plus haute espérance :
En ranimant la foi tu rajeunis la France,
Et seul, sans le secours des prêtres dispersés,
Tu rendis leurs honneurs aux autels renversés.
Sur le temple de Dieu, Salomon dans sa gloire
Réunit moins d'éclat et moins d'or et d'ivoire
Que l'humble foi du Christ n'en dut à tes pinceaux,
Si prodigues pour elle en ravissants tableaux.

[1] M. de Malesherbes, dont la petite fille était unie au frère
aîné de M. de Chateaubriand.

Quand tu nous rappelais les jours de notre enfance
Nous revêtions encor la robe d'innocence,
Nos champs se parfumaient de ce rustique encens
Qui du Père commun appelle les présents.
Dans ton nouvel Éden tout était grâce ou sève,
Sous les traits d'Atala tu lui donnas une Ève,
Une Ève sans péchés, belle de ses douleurs,
Dans nos âmes la foi se fit jour par nos pleurs.

Tes vœux furent comblés par l'orgueil d'un grand homme
Et pour la subjuguer il se soumit à Rome,
Au temple de la Vierge il marcha triomphant :
Mais ta voix dans les cœurs pénétrait plus avant
Et le gouffre embrasé dont l'enfer fit sa joie,
Sinnamari rendit les restes de sa proie.
Tu réformais les mœurs, il ramenait les lois :
Et le siècle en naissant obéit à deux rois.
Mais de la liberté jaloux sans fanatisme,
Tu sentais ce que pèse un brillant despotisme,
L'échelle des honneurs se dressait sur tes pas :
Au chantre des Martyrs le plus grand des soldats,
Le moderne Cyrus, tendait d'adroites chaînes :
Quand frémissant d'horreur au meurtre de Vincennes
Ta voix tombant du haut de l'alpestre Sion
Fit entendre à son cœur ta malédiction.

Peindrai-je tes combats, moi dont la vie obscure

Fut longtemps un ruisseau dormant sur la verdure?

L'orage qui portait notre perte en ses flancs

M'assaillit, il est vrai, de ses carreaux brûlants.

Dix ans j'ai pu braver dans ma trop faible escrime

Des Titans exhaussés par le pouvoir du crime,

Et vomis par les flots des révolutions ;

Mon jeune front s'orna de leurs proscriptions.

Mais avec la Terreur finit mon Odyssée :

Depuis, près des écueils ma barque s'est glissée.

Servis du demi-jour d'un modeste talent,

Mes travaux n'ont suivi qu'un cours paisible et lent.

Sans souci, sans dédain de la palme olympique,

J'ai tracé pas à pas mon sillon historique :

Inexorable au crime, indulgent à l'erreur,

Sans flatter le pouvoir j'ai servi le malheur ;

De nos jours désastreux, en sondant les abîmes,

Je cherchais des vertus, et j'en vis de sublimes.

Mon âme s'est vouée à ces nobles tableaux,

Et je fus sans éclat le prêtre des tombeaux.

Mais toi, que de travaux, de fortunes diverses,

De succès merveilleux, de soudaines traverses!

Je gémis de trouver et lévites et rois

De leur fier précurseur méconnaissant la voix,

Se plongeant dans l'abîme en bravant tes alarmes,

Et recevant toujours le tribut de tes larmes :

Je te vois repousser, de trop constants refus,

Les honneurs, le pouvoir qu'ils ne dispensent plus
Tes jours sont asservis à ce mot : *légitime*.
On ne te fléchit pas à moins d'être victime.

Mais où m'entraînes-tu, voyageur obstiné,
Moi, sur nos bords heureux doucement confiné?
Rien n'arrête l'essor de tes courses lointaines :
Ni de nos prés fleuris les limpides fontaines,
Ni la faveur publique, ornement de tes jours,
Plus constante pour toi que la faveur des cours;
Ni le beau sexe enfin qui te chérit, t'admire,
Et comprend que ta foi ramène son empire.
Jérusalem reçoit un nouveau pèlerin
Sans glaive, sans bourdon, une lyre à la main.
Du sépulcre sacré l'auguste et sombre enceinte
Croit de David encore ouïr la harpe sainte.
Poëte voyageur, ta double mission
T'appelait tour à tour vers Athène et Sion.
O rigueur du destin! Morne et décolorée,
Qu'elle affligea tes yeux cette Grèce adorée!
Comme un astre au front d'or, pour un temps allumé,
Qui de ses propres feux périrait consumé;
Les laves l'ont couvert d'une noirâtre écume,
Ce n'est plus un soleil, c'est un charbon qui fume
Il peut briller encore aux bords de l'Eurotas.
Tu répétas ce cri : *Renais, Léonidas!*

L'écho resta muet; mais sous ses voûtes sombres
Ta voix enfin perça la demeure des ombres.
Le héros enflamma l'âme de Botzaris;
Sa main forgeait les feux que lançait Canaris,
Et s'unit à l'effort des phalanges sacrées.
Bientôt pleurant le sort des vierges massacrées,
Chrysostôme te dit : « Chateaubriand, à moi!
« Viens sauver dans mes fils des martyrs de la foi. »
Transportés à la voix du nouveau Démosthènes,
Nous redisions en chœur : « Français, sauvez Athènes! »
Et sous trois pavillons d'intrépides marins,
Embrasant de leurs feux les flots de Navarins,
Combattant pour les Grecs, combattaient pour l'histoire.
Tout peuple refleurit sous une vieille gloire.
Muses, vous protégiez vos antiques autels;
Vous faisiez apparaître un peuple d'immortels
A des peuples nouveaux héritiers de leur flamme
Qui s'inspirent par eux et vivent de leur âme.
Vous seules du destin savez braver les coups
Et du temps destructeur tromper l'effort jaloux.
Des villes où souffla votre grâce divine
Vous retardez la chute et parez la ruine.
Athène, à des lauriers prodigués par vos mains,
Dut de briller encor sous le joug des Romains.
Ils venaient s'enflammer de sa dernière verve:
C'était leur lieu sacré. La ville de Minerve

Savait seule attendrir les farouches vertus
De ces triomphateurs, qu'elle n'enfantait plus
Telle Cymodocée, aux accords de ta lyre,
Soulage notre cœur, lorsque la Grèce expire;
D'une aurore nouvelle et d'un soleil plus beau
Fait luire les rayons sur un vaste tombeau.
Un parfum d'Hélicon charme la foi sévère
Et ta fille est encore une fille d'Homère.

Ta muse alors reçut tes solennels adieux;
Mais en les prononçant, ton chant mélodieux
Trahissait tout l'amour dont tu brûles pour elle
Et celui que te rend la sublime immortelle.
Elle suivit tes pas dans le temple des lois,
A ta foi monarchique elle prêta sa voix.
Toi, qui nous fis ouïr les célestes louanges
Et couvris d'un encens balancé par les anges
La crèche du Sauveur, a nos yeux éblouis,
Tu rendis son éclat au trône de Louis.
Tout à l'heure pourtant c'était un Capitole
Où partout la victoire étalait son symbole.
Mais les vieux souvenirs, la paix, la liberté,
Le malheur lui prêtaient une autre majesté.
Trop heureux si ta voix, dans son indépendance
Eût d'un roi fasciné contenu l'imprudence!
Mais que fais-je, et pourquoi rappeler tes douleurs

Ton reproche expirant s'est perdu dans les pleurs.

Tu crains la moindre tache aux fastes de l'histoire.

Du vêtement sacré d'un prêtre de la gloire

Tu n'oserais ternir la première blancheur,

Ni l'or dont le tissu relève sa splendeur.

Mais sans rien dérober à ton culte fidèle,

Nos dangers renaissants réclameront ton zèle.

Ce n'est pas toi qui dors près de nos vieux volcans...

L'anarchie a reçu d'étranges courtisans...

Ah ! s'il fallait braver une foule homicide,

Ta main saurait lancer une flèche d'Alcide.

De tes jours écoulés l'ensemble glorieux

Me retrace le cours d'un fleuve impérieux

Qui, roi des frais vallons, bienfaiteur de ses rives,

Est le miroir des cieux dans ses eaux fugitives.

En fécondant les champs il porte leurs tributs,

Et d'affluents nombreux réunit les tribus

Qui semblent s'endormir sur les bras de leur père ;

Mais que de cent rochers la ceinture sévère

Présente leur obstacle à son cours généreux,

De ses flots irrités le choc aventureux

Les perce, les entr'ouvre et les taille en arcades;

Il bondit sur leurs flancs en brillantes cascades.

Qu'un abîme profond s'offre pour l'engloutir.

Écumant de courroux on le voit en sortir

Enfin, tranquille et doux au bout de sa carrière,
Il jouit de ses dons ; une pure lumière
Se joue en cent reflets en son cours transparent.
Mais la source du fleuve est un fougueux torrent

ADIEUX A LA CAMPAGNE.

—

Belair, octobre 1838

Suivez la rêverie où mon cœur s'abandonne.
Prenez, mes vers, prenez une teinte d'automne,
De la saison rêveuse aux changeantes couleurs
Où l'âme recueillant ses plaisirs, ses douleurs,
Mêle à de longs regrets un reste d'espérance,
Tandis que le soleil, inclinant la balance,
Va mêler à nos nuits quelque reste du jour.
Tel que le bienfaiteur d'un modeste séjour,
Qu'ailleurs un autre soin appelle et sollicite,
S'éloigne lentement, attendrit sa visite,
Nous jette des regards doux et compatissants,
Et, pour nous consoler, nous charge de présents :
Le soleil s'avançant vers un autre hémisphère
Contemple avec douceur cette part de la terre,
Et verse sur un toit doublement abrité
Les dons qui de l'hiver vaincront l'aspérité
Et les fruits savoureux, et ce jus délectable
Qui de ris et de jeux environne la table.

Il oblique à regret ses rayons écartés,

Et tempère pour nous les célestes clartés.

Tout rêve et va changer, comme la jeune fille.

Que la mort va ravir à sa douce famille,

S'anime quelquefois d'une vive rougeur ;

Prête à tomber, la feuille a l'éclat de la fleur.

Dans les couleurs du jour rien n'éblouit, tout flatte ;

Mon œil du cerisier caresse l'écarlate,

Je ne regrette pas un jour plus flamboyant,

Je vois un fleuve d'or sur nos bois ondoyant.

Hélas ! de l'aquilon la soudaine furie

De ces feuilles demain va joncher la prairie.

Ah ! qu'il n'emporte pas ces rêves au long cours

Qui bercent mollement les derniers de mes jours.

Doux rêves, colorés d'une céleste flamme,

Volupté de l'esprit, soupirs ardents de l'âme.

J'entends l'amour qui dit à mon cœur exalté :

« Viens, suis-moi, je te mène à l'immortalité ;

« Vieillard, qu'as-tu perdu s'il te reste mon zèle ?

« Quand tes pas sont tardifs, lance-toi sur mon aile.

« Pour guider la raison j'allume mon flambeau.

« Je suis le séraphin qui brise le tombeau.

« Mais sur tes faibles sens modérant ma lumière.

« J'associe à tes jeux ma grâce familière.

« Je suis la poésie et je suis la pitié.

« De l'un de mes rayons j'enflamme l'amitié.

« Les fleurs et les ruisseaux, c'est moi qui les enchante ;

« C'est pour me célébrer que Philomèle chante ;

« De l'austère devoir je sais parer la loi ,

« Sous des traits adorés je voyage avec toi.

« A qui méconnaît Dieu je refuse ma flamme ,

« Je m'envole et je laisse un désert dans son âme ;

« D'un coloris divin j'embellis la beauté ,

« Par l'extase du cœur j'accrois la volupté.

« Ce n'était qu'un éclair ; sous ma loi, c'est un fleuve

« Où dans un doux transport on se plonge, on s'abreuve.

« Vivre dans un autre être est ma suprême loi ;

« J'unis deux volontés, et je double le moi ;

« D'un regard inspiré j'enflamme le courage :

« Sans moi point de chrétien, et sans moi point de sage.

« Fils de Dieu, si je plane au-dessus des mortels ,

« C'est pour les embrasser de liens fraternels. »

Eh bien, le cours de l'an , dans ses métamorphoses,

Flétrira-t-il mon âme en flétrissant des roses ?

Sur nos bois défeuillés passez , sombres autans ;

Les rêves sont encore amis des cheveux blancs ,

Par delà les soleils ils guident l'espérance ;

L'âme soutient le poids d'un avenir immense.

Oui, jusque dans nos sens tout prêts à défaillir

Cette sève à longs flots peut filtrer et jaillir.

De pensers doux et purs mon couchant se colore.

C'est le bienfait du Dieu que tout mon cœur adore.

Je vous quitte à regret, jardin peu spacieux,

Où j'ai pris quelquefois un vol audacieux :

Des sapins, des cyprès noble et triste famille,

Bois que j'ai consacré par le deuil de ma fille ;

Et vous, mes frais bosquets, si chéris du printemps,

Qui me la rappelez à la fleur de ses ans ;

Pavillon d'où je crois entendre la prière

Qu'adresse à Dieu pour nous cet ange de lumière ;

Toit modeste où mes jours glissent nonchalamment,

Comme une barque effleure un lac aux flots d'argent,

Prés fleuris, doux coteaux, et vous, riantes vignes,

Qui d'un renom flatteur vous montrez toujours dignes,

Aimable voisinage où, dans l'intimité,

L'esprit comme le cœur s'épanche en liberté ;

Accords mélodieux et fêtes cadencées,

Où vient le patriarche égayer ses pensées ;

Belle Saône qui vois mon esprit indolent

Imiter de tes flots le cours limpide et lent,

Je vous dis un adieu mélancolique et tendre.

A revoir ! parlons bas, la mort pourrait m'entendre,

Et d'un coup de sa faux trancher mon doux espoir.

La cruelle se rit de ce mot : *à revoir*.

Mais d'elle cependant j'espère quelque grâce.

Je ne lui donne point une hideuse face

Ni des os décharnés, je l'embellis enfin

Je viens de l'escorter d'un brillant séraphin.
C'est le soir d'un beau jour, et moi j'ajoute encore
A ce mot si touchant : *d'un beau jour c'est l'aurore.*
Puissé-je, heureux époux, sans mourir tout entier,
A ce grand rendez-vous arriver le premier !
Si la mort pour le juste est une récompense,
Moi faible et bienveillant j'attends de l'indulgence ;
Je n'ai point les terreurs d'un tyran redouté
Ni d'un voluptueux de mollesse hébété,
Ni cet abject orgueil d'un sophiste au teint blême,
Qui, pour nous éclairer, met notre âme en problème
Et se laisse tourner, volontaire Ixion,
Au gré de chaque vent, de chaque passion,
Et vient gratifier un fils de la lumière,
Un être aimé de Dieu, du sommeil de la pierre.
Dieu m'aime, et ce penser fier et délicieux
Me fait escalader la profondeur des cieux.
Pour se peindre, il est vrai, les immortelles sphères
Mon esprit terrassé n'enfante que chimères ;
Mais sans voir le palais, il est peuplé pour moi.
Raphaël, enflammé de génie et de foi,
Jette sur les contours d'un dôme magnifique
De chérubins ailés une échelle mystique.
Une vierge y préside, un triangle de feu
Suffit à l'art humain pour représenter Dieu.

Tout respire l'encens, l'amour et la louange ;
L'ange s'élève à Dieu, l'homme s'élève à l'ange ;
Le pinceau nous transmet les sublimes concerts,
Et dans un temple seul on croit voir l'univers.

Moi, solitaire obscur, mais fervent d'espérance,
Dans l'essor plus hardi de mon indépendance,
J'agrandis le tableau du cercle radieux,
D'une plus large main j'ose peupler les cieux :
Près des législateurs je place les prophètes,
Près des sages, des saints, j'introduis des poètes.
Virgile vient s'unir à l'auteur du *Phédon* :
Oui, c'est une même âme, oui, c'est encor Platon.
A leur tête je vois tous ces cœurs magnanimes
Démonstrateurs de Dieu par leurs vertus sublimes.
Un cercle plus intime, avec moins de splendeur,
Vient de sons familiers entretenir mon cœur.
De mes amis absents j'entoure ma famille,
De leur groupe serein se détache ma fille :
Elle vient de plus près m'enseigner le chemin,
Et se penche vers moi pour me donner la main.

Quand je médite assis sur l'herbe veloutée,
Qu'il m'est doux, ton repos, vieillesse redoutée !
Ainsi vers un séjour pur et resplendissant

Je gravis sans effort et m'avance en glissant;
Comme sur un acier l'enfant de la Norwège
Franchit d'un pied léger des montagnes de neige,
Sent par l'air le plus vif ses transports excités,
Et rit sur le sommet du vain bruit des cités.

ÉPITRE

À MADAME SALMON.

SUR LES FEMMES.

Belair

AIMABLE et digne amie, oui, je vous le confesse,
Paris me séduit moins et trop d'éclat me blesse :
À des yeux affaiblis il faut des gazons verts ;
Du trône éblouissant de nos joyeux hivers
Je pars au grand galop, altéré de campagne,
Et d'un même transport s'anime ma compagne.
Dès que la primevère exhale un doux parfum,
J'écarte de la neige un tapis importun ;
Pour saluer la fleur à sa première aurore,
Je guette le bouton qui demain doit éclore :
Et, vieillard assez ferme, en lutte avec le temps,
Je viens avec orgueil m'emparer du printemps.
De mes illusions les champs sont le refuge ;
Je rêve ici le monde, à Paris je le juge.
De nouvelles couleurs et d'un pinceau doré
Je refais le tableau qu'on m'a décoloré.
Mais sitôt que la feuille échappe de sa tige

Et vers le solitaire en tournoyant voltige.

Je reviens, des autans bravant l'inimitié.

M'asseoir, jeune de cœur, au seuil de l'amitié;

Complétant près de vous mon bonheur de famille.

Je retrouve une sœur et crois revoir ma fille:

Laure, c'est encor vous, même esprit, même foi.

Et pour vous bien chérir, ma femme est encor moi.

J'ajoute à ces portraits une seconde Laure,

Qu'on aime, qu'on caresse, attendant qu'on l'adore.

Qu'ensemble vous formez un faisceau gracieux!

Ainsi sur l'oranger, près d'un fruit précieux,

Brille en tout son éclat la fleur de l'hyménée

Qu'accompagne un bouton, espoir d'une autre année

J'aiderai sa culture, et si le vieux conteur

Conserve à son déclin quelque reste d'ardeur,

Laure entendra de moi ces récits où l'histoire

Des antiques vertus rajeunit la mémoire.

Elle s'attendrira: je verrai dans ses yeux

Rouler timidement ces pleurs délicieux

Où d'un noble transport on voit briller la flamme,

Et qui m'ont révélé tout le cœur de ma femme.

On palpite d'honneur ainsi que de pitié:

Ainsi mon art naïf conquit votre amitié.

Telle est de mes travaux la plus belle couronne:

La Muse du matin, le soir est Antigone.

Trop heureux le vieillard dont le pas chancelant

Reçoit tout égayé l'appui d'un bras charmant

Qui cause un doux frisson et que l'œil baise à peine,

Qui se sent rafraîchir par une douce haleine,

Comme un lilas qui voit son éclat se ternir

Rend un dernier parfum au souffle du zéphir,

Parfum de l'amitié, fraîche et suave brise,

Volupté pénétrante et volupté permise,

Dont Fénelon goûta tout le charme muet,

Et qui se révéla même au fier Bossuet ;

Mysticisme innocent qui n'a point de mystères,

Extase sans transport, vision sans chimères,

Que vous remplacez bien un amour furieux !

Mais pour bien s'y fier, il est bon d'être vieux

C'est le repos que goûte aux îles fortunées

Celui par qui les mers ont été sillonnées,

Et qui sous le tropique, ardent et courageux,

A bravé les fléaux d'un climat orageux ;

Mais où va mon esprit chercher la métaphore?

Moi, peindre ainsi l'amour! Dieu ! que ne puis-je encore

Voir se lever sur moi cet astre au front vermeil !

Faut-il au clair de lune accuser le soleil?

L'amour sur l'amitié fait jouer sa lumière,

Ainsi que de la nuit la modeste courrière

Emprunte du soleil son éclat argenté,

Et flatte doucement le rêveur enchanté

Que la mélancolie avec amour inspire.

O femmes ! l'amitié, votre second empire,

Est un sceptre affermi, qui, calmant tous les maux

Des caprices fougueux ne craint plus les assauts

Que je hais les dédains d'une troupe étourdie,

Et des hommes blasés la morne léthargie

Qui, vous bornant aux jeux d'une seule saison,

Osent vous enterrer à l'âge où la raison

Mûrit du sentiment la chaleur fécondante,

Où la beauté pensive est encor plus touchante !

Une ride ou peut-être un léger pli d'azur

Ont pu mêler quelque ombre à votre front si pur

Ah ! ne vous troublez point d'une crainte frivole

Quand sur vous des vertus resplendit l'auréole ;

Sous la loi du devoir, sous le charme du beau,

Quand de la pure foi veille en vous le flambeau

Qu'on oublie aisément l'âge où la beauté brille !

On remplace une cour par la douce famille.

On transmet avec art par des soins vigilants

Les vertus d'un époux au cœur de ses enfants.

De vos chastes plaisirs l'attrait se renouvelle ;

En voyant chaque jour votre fille plus belle

Vous nourrissez tout bas un orgueil satisfait ;

Ce n'est plus soi qu'on aime, on aime son portrait

Nuit et jour on s'occupe à lui sauver des larmes,

A s'oublier toujours on trouve mille charmes.

Le règne des beaux-arts vous appelle aujourd'hui

De l'orgueil masculin les préjugés ont fui
Au son de votre lyre. Artistes et poëtes,
De pudiques Saphos étendent vos conquêtes ;
Partagez et guidez l'ardeur de nos travaux ;
Il est noble, il est doux d'embrasser ses rivaux,
Et d'étouffer ainsi des discordes fatales ;
Il est plus doux encor d'embrasser ses rivales.
Un sympathique attrait enflamme l'amitié,
Souvent de nos erreurs il faut avoir pitié ,
Et nous traîner captifs au char de la prudence.
Oui, la beauté pour nous est une providence.

    Peut-être qu'à ces mots un cercle féminin
Dira, me saluant du nom de Trissotin,
Que déjà par malheur pullulent les savantes,
Et que mon vers pédant caresse les pédantes,
Puis contre les amis, malgré tous leurs respects,
Ce sénat va créer une loi des suspects.
La beauté la plus sage allume leur colère ;
Sitôt qu'on ne plaît plus on maudit l'art de plaire.
Hélas ! prenez pitié du pauvre peuple auteur,
Ne lui retirez pas le souffle inspirateur.
Femmes, ne pliez point sous cette tyrannie.
Et soyez à jamais la grâce du génie.
Depuis que par malheur et sous un vent bien froid
La pruderie anglaise a passé le détroit.

Les femmes gémissant sous un maussade code,
En s'éloignant de nous sont pédantes de mode.
Vous les voyez souvent serrant leurs bataillons,
Pour repousser l'assaut de prétendus *lions*[1]
Relégués au désert et dont la faim cruelle
S'assouvit sans effort sur quelque humble gazelle.
Tout subit le niveau de l'insipidité.
Compagne des caquets de la frivolité,
Des plus jolis oiseaux l'étourdissant ramage
Ne s'occupe d'abord qu'à juger leur plumage;
L'enjoûment gracieux d'une autre Sévigné
Expirerait ici sottement dédaigné.
L'esprit, en s'abaissant, et se cache et s'expie :
Je guette une fauvette et j'entends une pie.
On travaille, et d'un air qui voudrait être fin
A chaque point d'aiguille on lance un trait malin.
Enfin, pour éviter une guerre intestine,
Avec de grands éclats la rieuse domine.
Sans en avoir envie, on soutient ses efforts :
On se fait automate et l'on rit par ressorts.
Mais on dit à part soi : Dieu! que nous sommes seules.
Et quand brisera-t-on l'empire des bégueules!

---

[1] On sait que cette expression sottement fanfaronne désigne
les séducteurs du jour. Si ce nom redoutable leur a été donné
par des femmes, c'était en vérité par des femmes bien peu
ceuses.

Que forçant ce rempart, un jeune soupirant
Près de l'objet aimé bégaye un mot touchant,
Des regards indignés le réduisent en poudre;
L'œil qui fut tendre hier lui lance aussi la foudre.
Quel envieux démon a pu, sur nos climats,
Verser en plein été la neige et les frimas?
O bonheur du foyer! ô tranquilles délices!
Pleines d'épanchement et pures d'artifices,
Où l'enjoûment naïf, les propos familiers
S'échangent sur la foi des dieux hospitaliers;
Où l'on peut retrouver, quand le bonheur s'envole,
Dans l'esprit qui nous plaît le cœur qui nous console.
C'est vous qui nous donnez et repos et fraîcheur,
Des soucis et des ans vous me rendez vainqueur.
Vous faites tous les frais de ma philosophie.
Sous ce toit les beaux-arts m'inondent d'harmonie;
J'abandonne mon âme au puissant Meyerber;
Même après Rossini, je sais jouir d'Auber.
Les arts ont remplacé la baguette des fées.
Mais quelle voix succède à de brillants Orphées?
Belle et modeste Laure, ah! parlez, dites-nous
Qui peut vous inspirer ces sons hardis et doux,
Ces accents qui, remplis d'une tendre souffrance,
Font un drame touchant d'une tendre romance,
Qui d'un amour jaloux nous peignent les tourments,
Ou de l'amour heureux les purs enchantements,

Vous dont le cœur si pur est un ciel sans nuage.

Et qui ne connaissez que l'amour sans orage.....

Et vous, je vous entends soupirer les douleurs

Des reines dans les fers, des mères dans les pleurs.

En vers harmonieux vous épanchez votre âme ;

La pitié, c'est toujours l'Apollon d'une femme.

Aujourd'hui votre lyre, au milieu des regrets,

Demeure suspendue aux funestes cyprès.

Il n'est plus là l'objet de l'amour le plus tendre.

Pourquoi chanter encor quand il ne peut m'entendre.

Dites-vous ; cependant deux filles et deux fils

Viennent vous enlacer de leurs bras réunis.

Ces soins passionnés, ce tableau plein de charmes,

En les adoucissant, renouvellent vos larmes.

Vous dites : « Rien ne peut m'arracher ma douleur.

« Et pourtant quelle mère égale mon bonheur ? »

Mais cessez d'écouter ma timide parole.

Vous regardez le ciel, c'est le ciel qui console

RETOUR A PARIS.

Novembre 1839.

Paris, je te revois avec tous tes prestiges ;
Mais qu'il faut payer cher l'aspect de tes prodiges !
Mille chars étourdis roulant avec fracas,
Du doyen des distraits y menacent les pas.
Grâce au progrès des arts et d'un luxe fertile,
Paris s'accroît toujours d'une nouvelle ville,
Dont les murs élevés et les superbes toits
Semblent faits pour loger des banquiers ou des rois.
On construit, reconstruit, on refait de l'antique ;
L'un veut du plus moderne et l'autre du gothique ;
Moi, marchant à travers des bâtiments rivaux,
Saisi d'un juste effroi, je maudis ces travaux.
J'arrête mes regards en tremblant sur le faîte,
Et crains que les moellons ne tombent sur ma tête.
Je me serre au milieu, je m'éloigne du mur ;
Vaine précaution, le milieu n'est pas sûr,
S'il est juste surtout, et j'y vois une image
Des cruels embarras qu'éprouve un parti sage :

Quand on démolit tout, pour tout refaire à neuf,
Style de Pompadour, ou style de Babœuf,
En quelques sens divers qu'on me tire ou m'enseigne.
Routinier du bon sens je garde mon enseigne.
Bravant un double choc de la pierre en éclats,
Je suis l'étroit sentier sans crainte et sans fracas.
Couvert du triple acier de ma philosophie,
Il n'est point d'ennemis que mon cœur ne défie.
Mais, c'est parler bien haut. A l'ombre de mes bois
Je pouvais aux mortels dicter mes sages lois,
Et trancher du Lycurgue ou bien de l'Épictète :
Au séjour du génie il faut baisser ma tête,
Je m'y sens bien petit, et n'y suis que trop vieux.
Puis-je suivre de loin des goûts capricieux ?
Plus d'un ricanement accueillera mon code.
Malgré mes cheveux blancs, si je voyais la mode
Me rafraîchir un jour de son souffle léger
Et me bercer encor d'un encens passager,
Je ferais du fracas dans des cercles d'élite,
Et saurais subjuguer la beauté, le lévite :
Je verrais, grâce aux soins d'un adroit débitant
Mon manuscrit payé d'un prix exorbitant :
Et dût ce prix enflé rester imaginaire,
Je serais respecté comme un millionnaire.
Un homme positif, un homme essentiel.
Et pour comble d'honneur comme un industriel

Et bientôt du génie usurpant la couronne,
Au revers d'un journal grimpé sur ma colonne,
Portrait, lithographie, et vignette et fleuron,
Et majuscule immense agrandiraient mon nom.
Je verrais naître un flot d'éditions jumelles,
Qui mentent avec grâce en se disant nouvelles,
Inséparables sœurs qui poursuivent nos yeux,
Et gardent leurs défauts pour se ressembler mieux.
Et puis un relieur, gardien de ma mémoire,
Viendrait me couvrir d'or, de maroquin, de moire.

Je sais que le génie embrasé d'un beau feu
Obtient tous ces honneurs et les recherche peu.
Que fait à Bossuet une vaine dorure?
Par tous les soins mignards de votre enluminure
Il trouve impertinent de se voir *illustré*;
Rousseau s'applaudirait s'il en était frustré.
La Fontaine s'écrie : « Ah ! ce luxe m'assomme,
« J'ai l'air sous cet habit du *bourgeois-gentilhomme*,
« On craint de me toucher, je cause quelque effroi,
« Ah ! laissez les enfants badiner avec moi. »

Heureux ! trois fois heureux ! le livre que sans gêne
On porte pour le lire à l'ombre du vieux chêne,
Qui cent fois feuilleté d'une nouvelle ardeur,
Du vallon qu'il nous peint imite la fraîcheur

Aux plus tendres regrets sait prêter quelques charmes,
Et garde quelquefois la trace de nos larmes !
Le vieillard reprenant son livre familier,
Voit voltiger encor ses rêves d'écolier ;
Puis, dédaignant l'essor de leurs ailes légères,
Il se sent transporter aux immortelles sphères.

Avec nos descendants je ne puis voyager ;
Je me borne à l'espoir d'un succès viager,
Qui puisse me survivre au moins de quelques heures
Je voudrais visiter autour de leurs demeures
Des élèves chéris qui, rêvant dans le bois,
De leur vieux professeur reconnaîtraient la voix.
Si l'un d'eux, obsédé par des chagrins funestes,
De ses plus doux pensers voit s'éteindre les restes,
S'il se plaît tristement à des rêves hagards,
Plaise à Dieu que sa mère épiant ses regards,
Et suivant les progrès de sa langueur mortelle,
Lui répète en secret le nom de Lacretelle,
Et dise : Il a vécu dans des jours orageux,
Et sa vieillesse encore a connu de doux jeux.

Fort bien ! à cet espoir tandis que je me livre,
Il faut pourtant songer au succès de mon livre.
Je me pare aujourd'hui d'un habit étranger
Je deserte l'histoire, elle peut se venger

Ah ! tout vient me glacer d'une crainte importune ;
Moi qui suis au Parnasse officier de fortune,
Malgré de vieux chevrons assez mal établi,
Et qui me sens rouler vers le fleuve d'oubli,
J'aguerris ma raison pour un destin contraire.

Courage ! allons trouver un célèbre libraire ;
Mais sans doute il attend quelque ouvrage léger,
Et d'un livre moral, moi, je viens l'assiéger.
Bientôt mon manuscrit le navre de tristesse,
Et d'un air dédaigneux il flaire ma sagesse.
Il me voit remonter jusqu'aux temps de Platon :
« Qu'est-ce là ? me dit-il, d'où prenez-vous ce nom ? »
Et puis, en feuilletant, sur quelque nom moderne
Il tombe par bonheur. Son œil devient moins terne.
« Ah bon ! des souvenirs ! voici pour le salon ;
« Je tiens à demeurer libraire de bon ton.
« Quel titre donnez-vous à tous ces longs chapitres ?
« Mais laissez-moi ce soin, j'ai le sceptre des titres ;
« De la *Contemporaine* on suit l'heureux destin,
« Nommez-vous simplement, vous, le *Contemporain*.
« Contez mainte anecdote, avec mainte aventure ;
« Mais il faut à ce genre un peu d'enluminure :
« Il est bon d'y glisser quelques portraits méchants ;
« L'inceste est en déclin, le meurtre a fait son temps ;
« On bâille aux revenants avec irrévérence ;

« Ah! laissez-nous, Monsieur, du moins la médisance.

« — Mais où s'arrête-t-elle! il sied mal au vieillard

« Dans un sein désarmé d'enfoncer le poignard;

« Peut-être on va sur moi frapper d'une main ferme,

« Tandis que j'ose à peine effleurer l'épiderme;

« J'entends mal vos conseils, vos soins officieux,

« Votre titre inventé m'a fait baisser les yeux;

« Je suis, je le déclare avec orgueil, novice

« Dans l'art de chatouiller et d'amuser le vice.

« — Mais d'éloges soldés êtes-vous bien pourvu?

« — Ce soin là, dans mes champs, je ne l'ai point prévu.

« — L'éloge me ruine, en ce cas point d'affaire. »

Et je prends à ces mots congé de mon libraire,

Car je ne vendrai pas mon pré, mon humble bois,

Pour payer à grands frais de bruyants porte-voix.

Puis, quand j'aurai bientôt traversé l'onde noire,

Qui pourrai-je payer pour célébrer ma gloire?

Après cet entretien assez mortifiant,

Je rencontre un ami d'un esprit peu liant.

Je sais qu'il est sujet à la misanthropie;

Si je le guérissais, ce serait œuvre pie.

Mais ce nouvel Alceste est fougueux et railleur.

Dans l'art de contredire il est grand ferrailleur.

Ma morale pour lui sera peu convaincante;

Allons subir les flots de sa verve éloquente.

« Voici, lui dis-je, un livre où d'un ton paternel

« J'enlace les humains d'un lien fraternel.

« — Mais quel est le sujet de votre catéchisme?

« — Je le déclare net, ma thèse est l'optimisme.

« — L'optimisme! grand Dieu! vous me faites frémir;

« Sous mille quolibets que vous allez gémir!

« Les plaisants vont sur vous s'épanouir la rate;

« Mon cher Panglos second, vous vous trompez de date:

« L'optimisme était bon sous nos rois absolus,

« Mais sous la liberté personne n'en veut plus;

« Elle est belle en espoir, on l'aime par boutade;

« Je l'ai vue effroyable et je la vois maussade;

« A son nom quelquefois je suis épouvanté;

« Pour tout dire, en un mot : j'en suis désenchanté.

« Sa fierté séduisit ma jeunesse et la vôtre;

« Si j'en fus le martyr, je n'en suis plus l'apôtre,

« Et sa rigueur atroce a rompu nos liens;

« Elle reçut jadis de terribles gardiens,

« Des monstres, non de ceux que Carter, dans sa gloire,

« Comme Bacchus attelle à son char de victoire,

« Mais des tigres bien francs, des lions de Barca.

« Dans ces funestes lieux quel démon m'embarqua?

« Je n'y respire plus que l'odeur du carnage;

« Enfin vers le palais le sort m'ouvre un passage.

« La dame du logis, la fière Liberté

« Se repose un moment de sa férocité ;

« Mais à son entretien à peine je me livre,

« Que je me sens frappé de l'horreur de survivre.

« Enfin tombe en éclats le palais fracassé,

« Je ne rencontre plus qu'un sol nu, crevassé.

« J'ai de la liberté connu la servitude :

« Aujourd'hui moins cruelle, elle est encor bien rude.

« — Ah ! reprenez haleine après ce beau discours ;

« C'est pour vous ménager que j'en suspends le cours ;

« L'allégorie est claire et n'a rien qui nous flatte ;

« Mais je dis à mon tour, vous vous trompez de date.

« Pourquoi remontez-vous à des jours odieux

« Que près d'un demi-siècle éloigne de nos yeux !

« Des chagrins qu'entretient un funeste génie

« Vous suivez, je le vois, la vulgaire manie ;

« C'est la mode du jour ; nous avons inventé

« Le don d'être morose avec légèreté.

« Tel bon journal, ému d'une charité sainte,

« Nous verse le matin un grand verre d'absinthe ;

« L'art de pétrir le fiel occupe les esprits,

« Et pour le plus amer on va fonder un prix.

« Le mal vient par torrent, et le bien goutte à goutte ;

« Mais du rocher jaloux il peut percer la voûte.

« Sortir victorieux de sa sombre prison

« Et s'épandre à longs flots sur un vaste horizon.

« Dans nos plaines, de fleurs et de moissons couvertes,

« Comment ne voyez-vous que des plages désertes?

« Guidé par l'industrie, un luxe fructueux

« Sait partout préférer l'utile au somptueux.

« Ce qui de nos malheurs vient prolonger l'empire,

« C'est le besoin méchant, la soif de les prédire;

« Non pas pour leur livrer de valeureux combats,

« Mais pour dire aux guerriers : Vous ne les vaincrez pas;

« Tandis qu'un noble cœur, en sonnant les alarmes,

« S'écrie à leur approche : Allons, courons aux armes!

« Oui, de tant de fléaux l'un sur l'autre exhaussés,

« Il en est qui sont dus à nos vœux exaucés.

« On risque d'appeler la foudre sur sa tête

« Pour le funeste honneur d'avoir été prophète,

« Et l'on prononce encor, sous l'échafaud maudit,

« Ces mots, ces tristes mots : Je vous l'avais bien dit!

« L'optimisme, longtemps frappé de ridicule,

« Aux promesses du jour est rarement crédule.

« Son audace, montant jusqu'aux divines lois,

« Foule aux pieds les débats des peuples et des rois.

« S'il sonne le péril, rien ne le décourage :

« Le bien qu'il a semé germe pour un autre âge.

« Pour saisir le bonheur nous livrons maint assaut;

« Mais Dieu nous dit toujours : « Plus haut, encor plus haut!

« L'optimisme survit aux ravages du monde ;

« Au gré des aquilons, des fiers tyrans de l'onde,

« Il ne va plus flottant, s'il est religieux.

« Battu par la tempête, il jette l'ancre aux cieux. »

FIN.

TABLE

DES CHAPITRES CONTENUS DANS CE VOLUME.

CHAPITRE XVI.

DE LA RELIGION AU XIXᵉ SIÈCLE.

CHAPITRE XVII.

MÉDITATION LE JOUR DE MON ANNIVERSAIRE.

CHAPITRE XVIII.

DE LA PLURALITÉ DES MONDES ET DES MIGRATIONS DES AMES.

CHAPITRE XIX.

ENTRETIEN AVEC MADAME DE STAËL SUR LE SUJET PRÉCÉDENT.

CHAPITRE XX.

CHAPITRE XXI.

CHAPITRE XXII.

DES FEMMES.

La physiologie explique fort mal les qualités intellectuelles et morales des femmes. — Réfutation d'une opinion de J.-J. Rousseau qui leur est fort injurieuse. — Leurs nouveaux progrès dans les lettres et les beaux-arts. — Que devient la délicate organisation des femmes en présence des maux les plus cruels qui affligent l'humanité ? — Tableau de leur héroïque patience. — Bonheur et légitime empire des femmes dans le ménage. . . . .

CHAPITRE XXIII.

DES FEMMES AU MOYEN AGE.

La religion chrétienne, en exaltant l'âme, en fortifiant la pudeur, augmente l'empire des femmes. — Au moyen âge, la religion se combine avec l'amour qui devient lui-même une sorte de culte. — La chevalerie semble avoir été inventée par les femmes et pour leur service. — Dans les cours d'amour elles deviennent législatrices des mœurs. — Elles sont spectatrices et souvent causes des combats judiciaires, des duels. — Elles s'amusent des tournois. — Effet de ces spectacles sanglants sur leurs mœurs. — Ce sont elles encore qui inspirent les poésies des troubadours et trouvères. — Souvent elles prennent part aux combats. — L'existence des dames présentée sous son jour le plus

CHAPITRE XXIV.

DES FEMMES SOUS LE RÈGNE DE LOUIS XIV.

CHAPITRE XXV.

DES FEMMES AU XIXᵉ SIÈCLE.

risent la philosophie qui étend à l'excès la liberté des mœurs. — Les femmes de la cour se déclarent contre madame Du Barry, et donnent le signal d'une opposition qui ne cessera plus de prendre des forces, se ralentira un moment sous le règne de Louis XVI, pour exercer bientôt un contrôle plus vaste et plus tranchant. — Les femmes d'un haut rang, qui avaient applaudi aux premiers signes de la Révolution, se déclarent contre elle, et n'influent que trop sur le fatal voyage de Coblentz.

CHAPITRE XXVI.

DE L'HÉROÏSME DES FEMMES PENDANT LA TERREUR,

La Terreur, l'époque la plus horrible de nos annales, est celle de la plus grande gloire qu'aient méritée les femmes. — Le courage s'est surtout réfugié dans leur cœur. — Les exemples qu'on en cite ici donneraient trop d'étendue à un sommaire.....................

CHAPITRE XXVII.

DE LA CONDITION ACTUELLE DES FEMMES EN FRANCE.

Pourquoi l'influence des femmes a-t-elle diminué depuis l'ouverture du xixe siècle? — Ce qu'elles ont été sous le Consulat, sous l'Empire, sous la Restauration. — Ce qu'elles sont aujourd'hui. — Malgré les nombreux échecs qu'a subis leur influence, ont-elles quelques raisons de regretter l'un des âges précédents? — L'auteur cherche à les réconcilier avec le gouvernement représentatif. — Bienfaits qu'elles ont reçus de nos lois nouvelles, et surtout du Code civil. — Récompenses auxquelles elles pour-

raient être appelées dans les lettres et dans les beaux-arts
— Douce domination qu'elles exercent dans leur famille
— C'est par la conversation qu'elles pourraient régner
encore, adoucir nos mœurs, leur rendre de la grâce et
surtout de la bienveillance. . . . . Page 287 à 318

POÉSIES.

FIN DE LA TABLE.

Imprimé en France
FROC031227010720
24394FR00010B/156

9 782329 417295